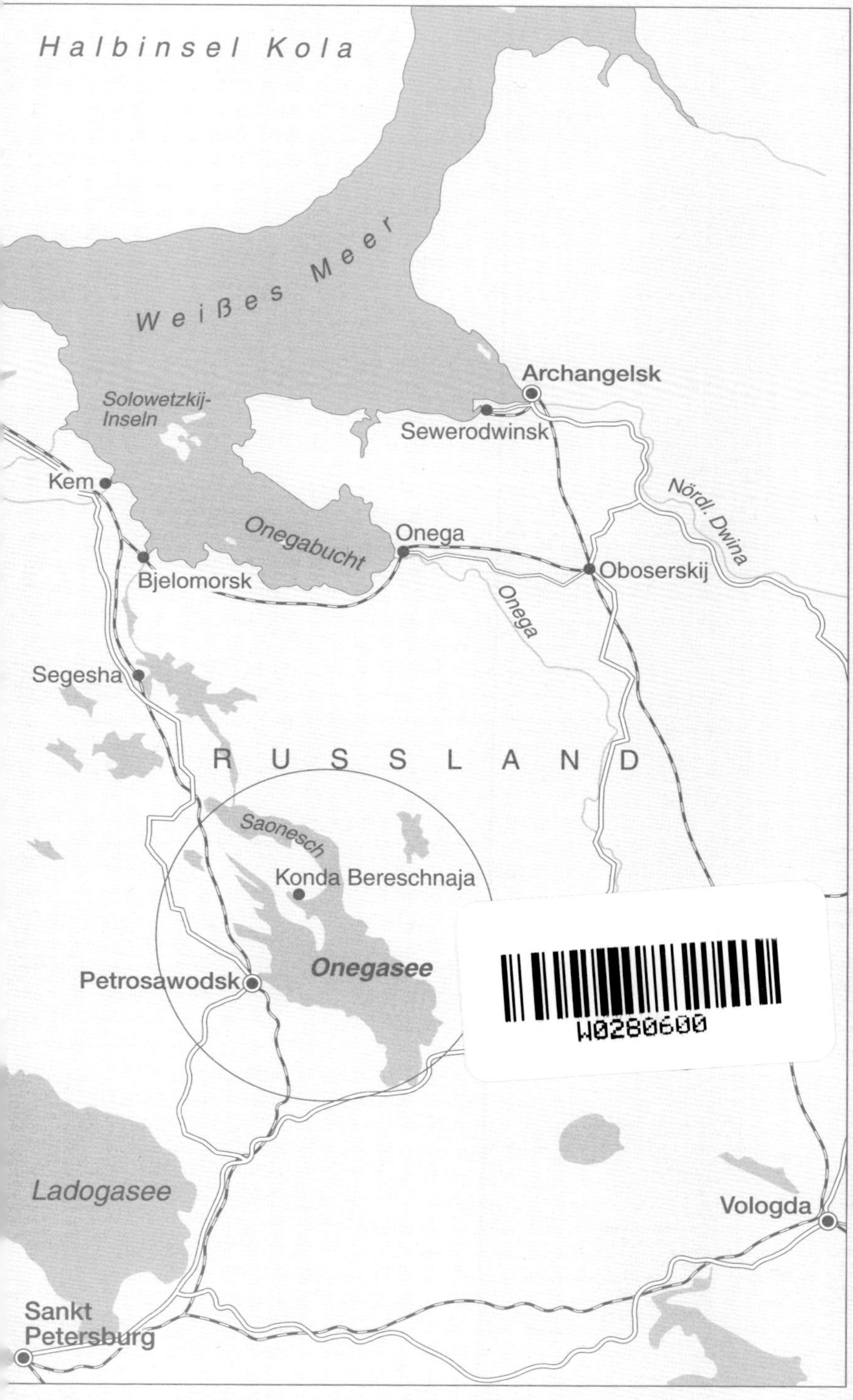
Halbinsel Kola
Weißes Meer
Solowetzkij-Inseln
Archangelsk
Sewerodwinsk
Kem
Nördl. Dwina
Onega
Onegabucht
Oboserskij
Onega
Bjelomorsk
Segesha
RUSSLAND
Saonesch
Konda Bereschnaja
Onegasee
Petrosawodsk
Ladogasee
Vologda
Sankt Petersburg

Mariusz Wilk

Das Haus am Onegasee

Aus dem Polnischen von
Martin Pollack

Paul Zsolnay Verlag

Die Originalausgabe erschien 2006 unter dem Titel
Dom nad Oniego im Verlag Noir sur Blanc, Warschau.

Mit freundlicher Unterstützung des Book Institute –
the ©POLAND Translation Program

INSTYTUT KSIĄŻKI
©POLAND

1 2 3 4 5 12 11 10 09 08

ISBN 978-3-552-05448-6

Satz: Eva Kaltenbrunner-Dorfinger, Wien
Druck und Bindung: GGP Media GmbH, Pößneck
Printed in Germany

für Natalia

Die Schale

Ich beuge mich über den Onega
wie ein Ziseleur über eine silberne Schale
und schwärze ihn sorgfältig.
Ich möchte jeden Zweig der Pappel vorm Fenster
auskehlen und mit Niello füllen
und jeden Felsblock am Ufer auskratzen
und jedes Schilfrohr mit dem Streichmaß ritzen
und die sommerliche Glätte des Wassers polieren
um sie mit der Spur des Tauchvogels zu trüben
und den Treibeismantel auf der herbstlichen Welle wiegen
wie den Leib eines grauen Wallers
und einen Nieselschleier über die Inseln am Horizont
    breiten
und die weiße Stille des großen Flecken umschreiben
(nicht davon zu reden, worüber er schweigt ...)
und die Streifen lebenden Wassers zwischen dem Eis so
    hintropfen
dass sie vor Licht sprühen
und das Spiel der Frühlingswelle in zarten Gravuren
    nachzeichnen
und die Kähne der Fischer auf dieser Welle ausschneiden.

Und am Ende den eigenen Schatten
im rechten unteren Eck werfen.

Das Haus am Onegasee. 2003–2005

Wie Wasser fließt die Welt durch dich hindurch,
und für einige Zeit leiht sie dir ihre Farben.
Dann zieht sie sich zurück und lässt dich wieder allein
mit dieser Leere, die du in dir trägst.
NICOLAS BOUVIER

I

Konda, 1. September 2003

Nach langer Zeit des Schweigens habe ich den Eindruck, als tauchte ich aus den Tiefen des Onegasees empor, stumme Traumgesichter in seinem grünlichen Halbdunkel zurücklassend.

Henryk Elzenberg, einer der Autoren, zu denen ich immer wieder greife, schrieb in seinem Tagebuch unter dem Datum 5. April 1936, die Wirklichkeit, verbracht in Abgeschiedenheit, die sich nicht in jemandes (im Verhältnis zu mir äußerlichen) Bewusstsein widerspiegle, existiere nicht.

Wäre demnach das Schreiben eine der Möglichkeiten, der eigenen Wirklichkeit Dauer zu verleihen?

2. September

Eingangs ein paar Worte der Erklärung für die lange Abwesenheit meines Tagebuchs in der *Rzeczpospolita*[1].

Im Frühling vergangenen Jahres – das Eis hatte gerade zu schmelzen begonnen – änderte ich meinen Wohnort in Russland. Nachdem ich zehn Jahre am Polarkreis gelebt hatte, übersiedelte ich von den Solowjezki-Inseln im Weißen Meer in das Dorf Konda Bereschnaja am Onegasee und zog in ein altes

1 *Rzeczpospolita,* abgekürzt *Rzepa,* ist eine überregionale Warschauer Tageszeitung, in der seit Jahren Mariusz Wilks Berichte aus dem russischen Norden erscheinen.

Holzhaus, über das ich schon einmal in der *Rzepa* geschrieben habe. Dafür waren drei Gründe ausschlaggebend:

Erstens wurde der Lärm auf den Solowjezki-Inseln in letzter Zeit immer schlimmer (Touristen, Business, Politik), ich aber liebe die Stille, von der Pater Ludwig (Thomas Merton) zu sagen pflegte, wenn wir nicht lernten, auf sie zu hören, wären wir außerstande, etwas zu sagen, was wert sei, gesagt zu werden.

Zweitens: Als Thema habe ich die Solowjezki-Inseln erschöpft, und als Wohnort haben die Inseln sich selber erschöpft.

Drittens habe ich mich in Karelien verliebt, in seine Augen von der Farbe des Onega und in die darin verborgene Tiefe, und schließlich kam ich auch irgendwann drauf, dass es unmöglich ist, an zwei Orten gleichzeitig zu sein, an zwei Orten kann man höchstens verweilen.

Aus diesem Grund ließ ich mich im Saonesch nieder, in der nördlichen Region am Onegasee. Seither hat sich in meinem Leben so manches verändert:

– der Blick aus dem Fenster (jetzt schaue ich täglich auf den Onegasee) und die Gerüche von draußen (statt des Geruchs von Algen der Duft wilder Minze);

– der Fisch, der auf den Tisch kommt (statt Dorsch oder Hering sind es nun Lachs, Palja, eine Lachsart, und rote Forellen), und die Gäste bei Tisch (hier sind es öfter Einheimische und seltener Touristen aus Polen);

– die Einstellung zu den Arbeitsgeräten (eine gute Axt schätze ich mehr als meinen Laptop) und zur Arbeit als solcher, denn die Arbeit ist, wie Aleksander Blok sagt, überall die gleiche, ob du einen Herd baust oder Verse schmiedest.

Hier habe ich keinen Fernseher!

Ich höre nicht Radio!

Und lese keine Zeitung!

Nun wiegt mich nicht mehr der Atem des Eismeeres in den

Schlaf, sondern das Raunen der Pappeln und das Plätschern des Onega, des zweitgrößten Sees in Europa.

Mit einem Wort – hier lebe ich anders. Auch irgendwie langsamer. Denn man sollte gemächlich in das Bild vor dem Fenster treten, um das sich je nach Jahreszeit, Bewölkung oder Stunde des Tages verändernde Spiel des Lichtes auf dem Wasser zu betrachten. Auch mit den Gerüchen im Freien sollte man sich ohne Hast vertraut machen, um nicht von Marihuana zu fantasieren, wenn irgendwo ordinärer Hanf wächst. Auch die Menschen sollte man zunächst einmal kennenlernen, um nicht nur das zu verstehen, wovon sie beim Trinken reden, sondern auch das, worüber sie schweigen, wenn sie nüchtern sind. Erst dann ist man imstande, über das alles zu schreiben.

Daher diese Pause in meinen Aufzeichnungen.

11. September

Die Selbstdisziplin ist eines der Elemente
der wahren Freiheit des Menschen.
THOMAS MERTON

Seit dem Morgen weht ein Schalonnik, ein Südwestwind. Der Onegasee sträubt sich ein ums andere Mal und kommt mit weißen Wellenkämmen auf mich zugelaufen. Das eiskalte Wasser verschlägt mir den Atem. Der Körper, noch geschwächt vom Schlaf und vom warmen Bett, wird augenblicklich starr, wogegen nicht einmal ein energisches Kraulen etwas hilft. Beim Heraussteigen aus dem Wasser reißt mir eine Welle die Beine weg. Ein richtiges Meer. Dann rubble ich lang mit dem rauhen Handtuch über Bauch, Schenkel, Brust und Schultern, um wieder in den eigenen Körper zurückzufinden, atme ein paar

Mal tief durch, begrüße die Sonne und setze mich zum Schreiben.

»Wer schreiben will«, so lehrt Tsai Yun, ein berühmter chinesischer Kalligraph aus der Zeit der Han-Dynastie, Autor des ersten Traktats über die Schreibkunst auf Erden, »soll sich aufrecht hinsetzen, seine Gedanken beruhigen und ihnen freien Lauf lassen, ohne ein Wort zu formulieren, ohne den Atem zu hindern, er soll seinen Geist tief in sich versenken, dann wird ihm das Schreiben zweifellos ausgezeichnet von der Hand gehen.«

Doch der gewichtigste Grund für meine lange Abwesenheit von der *Rzeczpospolita* lag darin, dass es keinen elektrischen Strom gab.

Tatsächlich! Als ich ins Dorf Konda Bereschnaja zog, gab es hier keinen Strom. Ohne Computer bin ich aber hilflos wie ein kleines Kind. Mit der Hand zu schreiben habe ich leider verlernt. Deshalb musste ich zunächst einmal den elektrischen Strom nach Konda leiten. Das bedeutete, sechs Hochspannungsmasten von der Hauptleitung zur Subtrafostation im Dorf aufzustellen und zwei Masten von der Station zum Haus, die Station selber zu montieren und zu erden, ein paar Werst Kabel zu ziehen, die Leitung ins Haus zu führen und das Ganze offiziell bestätigen zu lassen.

Das sagt sich so leicht, doch …

Jeder, der die russische Glubinka, die ferne Region, die Provinz, auch nur ein wenig kennt, ist imstande sich auszumalen, wie viel Zeit man dabei in den Ämtern vergeudet, wie viel Gerenne von einem Beamten zum nächsten das bedeutet, von Annas zu Kaiphas, nach dem Prinzip: je niedriger in der Hierarchie und je weiter entfernt vom Zentrum, umso größer die Angst, eine Entscheidung zu treffen. Wie viel Ansuchen zur Begutachtung, wie viel Eingaben zur Unterschrift, wie viel Genehmigungen zum Abstempeln ich vorlegen und wie viel Schmiergeld ich bezahlen musste.

Und jeder, der nur ein einziges Mal mit einem russischen Muschik zu tun hatte, kann sich vorstellen, wie ich mich mit den Handwerkern herumschlagen musste, damit sie die übernommene Arbeit zu Ende führten, denn wenn es keinen Sapoj, ein lang währendes Besäufnis, gab, dann war sicher gerade Erntezeit. Wie viel Zeit wir mit Warten vertrödelten, wie viel Geld für Anzahlungen wir hinausschmissen und wie viel Nerven uns all diese Unzuverlässlichkeiten kosteten! Und wie viel Wodka wir erst ausschenken mussten, um unsere Muschiks von ihrem Katzenjammer zu kurieren.

Doch keiner, der nicht einige Zeit in einem russischen Dorf gelebt hat, kann sich eine Vorstellung machen, wie die Dorfgemeinschaft heute aussieht – oder besser das, was nach langen Jahrzehnten kommunistischer Experimente aus ihr geworden ist. Früher einmal waren die Leute fähig, gemeinsam in drei Tagen eine Kirche zu errichten oder dem abgebrannten Nachbarn das Haus wieder aufzubauen, heute können sie gemeinsam nur saufen und sich dann prügeln. Der Gedanke, miteinander elektrischen Strom ins Dorf zu leiten, würde einem Betrunkenen gar nicht in den Sinn kommen.

An dieser Stelle sei mir eine Abschweifung erlaubt. Michail Prischwin, einer meiner Lieblingsautoren, die über Karelien schrieben, sagte einmal, statt seine Zeit mit Reisen im wahren Sinn dieses Wortes zu vergeuden, das heißt mit dem »Durchstreifen endloser Weiten«, wäre es besser, sich in einem charakteristischen Winkel niederzulassen und diesen genau in Augenschein zu nehmen – auf diese Weise könne man sich einen viel besseren Eindruck vom ganzen Land verschaffen als durch alle erdenklichen Reisen.

Mich hat die Erfahrung allerdings gelehrt, dass es noch besser ist, in diesem charakteristischen Winkel etwas zu unternehmen, was die lokale Bevölkerung mit einbezieht: Zum Beispiel ein Haus zu kaufen und mit seiner Renovierung zu beginnen, die Dorfkirche zu restaurieren oder den elektrischen Strom ins Dorf zu leiten. Denn es ist eine Sache, unter Einheimischen wie ein Fremder zu leben – als einsamer Wolf, als Sammler von Bylinen oder als Datschnik, als Besitzer einer Datscha – ohne jede Verbindung zu ihren Problemen und Sorgen, und es ist etwas ganz anderes, sich in ihre Angelegenheiten einzumischen, die Konfrontation mit ihnen zu suchen und sie vielleicht sogar vor den Kopf zu stoßen. Auf diese Weise kann man – an sich selber – die Menschen, aber auch das Land, in dem sie leben, am besten kennen lernen.

Zurück zu Konda Bereschnaja. Ich kann sagen, dass mich das Abenteuer mit dem elektrischen Strom mehr über Leben und Sitten der Menschen in der Onega-Region gelehrt hat als Dutzende Bücher und Hunderte Erzählungen von Bekannten, die im Sommer hierher kommen, um Beeren und Bylinen zu sammeln. So lernte ich etwa, nicht auf die Ratschläge oder Verwünschungen der Nachbarn zu hören, sondern ihnen bei der Arbeit zuzuschauen, den Muschiks keine Anzahlung zu geben, solang sie die Arbeit nicht fertiggestellt haben, und nicht aufs Frühjahr zu warten, wenn die Waldarbeiter aus ihrem winterlichen Sapoj gekrochen kommen, sondern eigenhändig die Kiefern für die Strommasten zu fällen, solang der Saft noch nicht im Stamm zu steigen beginnt. Viel habe ich auch aus den Anmerkungen Bloks über den russischen Muschik gelernt.

So brachten wir also nach vielen Monaten den elektrischen Strom nach Konda Bereschnaja. Und vollendeten damit an diesem Ort Lenins Werk. Mehr Kommunismus hat das freilich auch nicht gebracht. Denn inzwischen hat sich die Sowjetmacht auch von hier davongemacht.

14. September

Im Sommer war Wenja Slepkow, Chefredakteur der Zeitung *Petrosawodsk,* bei uns zu Gast. Er kam wegen eines Interviews und um sich bei dieser Gelegenheit von den städtischen Sujety zu erholen, wie er das nannte, das heißt vom fruchtlosen Herumlaufen.

»Was heißt Sujeta auf Polnisch?«, fragte er.

»Eitelkeit«, antwortete ich und zitierte Ekklesiastes in der polnischen Übersetzung von Jakub Wujek.

»Slawisch klingt das kürzer«, bemerkte Wenja.

»Und kräftiger«, fügte ich hinzu.

Sprachprobleme zogen sich dann den ganzen Abend und noch den halben nächsten Tag wie ein roter Faden durch unsere Gespräche, bis schließlich eines in Form eines komischen Lapsus auf die erste Seite der *Petrosawodsk* gelangte. Wichtigstes Thema des Interviews war Russland, gesehen mit den Augen eines Ausländers, der hier seit dreizehn Jahren ohne Unterbrechung lebt. Gehört Russland zu Europa, oder ist es etwas anderes?

»Wenn ein Franzose oder Deutscher nach Asien kommt und dort auf den Straßen Menschen mit gelben Gesichtern und Rikschas und in den Kneipen Stäbchen sieht, weiß er sofort, dass er es mit einer anderen Zivilisation und daher auch einer anderen Werteskala, mit einer anderen Einstellung der Welt gegenüber zu tun hat. Wenn derselbe Franzose oder Deutsche hingegen nach Moskau kommt, sieht er Mercedes und Audis auf den Straßen, irische Pubs, italienische Pizzerien und weiße Menschen (die alles in »Jewro« umrechnen), weshalb er meint, er sei hier zu Hause. Daher beginnt er auf der Stelle zu jammern, die Demokratie hier werde gelenkt, und die Rechte der Frauen würden missachtet, er klagt über den Verkehr auf den Straßen und die mangelnde Kultur der Lenker, er beschwert sich über die unfreundliche Bedienung in den Läden und kritisiert den Mangel an öffentlichen Toiletten.«

»Du willst damit sagen, dass ...«

»... dass sich keiner über das fehlende Demokratieverständnis der Russen im europäischen Sinn dieses Wortes oder ihren übermäßigen Alkoholkonsum beschweren würde, wenn ihre Hautfarbe grün oder violett wäre. Dann würde sich keiner an ihrem Mangel an europäischen Manieren stoßen, dass sie zum Beispiel im Lokal die Schuhe ausziehen oder ein infantiles Verhältnis gegenüber Frauen an den Tag legen. Ein Herr mit grünem Gesicht und Jewropa, das muss man sich einmal vorstellen!«

»Aber wie würdest du, immerhin ein Europäer, also ein Weißer, dich unter diesen grünen Menschen fühlen?«

»Sieh mal, Wenja, ich lebe schon zu lang in Russland, um euch nach europäischen Maßstäben zu messen. Daher ist es mir einerlei, ob du grün wie Salat bist oder rot wie Borschtsch. Für mich ist deine Hautfarbe ohne jede Bedeutung. Wäre ich allerdings damals, als ich vor dreizehn Jahren zum ersten Mal am Weißrussischen Bahnhof in Moskau aus dem Zug stieg, auf den Straßen grünen Menschen begegnet, naja, ich weiß nicht ... Wahrscheinlich hätte ich etwas weniger genörgelt, hätte rascher meine Vorurteile abgelegt und wäre früher oder später selber ein wenig grün geworden.«

»?«

»Viele von uns Ausländern fühlen sich, wenn sie erst einmal längere Zeit in Russland gelebt haben, in Europa wie in einen Schrank gesperrt: Auf den Regalen herrscht Enge, überall Schubladen und kleine Fächer, und alles riecht nach Mottenpulver. Hier hingegen ist die Decke hoch, und die Nachbarn sind weit.«

»Jaaa ...«, seufzte Wenja und sah aus dem Fenster. »Um die

Weite hier beneide ich dich ... Hier kann man sich tatsächlich in die Dinge vertiefen, ohne von jemand gestört zu werden. Und es gibt auch keine Bekannten, die einen von der Arbeit abhalten, kein Fernsehen, das einem die Stimmung vermiest, kein lockendes Kino und keine Lokale.«

»Zur Zeit ist es hier recht betriebsam. Im Sommer lebt Konda Bereschnaja regelrecht auf, die Leute kommen aus der Stadt und schuften den ganzen Tag lang im Garten. Oder sie hocken mit der Angel am Wasser. Oder sie gehen in den Wald, um Pilze und Beeren zu sammeln. Dafür wird es im Winter leer. Dann hört man nur die Wölfe heulen.«

»Was hat dich in diese Einöde geführt?«

»Diese Einöde war nicht immer so öd. Vergiss nicht, dass das Gebiet um den Onega dank der Schungitböden, die man auch nördliche Schwarzerde nennt, zu den reichsten und am dichtesten besiedelten Gebieten im russischen Norden zählte. Denk nur an die berühmten Jahrmärkte in Schunga, zu denen Kaufleute aus Russland und von noch weiter her kamen. Wie jener Jude aus Warschau, der nach Schunga reiste, um 20 000 bestellte Elsternbälge abzuholen, weil die polnischen Damen damals ihre Hüte mit Elsternfedern schmückten. Oder schau dir die Bilder im kürzlich erschienenen Bildband »Die Onega-Region in alten Fotografien« an, die reichen Häuser, die wohlhabenden Mensch, sieh nur, wie stolz sie sich präsentierten. Oder Kischi! Solche Denkmäler findest du nirgends sonst auf der Welt. Es ist kein Zufall, dass Professor Orfinskij, ein hervorragender Kenner Kareliens, die Onega-Region einen Ausnahmefall bäuerlicher Kultur nannte. Das ist einer der Gründe, weshalb ich mich am Onegasee niedergelassen habe.«

»Mich wundert allerdings, dass du die Wahrheit über Russland an seinen Rändern suchst. Dort, wo die russische Kultur auf die Einflüsse anderer Kulturen stieß und diesen unterlag.

Zuerst hast du zehn Jahre auf den Solowjezki Inseln abgesessen, oder wie man bei uns sagt: auf den Hörnern des Teufels, wo Schamanen-Steine der Samen gleich neben den Felsen der orthodoxen Mauern liegen, um die sich noch dazu Stacheldraht windet, und dann trieb es dich in die einsame Onega-Region, wo Wissenschaftler bis heute einmal wepsische, dann wieder karelische oder russische Einflüsse zu entdecken glauben. Vielleicht würdest du in einem entlegenen Nest in Zentralrussland, irgendwo an der Wolga oder an der Oka, mehr Material, mehr russische Folklore und reine russische Typen finden?«

»Hier am Onegasee kam es zu einer ganzen Reihe Berührungen, übrigens nicht nur kultureller. Man könnte ihre Aufzählung, chronologisch, mit der Kollision geologischer Formationen beginnen, nämlich des so genannten Baltischen Schildes mit der Russischen Platte (die Grenze zwischen den beiden verläuft genau hier), und mit der Konfrontation zweier divergierender Interessengruppen enden, die uns in letzter Zeit beschäftigte, nämlich jener, die hier Uran gewinnen wollen, und jener, die erklären, das bedeute den Tod dieser gesamten Region. Was allerdings die kulturellen Konfrontationen angeht, bin ich anderer Meinung: Ich glaube nämlich, dass diese für beide Seiten fruchtbarer sind und gleichzeitig bewahrender, als das eine ›Monokultur‹ für eine der beiden gesondert wäre.«

»Nenne mir ein konkretes Beispiel.«

»Bitte schön: die russische Byline. Die Onega-Region ist in der internationalen Folklore-Forschung immerhin unter dem Namen ›Island des russischen Epos‹ bekannt geworden. Was gab es für Begeisterungsausbrüche, als der wegen Freidenkerei nach Petrosawodsk verbannte Student der Philologie, Pawel Rybnikow (nota bene der spätere Verwalter von Kalisch), im Jahr 1861 den ersten Band seiner hier gesammelten Bylinen publizierte. Anfangs wollte ihm keiner glauben, dass sich im

Gouvernement Olonez, direkt vor der Haustür der Hauptstadt, altrussische Epen erhalten hatten. In Sibirien ist das etwas anderes, sagten die Leute, weit weg von jeder Zivilisation, dort kann sich tatsächlich etwas von der russischen Starina erhalten haben, aber nicht hier, hier ist das unmöglich … Und sie beschuldigten Rybnikow der Mystifikation. Als sie sich dann überzeugten, dass es stimmte, trugen sie ihn förmlich auf Händen und behängten ihn mit Orden. Pawel Rybnikow selber aber erklärte das Überdauern der Bylinen in der Onega-Region eben mit jener Berührung, nämlich der ›Grenze zwischen Karelen und Tschuden‹, um seine Sprache zu gebrauchen, an der sich die Russen befanden, ›weil sie das zwang, ihr nationales Gedächtnis mit Hilfe von Bylinen über den Ruhm der Kiewer und Nowgoroder Vergangenheit, und damit ihre nationale Eigenständigkeit, zu bewahren‹. Auf der anderen Seite kam es zu einem ähnlichen Prozess, denn auch die Karelier sangen, um ihre nationale Identität gegenüber den russischen Einflüssen zu wahren, ihre Runen und bewahrten auf diese Weise ihr nationales Gedächtnis. Dank diesem Aufeinandertreffen der Kulturen am Onegasee wurden uns zwei wunderbare Denkmäler der Weltliteratur überliefert: eine Sammlung altrussischer Bylinen und das karelisch-finnische Epos ›Kalevala‹.«

»Okay, du hast mich überzeugt. Wenden wir uns also wieder dem Phänomen der bäuerlichen Kultur in der Onega-Region zu. Erstens, glaubst du wirklich, dass davon noch etwas übrig ist, außer ein paar alten Fotografien und den Denkmälern von Kischi? Und zweitens bist du der einzige Ausländer, den ich kenne, der in einem russischen Dorf lebt. Warum gerade in einem Dorf?«

»Du nennst das ein Dorf? Naja …«

»Wie würdest du es nennen?«

»Ich weiß nicht, Wenja, wie man das nennen könnte, was von

Konda Bereschnaja übrig ist, aber ein Dorf ist es sicher nicht. Jedenfalls nicht in dem Sinn, wie es in früheren Zeiten ein Dorf war. Auf den Landkarten findet man Konda Bereschnaja entweder überhaupt nicht, oder es wird mit dem Begriff njeschjlaja, das heißt ausgestorben, bezeichnet. Mit anderen Worten, es handelt sich eher um ein Geisterdorf … die Illusion eines Dorfes … ein Wunderdorf …«

»Umso weniger verstehe ich, warum du dich hier niedergelassen hast?«

»Weil ich der Ansicht bin, dass die Zerstörung des Dorfes das wichtigste Ereignis des 20. Jahrhunderts in Russland war. Nicht die Kriege, nicht die Revolutionen, nicht einmal der ›Aufbau des Sozialismus‹, sondern die Zerstörung des Dorfes war das Ereignis, das das Antlitz Russlands radikal verändert hat. Um also dieses neue russische Antlitz genau betrachten zu können, so dachte ich mir, genügt es nicht, die Gesichter der neuen Russen zu sehen, die in den Pubs entlang der Twerska leuchten, in den Gängen des Weißen Hauses oder am Bildschirm des Fernsehens, sondern man muss auch denen ins Gesicht schauen, die am Ort der Zerstörung ausgeharrt haben, ihnen in ihre betrunkenen, verrückten Augen schauen.«

»Und wie lang hast du vor, noch so zu schauen?«

»Vielleicht noch ein Jahr, eineinhalb Jahre … Ich bin hier nämlich auf eine Menge Themen gestoßen, die ich eigenhändig bearbeiten möchte, so wie den Lehm für meinen russischen Herd.«

»Ist das eine Metapher?«

»Keineswegs, das ist meine Erfahrung. Als ich in dieses Haus zog, war der Herd hier zerschlagen, der Schamott lag in Trümmern. Bis zum Winter musste das repariert werden. Ich begann einen Ofensetzer zu suchen. Der erste kam, schaute sich das an und sagte, der Herd müsse völlig neu gesetzt werden, er berechnete ein paar tausend Ziegel, die ich finden müsse, und dann verschwand er auf Nimmerwiedersehen. Nur gut, dass ich nicht auf ihn gehört habe, denn was würde ich jetzt mit diesem Haufen Ziegel anfangen? Der zweite hat sich über und über dreckig gemacht, indem er in den Ofen kroch, dann meditierte er, zog die Nase kraus, nahm eine Anzahlung für den Sand und machte sich davon. Der dritte tauchte völlig überraschend auf, als wäre er mit seinem Traktor vom Himmel gefallen, er brachte Sand, nahm Geld dafür, und dann fiel er besoffen von seiner Maschine, wobei er sich den Hals brach. In der Folge habe ich keine Ofensetzer mehr gesucht, sondern mich selbst an die Arbeit gemacht. Der Nachbar zeigte mir, in welchem Verhältnis man den Lehm mit dem Sand mischen muss und wie viel Ruß man dem Mörtel zusetzt. Deshalb weiß ich heute mehr über das Mauern eines russischen Herdes als die meisten neuen Russen.«

»Von Polen ganz zu schweigen. Sag ehrlich, verstehen deine Landsleute dich überhaupt noch?«

»Diese Frage musst du an sie richten. Von Zeit zu Zeit dringen gewisse Gerüchte an mein Ohr, meist sind es Klagen über meine Russizismen. Anfangs wollte ich mich noch verteidigen und versuchte, das zu erklären, doch schließlich ließ ich es bleiben, weil ich mir dachte, wer das erlebt hat, weiß genau, wovon ich rede, wer das aber nicht erlebt hat, naja ... Mein Kumpel Helmut P., langjähriger Korrespondent einer deutschen Zeitung in Moskau, sagte einmal, um etwas Sinnvolles über Russland zu schreiben, müsse man mindestens zehn Jahre hier leben. Nur dass man dann kaum mehr Lust verspürt, überhaupt was zu schreiben.«

Hier versetzte mich Wenjamin in Erstaunen. Es stellte sich nämlich heraus, dass er zur Vorbereitung des Gesprächs nicht nur alle meine ins Russische übersetzten Texte gelesen hatte, nein, er hatte auch den alten »Prolog« aufgetrieben, den ich gleich auf Russisch geschrieben hatte, auf Bitten von Vater Josif, Abt des Solowjezki-Klosters.

»Hast du nie daran gedacht, ins Russische zu wechseln? Wie euer Joseph Conrad ins Englische?«

»Einstweilen noch nicht. Obwohl ich mir immer öfter vorkomme wie ein russischer Schriftsteller, der Polnisch schreibt.«

Und diese Aussage führte dann zu jenem komischen Lapsus, den ich eingangs erwähnte. Wenja gab den fertigen Interviewtext in Satz und fuhr nach Gagra am Schwarzen Meer in Urlaub. Das Gespräch erschien mit meinem Bild, darunter die Zeile: »Der polnische Schriftsteller, der Russisch schreibt.« Man weiß also nicht wirklich, was für einer er ist.

19. September

Der Altweibersommer am Onegasee durchwebt die Tage mit Gold, wie bei Nikolai Klujew. Der Waldrand erscheint wie die Vorhalle einer Kirche, in der die Kiefern, im Gebet versunken, Harzduft verströmen. In den Nächten leuchtet über unserer Kapelle der rote Mond.

In den Wäldern gibt es Pilze in Hülle und Fülle – Steinpilze, Birkenpilze, Hallimasch, Eierschwammerl, schwarze und weiße Schwämme …, nicht einmal die ältesten Bewohner der Region können sich an einen solchen Pilzreichtum erinnern. Wir sammeln die Pilze bootweise, ja, tatsächlich bootweise, denn besonders dicht stehen sie auf den Inseln, und es ist leichter, sie von dort im Ruderboot fortzuschaffen, als sie in Händen zu tragen. Dann macht sich Natalia, meine Frau, ans Säubern und Sortieren, sie kocht und mariniert sie, legt sie in Essig ein, salzt und dünstet sie. Das ganze Haus ist erfüllt vom Duft von Pilzen und vom Essiggeruch der Marinade. Zum Frühstück gibt es Steinpilzsuppe, zu Mittag Kartoffel und rote Birkenpilze in Rahmsauce, und zum Abendessen Hallimasch. Die Alten erinnern sich, dass der Mars vor dem Krieg so leuchtete.

21. September

Ein Tagebuch zu führen bedeutet nicht bloß eine Kontemplation der Zeit, die nach Ansicht von Simone Weil »den Schlüssel zum menschlichen Leben« darstellt, es ist auch eine Form der Lebensbuchhaltung. Denn hier, in der Monotonie von Himmel, Wasser und Erde kann man nur allzu leicht die Rechnung der Tage aus den Augen verlieren.

Nehmen wir unseren Nachbarn Petro. Er kommt morgens, aufgedunsen vom Fusel, und fragt, was für ein Wochentag heute ist – Samstag oder Sonntag? –, denn als sie am Mittwoch den alten Sachartschenko eingruben, soffen sie sich so voll, dass sie das Zeitgefühl verloren – total.

Dabei ist heute schon Dienstag.

22. September

Jetzt, da wir in Konda Bereschnaja elektrisches Licht haben, ist es an der Zeit, an die Versorgung mit geistigem Licht für unser Gespensterdorf zu denken.

Unweit von meinem Haus, auf einem Hügel, steht die hölzerne Kapelle des heiligen Samson aus der Mitte des 19. Jahrhunderts. Ihre schöne, schlanke Silhouette im Kader des Fensters, mit der orangen Bauchung des Mondes über der Kapelle, veranlasste mich einst, während ich mich in einem großen Glas Braga[2] spiegelte, dieses Haus zu kaufen.

2 Braga – alkoholisches Getränk aus fermentierten Beeren, Birkensaft oder Getreide.

Ich verwende übrigens nicht das polnische Wort Kaplica zur Übersetzung des russischen Tschasownja für Kapelle, wie das das Große Polnisch-Russische Wörterbuch vorschlägt, weil hinter diesen Begriffen sakrale Objekte verschiedener religiöser Bekenntnisse mit unterschiedlicher Bestimmung stehen.

Die Geschichte der Errichtung dieser Kapelle, die unter den Autochthonen kursiert, hat alle Eigenschaften einer romantischen Legende: Konda Bereschnaja, so sagen sie, ist in seiner Geschichte nicht nur einmal vollständig abgebrannt. Aus diesem Grund setzt man neben den Häusern Birken, die gegen den Wind schützen sollen, der das Feuer verbreitet. Nach einem solchen Brand halfen beim Wiederaufbau von Konda Bereschnaja die Nachbarn, die Muschiks aus Wigowo, auf der anderen Seite der Großen Bucht. Unter ihnen war der Sohn eines reichen karelischen Kaufmannes. Der Junge verliebte sich in eine junge Bewohnerin von Konda Bereschnaja, das Mädchen erwiderte seine Gefühle, und der alte Karelski musste eine ordentliche Summe hinlegen für den Bau einer Kapelle, damit die Jungen wo heiraten konnten – um auf diese Weise die Sünde zu vertuschen.

Was an dieser Geschichte wahr ist und was erfunden, lässt sich heute nicht mehr sagen, denn eine solche Geschichte hat nun einmal die Eigenheit, dass sie sich, während sie von Mund zu Mund geht, in eine Legende verwandelt. Eines ist sicher: Die Kapelle in Konda gleicht derjenigen in Wigowo, so lange sie die von Wigowo nicht nach Kischi geschafft hatten. Sie gleicht ihr, als wäre sie ihre jüngere Schwester. Sie sagen auch, dass die Kapelle bis in unsere Tage in einem leidlich guten Zustand war dank der Phantasie eines der Vorsitzenden der Sowchose »Fortschritt«, der unter dem Einfluss eines trüben – wie Selbstgebrannter mit Fusel – Impulses Geld für ihre Renovierung zuteilte. Das war in den siebziger Jahren des vorigen Jahrhunderts, die Sowchose »Fortschritt« erlebte damals eine Zeit der Blüte, der orthodoxe Glaube hingegen eine des Niedergangs. Obwohl man daher die Kapelle des heiligen Samson schlampig renovierte und während der Renovierungsarbeiten am Dach das Tönnchen mit der zwiebelförmigen Kuppel (ein typisches Detail für die Raskolniki[3]) verloren ging, kann man allein die Tatsache, dass ein sakrales Denkmal auf Kosten einer Sowchose restauriert wurde, getrost zu den Wundern zählen.

»Und was geschah mit dem Ikonostas der Kapelle?«, fragte ich einmal den lokalen Fischer Sascha Tichonow.

»Aus den Ikonen fertigten wir Flöße«, antwortete er lachend, »wie richtige Tölpel, nur so zum Spaß.«

In dieser Hinsicht hatte die Kapelle in Wigowo mehr Glück, denn nicht nur blieb ein Teil ihrer Ikonen erhalten (sie kamen in die Sammlung des Museums in Kischi), sondern ich selbst fand das Kreuz der Kapelle – kann man es glauben? – auf dem Dachboden eines Hauses in Wigowo. Das war im vorigen Winter, ich glaube im Februar, vielleicht auch im März? Ich suchte damals einen »wedjornyj« Samowar (das heißt einen Samowar mit dem Fassungsvermögen eines Eimers), und jemand gab mir den Rat, den alten Wilderer Wasil Kusnezow aufzusuchen, der allein in Wigowo überwintert. Kusnezow schraubte sofort den Preis hinauf (vielleicht ermutigt durch meinen Akzent, vielleicht durch Gerüchte über meinen Reichtum), als ich jedoch verzichten wollte, gab er mir eine Wolfsfalle gratis dazu und sagte, er habe da noch ein Kreuz. Das Kreuz lag auf dem Dachboden, unter altem Gerümpel, in schmutzige Fetzen gehüllt. Wir zerrten es ans Tageslicht.

»Mein Gott!«

3 Raskolniki – von russisch raskol, die Spaltung, von der russisch-orthodoxen Kirche abgespaltene Glaubensgemeinschaft, auch Altritualisten, Altgläubige genannt.

Der Christus auf dem Kreuz war in natürlicher Größe, nur an einigen Stellen blätterte die Farbe ab, so dass die Kalkgrundierung weiß durchschimmerte.

»Liegt das schon lang bei dir herum?«

»Das müsstest du meine Mutter fragen, aber die ist tot.«

Wer mich gesehen hätte, wie ich zurück nach Hause ging, hätte sich gewundert: ein Mensch auf Schiern mit einem riesigen Kreuz über der Schulter, einen Samowar unterm Arm und eine Wolfsfalle am Gürtel. Ich kam mir selber komisch vor, als ich meinen Schatten sah.

Es war damals, auf dem Rückweg von Wigowo, etwas mehr als vier Werst übers Eis, als mir der Gedanke kam, das Kreuz, das ich da so mühevoll schleppte, in unserer Kapelle aufzustellen und damit Konda seinen Feiertag zurückzugeben. Mit einem Wort: ein Lebensziel.

Denn in früheren Zeiten hatte jede Kapelle in der Onega-Region ihren Feiertag, und fast jedes Dorf besaß seine eigene kleine Kirche. Eine Dorfweisheit lautete: »Wir leben das ganze Jahr für den Feiertag.« Und tatsächlich lebte jedes Dorf das ganze Jahr über in der Vorfreude auf diesen Festtag. Mehr noch, die Erinnerung an diese Feiern erhielt sich unter den alten Leuten der Onega-Region als die Feiertage selber, die von den sowjetischen Behörden in der Zeit des Kampfes gegen den lieben Gott liquidiert wurden. Als ich mich in Konda niederließ, erzählte mir einer der Staroschili, der alteingesessenen Bewohner, Konstantin Fjodoritsch, vom Feiertag Sdwischenija, den man angeblich früher am 27. September begangen hatte.

»Vom Festtag Sdwischenija höre ich zum ersten Mal.«

»Es gibt hier noch so manches, von dem du zum ersten Mal hören wirst«, brummte Fjodoritsch ein wenig verlegen.

Ich dachte mir damals, die Leute von Konda Bereschnaja hätten einfach den Namen ein wenig verdreht, denn am 27. September wird der orthodoxe Feiertag Wosdwischenja Krjesta, der Erhöhung des Heiligen Kreuzes, begangen. Offenbar – so legte ich mir das zurecht – hatten sie als Kinder von den Alten davon gehört und es sich als dwischenje, Bewegung, gemerkt, doch sie brachten die Präfixe durcheinander, und statt wosdwignut, das heißt »in die Höhe heben«, nämlich das Symbol des christlichen Glaubens, haben sie es verschoben (sdwinuli), das heißt, sie haben es irgendwohin geschafft, auf den Dachboden nämlich.

Das Konzept war nicht so schlecht, wenn nicht Slawa Agapitow gewesen wäre, ein Dichter, Maler und gleichzeitig einer der besten Onomasten, Kenner von Eigennamen, der Onega-Region. Ich traf ihn vor kurzem und lud ihn zu Wosdwischenje nach Konda ein, er aber korrigierte mich und sagte, in der Onega-Region sage man sdwischenija. Fjodoritsch hat also recht, stöhnte ich im Geiste, obwohl er es nicht erklären konnte, ich aber bin ein Linguist, so wie ein Ziegenarsch eine Trompete ist. Und damit war mein schönes Konzept beim Teufel.

Als ich nun nach Konda Bereschnaja mit dem Kreuz auf der Schulter zurückkehrte, beschloss ich, den Feiertag unserer Kapelle wiederzubeleben. Warum nicht? Ich brauchte nur mit Vater Nikolai aus Kischi zu reden, er solle am 27. September zu uns kommen und sie wieder weihen, nachdem sie von den Bolschewiki entweiht worden war.

Über Batjuschka Osolin könnte man problemlos ein ganzes Buch schreiben. Ich will hier nur versuchen, in ein paar Absätzen sein Porträt zu skizzieren. Wobei ich gleich darauf hinweisen möchte, dass ich Schwierigkeiten damit habe, über Menschen zu schreiben, mit denen ich befreundet bin, weil man mit Worten nicht ausdrücken kann, was zwischen uns abläuft, wenn wir schweigen. Wir lernten einander am 24. Juni (nach dem alten Kalender) auf einem Feldweg zur Kirche von Kischi kennen. Ich sah ihn von weitem: vorneweg die Ikone der heiligen Peter und Paul, dahinter eine graue, offene Rjasa[4] und eine schwarze Kamilawka[5]. Etwas dahinter ein paar jugendliche Posluschnizy[6]. Aus der Nähe nahm er mich durch seine Augen und einen imponierenden Körperumfang für sich ein. Es war der Höhepunkt der Touristensaison. Soeben ging eine Gruppe aus Frankreich an uns vorbei. Ihre Führerin deutete auf Vater Nikolai und sagte zu ihnen:

»N'est-il pas beau celui-la?«

»Merci!«, antwortete er mit zusammengebissenen Zähnen.

Das Mädchen wurde puterrot. Woher hätte sie auch wissen sollen, dass der Pope aus Kischi in Paris zur Welt kam und perfekt französisch sprach?

Unsere erste Begegnung – wir saßen auf den Stufen der Christi-Verklärungskirche – war kurz wie ein russischer Trinkspruch: »Auf einen langen Weg!« Später folgten die nächsten …

Während dieser Begegnungen erfuhr ich nebenbei Details aus seinem Leben, ohne System und Ordnung, als würde ich ein Buch, das es zweifellos wert wäre, geschrieben zu werden, in Fragmenten lesen.

Zum Beispiel: Wir sitzen in seinem Esszimmer am Kamin und warten auf die Banja[7]. Vater Nikolai liebt es, sich so auszuschwitzen, dass sich die Ohren vor Hitze förmlich einrollen, deshalb erhitzen die Posluschnizy die Steine im Ofen, bis sie rot

4 Rjasa – das Kleid der orthodoxen Geistlichen, entspricht der katholischen Soutane.

5 Kamilawka – die Kopfbedeckung des Popen.

6 Posluschniza (oder Posluschnik) – weltlicher Gehilfe in einem Kloster, seltener einer Pfarre, der ein Gelübde des bedingungslosen Gehorsams ablegt.

7 Banja – russisches Bad, das man oft mit einer finnischen Sauna verwechselt. Nur jemand, der sie kennt, wird begreifen, weshalb ich mich weigere, den Begriff ins Polnische zu übersetzen.

glühen, und bereiten rechtzeitig eine große Wanne Kwas mit Minze und ein Bündel Birkenreiser vor. Wir schlürfen inzwischen kalten Champagner und hören eine Schallplatte mit Maria Callas, während im Kamin die Pappelscheiter krachen. Unerwartet fragt mich Vater Nikolai, ob ich Antoni Blum gelesen habe, wenn nicht, dann schenke er ihn mir, und dabei nimmt er einen dicken Band vom Regal. Beschäftigung für einen ganzen Winter. Auf dem Einband steht in goldenen Lettern: »Antoni Mitropolit Suroschski.« Und darunter: Trudy (Werke). Wir betrachten die Illustrationen.

»Das ist meine Kinderfrau.« Er zeigt auf eine Fotografie, auf der Vater Antoni eine Frau mittleren Alters mit einem feinen, vergeistigten Gesicht segnet: »Und hier, neben Grigori Florowski, steht Wladimir Losski, ein Freund meines Vaters; er war oft bei uns zu Hause. Und das hier ist Leonid Uspenski, ein Ikonenmaler. Ich nannte ihn Onkel Lonja, ich weiß noch, wie er mich in seinem Garten in der Nähe von Paris auf dem Rücken trug.«

Ein anderes Beispiel: Wir schauen uns bei einem Nachbarn, einem einfachen Fischer aus Kischi, ein Fußballspiel im Fernsehen an. Vater Nikolai ist begeisterter Fußballfan und spielt selber gern. In diesem Jahr hat er in Kischi sogar ein Fußballturnier organisiert, von dem man in der ganzen Onega-Region redete. Auf dem Bildschirm sehen wir eine planlose Kickerei. Spartak verpfuscht eine Aktion nach der anderen, wir schwatzen einstweilen, trinken Bier zu geräuchertem Lachs, ein Wort gibt das andere, der Nachbar bringt Wodka mit Pilzen, dann wenden wir uns plötzlich der Armee zu. Und dabei stellt sich – zum großen Erstaunen des Nachbarn – heraus, dass Batjuschka Nikolai in seinen jungen Jahren, als französischer Staatsbürger, in einem Verband der Nato gedient hat und dabei an der Berliner Mauer patrouillierte.

»Ja, ja, Lukitsch, dieselbe Mauer, die auch du geschützt hast, nur dass ich auf der anderen Seite entlangmarschierte.«

Noch ein Beispiel: Wir stehen in meinem Zimmer und betrachten schweigend die herrliche Ikone, die mir Mutter Teodora aus Amerika geschickt hat. Vater Nikolai kennt sich aus mit Ikonen, er hat seit der Kindheit zugesehen, wie seine Mutter sie malte, und sein Vater unterrichtet bis heute Ikonenschreiben am Orthodoxen Institut des heiligen Sergej in Paris. Vor dem Fenster wird inzwischen Hochzeit gefeiert, die Tische biegen sich unter den Speisen, es sind Gäste aus Ust-Jandoma, aus Moskau und aus Paris gekommen. Ganz Konda feiert eine Party. Stimmengewirr. Lärm. Gläserklirren. Eine Harmonika spielt. Baba Klawa tanzt mit Baba Schura. Schenja Petschugin redet schon wirr von der gestaffelten Aufstellung irgendwelcher Truppen. Während der kleine Dima Reperant, ein Sopran aus Paris, etwas von Liebe stottert.

»Das ist die Schule des Hesychasmus[8]«, höre ich mit einem Mal, als erwachte ich plötzlich, Vater Nikolais Stimme. »Ich habe sie ein paar Jahre in den Vereinigten Staaten studiert, bei Vater John Meyendorff, meinem Meister und Beichtvater. Weißt du überhaupt, wovon ich rede?«

»Natürlich, ich habe bei Vater Herman auf den Solowjezki-Inseln praktiziert.«

Bei der letzten Begegnung überreichte ich Vater Nikolai mein Buch »Das schwarze Eis« in französischer Übersetzung.

8 Hesychasmus – eine mystisch-asketische Strömung in der Orthodoxie, lange Zeit von der offiziellen Kirche bekämpft. Ansätze des Hesychasmus kann man in den Lehren der Wüstenväter finden, dann in der Praxis und den Schriften von Simeon dem Neuen Theologen, seine volle Entwicklung zu einer Theorie erfährt er durch Gregor Palamas. Die Hesychasten führten östliche Meditationstechniken in die Orthodoxie ein.

27. September

Der niedrige Himmel über dem Onegasee schränkt die Sicht ein wie eine über die Augen gezogene Mütze, unter der von Zeit zu Zeit die Herbstsonne hervorblinzelt, um das Ufer auf der anderen Seite der Großen Bucht zu beleuchten, wobei sie in kurzem Aufleuchten eine Mischung von Orange und giftigem Gelb erstrahlen lässt, worauf das Bild vor dem Fenster wieder zurückkehrt zur Monochromie des Saonesch: von schweren Wolken, schmutzig wie ausgelatschte Filzstiefel, und der bleiernen Farbe des Wassers bis zu den grau gewordenen Holzhäusern und den vom Wodka ausgebleichten Menschen.

Dieses Bild wäre, ehrlich gesagt, ein wenig düster, wäre da nicht das Blitzen der Kuppel auf dem Glockenturm der Kapelle, die in der grauen Landschaft glänzt wie eine Silberpappel, als hätte sie sich vor ihrem alljährlichen Festtag mit Licht gewaschen. In diesem Moment taucht aus dem Bild ein Motorboot der Miliz auf, darin ein paar Leute. Sie nähern sich dem Ufer. Als Erster springt Vater Nikolai in einem langen schwarzen Schafpelz an Land.

»Wir beide, Mar, haben vieles gemeinsam«, sagt er statt eines Willkommengrußes, »wir beide sind nicht von hier, und wir beide lieben Russland!«

»Priwjet, willkommen Vater, was bringt dich zu diesem Schluss?«

»Dein ›Schwarzes Eis‹, mein Lieber! Welcher russische Schriftsteller von heute schreibt mit solcher Liebe über Russland?«

Hinter Vater Nikolai müht sich ein wunderschönes Mädchen aus dem schwankenden Motorboot.

»Das ist Sascha, meine Frau«, sagt Vater Nikolai, schelmisch lächelnd, dann fügt er leise hinzu, »nimm dich in Acht, sie ist Journalistin und will eine Reportage über euch schreiben.«

Hinter Sascha klettern die anderen auf den Landesteg: die Kantorin Lena, ebenso hübsch wie die Popin, der Glöckner Loscha, mit einem Zopf bis zum Gürtel, ein paar Posluschnizy und Unterleutnant Lowa, der mich auf der Stelle in Rage versetzt, weil er beim Anblick meiner neun Katzen sagt, er denke daran, sie abzuschießen.

»Er sagt das aus Gutherzigkeit«, erklärt Loscha.

»Also Kinder, an die Arbeit.« Vater Nikolai treibt Lena, Loscha und die Posluschnizy zur Kapelle, um dort alles für den Gottesdienst herzurichten. Unterleutnant Lowa bleibt beim Dienstboot, um es zu bewachen. Sascha holt einen Notizblock hervor.

»Warum liegt Ihnen, einem Polen und daher sicher Katholiken, das Schicksal dieser orthodoxen Kapelle so sehr am Herzen?«

Ich komme nicht dazu, zu antworten. Vor dem Haus fährt ein Lastwagen mit alten Weiblein in Saonescher Tracht vor – bestickte Blusen, rote Sarafans. Ein Lied erklingt:

Du, Herr, segne,
Herr des Hauses, segne,
Geh dreimal um die Kammer,
Sag ein Wort …

»Das ist unser Chor«, erkläre ich Sascha.

Die Mitglieder des Chores machen sich energisch an die Arbeit. Sie decken die Tische, tragen Speisen auf: Eine legt Naletuschki[9] in eine Schüssel, die Zweite holt Kalitki[10] hervor, die Dritte teilt Hafergelee aus, die Vierte rühmt ihre Rybniki[11]. Über

9 Naletuschki – Saonescher Cheeseburger.
10 Kalitka – Kartoffelpüree oder Roggengraupen, gebacken in Vollkornteig.
11 Rybnik – Fisch in Brotteig.

die hiesige Küche will ich ein andermal schreiben. Und dazwischen springt Nadeschda Kusminitschna herum, ihre Dirigentin. Sie ist offensichtlich beschwipst und summt etwas vor sich hin. Nadeschda hat heute Geburtstag, und dazu der Auftritt vor dem Batjuschka. Wenn das kein Grund ist, für die Courage ein Gläschen zu kippen!

»Wie ist das also mit der Kapelle?« Sascha gibt nicht auf.

»Erstens kann ich mit solchen Etiketten wie ›Pole‹ ist gleich ›Katholik‹ nicht viel anfangen. Stell dir vor, ich würde über dich als Popin in meiner Zeitung schreiben, welchem Leser käme es da in den Sinn, dass du Hosen trägst und dich mit Journalismus beschäftigst?«

»Und zweitens?«

»Und zweitens sage ich mit Wittgenstein, man soll von dem schweigen, worüber man nicht klar sprechen kann.«

»Das heißt?«

»Das heißt, seit ich in Russland lebe, werde ich ständig gefragt, wer ich bin, Katholik oder Orthodoxer? Dabei ist das doch ein und derselbe christliche Glaube, der sich irgendwann, unter dem Einfluss politischer Ambitionen der Herrscher, in zwei Richtungen gespalten hat, und die wurden mit der Zeit überwuchert von Dogmen, um die Wahrheit der einzelnen Richtungen zu beweisen. Worte, Worte und nochmals Worte. Aber kann man mit Worten über das Unsagbare streiten? Als Philologe liebe ich das Wort, doch ich bin überzeugt, dass am Anfang das Schweigen war.«

»Mit einem Wort, Sie gehören gar keiner Glaubensrichtung an?«

»Ich sage das anders: Mein Glaube kommt ohne Worte aus.«

»Um so weniger verstehe ich Ihre Sorge um die orthodoxe Kapelle?«

»Ich versichere dir, Saschenka, wenn hier eine buddhistische

Pagode stünde, würde ich mich keinen Deut weniger um sie kümmern.«

»Warum?«

»Weil mir alle Religionen, außer denen, die zum Kampf gegen Andersgläubige aufrufen, gleich nahe sind: vom Schamanismus der Samen bis zum Schweigegelübde eines Thomas Merton. An der Religion bewundere ich wie an der Kunst den Höhenflug des menschlichen Geistes, egal ob es sich um eine byzantinische Ikone, ein tibetisches Thangka, die Christi-Verklärungskirche in Kischi, den buddhistischen Tempel in Polonnaruwa oder die Kathedrale Notre-Dame in Paris, die Verse eines Waka von Saigyo, die Psalmen Davids oder auch das Römische Triptychon des Papstes handelt. Wenn wir nämlich das Sacrum ablehnen, wie das die Bolschewiki versuchten, dann bleiben uns nur der Schnaps und unsinniges Gebrabbel, man braucht sich nur umzuschauen. Ehe wir daher beginnen, uns mit dem Tourismus zu beschäftigen, wie das Jura Naumow vorhat, oder Freiluftateliers für Künstler zu errichten, wie das Galina Skorzowa tun möchte, gar nicht zu reden von der Urangewinnung, von der Oleg Deripaska träumt, sollten wir der Landschaft hier ihre sakrale Dimension zurückgeben: Das heißt, wir sollten uns hier geistig verwurzeln. Ich denke ...«

»... das ist gefährlich«, wirft Vater Nikolai ein, »es ist besser, zu beten.«

In der Kapelle duftet es nach Weihrauch. Offensichtlich ist es dem Batjuschka bereits gelungen, die bolschewistischen Dämonen auszuräuchern. Die Wand, an der noch gestern weiße Flecken von Vogelmist zu sehen waren, die sich vom Nest bis unters Dach zogen, glänzt jetzt vor Sauberkeit. Das Nest selber ist verschwunden. An der Wand lehnt das Kreuz aus Wigowo. Der Christus auf dem Kreuz sieht nicht mehr so verloren aus wie bei Kusnezow auf dem Dachboden. Aus einem Loch im Boden, wo ein paar Bretter verfault sind, weht ein Luftzug, so dass die Kerzen flackern. Lena und Loscha lesen Psalmen. Die Posluschnizy wachen über den Kerzen.

Die Kapelle füllt sich langsam mit Menschen. Die alten Chorweiblein treten furchtsam ein, richten sich nervös die Kopftücher und werfen heimliche Blicke umher, dann sammeln sie sich wie Hühner in einer Schar um die Kusminitschna. Der alte Konstantin Fjodoritsch, der einzige Bewohner von Konda Bereschnaja, der am Gottesdienst teilnimmt, setzt sich im Vorraum auf die Stufen zur Kapelle, weil er nicht wagt, gleich ins Innere zu treten. Wajan vergisst, die Mütze abzunehmen, ich muss ihn anstoßen. Witali versteckt sich hinter der Kamera und tut so, als würde er filmen. Nur Vater Nikolai und seine Leute fühlen sich hier auf Anhieb wie bei sich in der Kirche. Sie beginnen sofort zu beten.

Und so fand in dieser, auf den ersten Blick vom Herrn vergessenen, Kapelle, leer und ihrer Ikonen beraubt, von Menschen verwüstet und von Vögeln verschissen, ein Gottesdienst statt. Der erste seit der Zeit der finnischen Okkupation, als hier finnische Soldaten ihre Gebete verrichteten. Ein Gottesdienst, während dessen Vater Nikolai mit seiner Schar von Gläubigen aus Kischi, ein paar alte Weiblein aus Welikaja Guba, ein lokaler Greis, Natalia, ich und zwei Freunde aus der Stadt, die gerade bei uns auf Besuch sind, uns dieser Kapelle des Herrn erinnerten. Die Messe hatte in meinen Augen etwas von einem Gottesdienst der ersten Christen an sich (im Stil der Brüder Strugazki). Die Urgemeinde der Christen, die sich einem für postsowjetische Heiden kaum verständlichen Ritual hingibt.

Die Post-Heiden tranken inzwischen – es war schließlich Feiertag – und schauten aus dem Fenster.

Nicht einmal alle Mitglieder der versammelten Gemeinde begriffen, worum es hier ging. Die alten Weiblein verneigten sich nicht rechtzeitig und schlugen ohne zu überlegen das Kreuz. Kein Wunder, im Komsomol hatte man ihnen das nicht beigebracht. Konstantin Fjodoritsch ließ sich krachend auf die Knie fallen und wusste nicht, wann er sich wieder erheben sollte. Oder vielleicht hatte der ehemalige Meister des Sports der Sowjetunion auch Probleme, wieder aufzustehen. Witali machte, statt das Kreuz zu küssen, von diesem eine Nahaufnahme. Nur Wajan machte es einigermaßen richtig, weil er Loscha nachahmte. Aber dennoch erlebte ich während dieses Gottesdienstes etwas, was ich in den satten Gotteshäusern des Westens seit langem nicht mehr erfahren hatte.

»Heute haben wir eine neue Seite im Leben des Saonesch geschrieben«, sagte Vater Nikolai abschließend, »wir haben sie dank einem polnischen Schriftsteller geschrieben. Doch im Unterschied zum Schreiben von Büchern, bei dem man jeden Satz ausstreichen oder verbessern kann, schreiben wir unser Leben sofort ins Reine. Den heutigen Tag kann man nicht mehr ausstreichen.«

Nach dem Gottesdienst gab es ein üppiges Sastolje, ein Festmahl: Gerichte aus der Saonescher Küche, darunter ein heimisch klingender Fisch auf polnische Art und Gerichte der karelischen Küche, unter denen die berühmte Kalarokka herausragt (Ucha[12] auf altkarelische Art) und Sekali (eine Art Püree aus Perlgraupen, Erbsen und Knochenmark), Wildvögel der Gebrüder Wajan & Witali (eine Gans, in Lehm gebraten, und Schnepfen auf wepsische Art), Spezialitäten von den Gläubigen von Vater Nikolai (Seesaibling in Rahm, Renken auf Petrowsker Art und den berühmten Zander à la Osolin in Wein), dann noch Dolma Natalia (Rouladen aus faschiertem Lammfleisch mit Reis, gerollt in junge Rübenblätter und gebraten im russischen

12 Ucha – ein Fischconsommé, keine Fischsuppe.

Herd). Unter den Vorspeisen Pilze in allen nur erdenklichen Varianten (hat jemand von euch einmal eingelegte Chruschtsche gegessen?), alle möglichen Arten von Schmalz (darunter auch Bärenschmalz) und die Früchte unseres Gartens eingelegt nach eigenem Gutdünken: Karfiol, mariniert mit Aronia, Pferdebohnen mit Pfifferlingen. Dazu Getränke nach Wahl: Wer möchte Kagor[13], wer Wasser, wer Braga?

»Der heilige Samson hatte den Beinamen Strannoprijemez«, hob Vater Nikolai mit den Trinksprüchen an, »das heißt, dass er Wanderer aufnahm. Trinken wir auf dieses Haus in Konda Bereschnaja und auf seine Besitzer. Möge auch hier jeder Wanderer mit Freuden aufgenommen werden.« Nach ein paar Gläsern taute der ganze Tisch auf. Die Weiblein, offensichtlich gutgelaunt, begannen zu singen:

Es fiel der Sonnentau, Tau-u,
Auf den dunklen Wald

Der nächste Trinkspruch: Auf die Gäste! Lena singt den Weiblein zu, immer lauter, immer kühner. Die Weiblein lassen sich nicht lumpen. Loscha stimmt ein. Sie singen zweistimmig:

Euer Feld ist steinig.
Unseres noch steiniger!
Eure Mädchen sind schick.
Unsere noch schicker!

Trinksprüche, Trinksprüche und noch mehr Trinksprüche. Wajan holt einen Toschpulur von der Wand, ein Instrument der tuwinischen Schamanen, das mir Sascha Leontjew von »Va-ta-ga«

13 Kagor – süßer Likörwein.

geschenkt hat. Er zupft die Saiten. Sie bleiben stumm. Vielleicht hat der Batjuschka sie verschreckt, vielleicht hat sie auch die Feuchtigkeit zerfressen.

»Los, auf die Liebe!«, ruft Unterleutnant Lowa.

»Was meinst du, Mar, warum ist Fjodoritsch allein gekommen?«, fragt Vater Nikolai, während er eine Dolma in Aroniasauce tunkt.

»Sicher schämen sie sich.«

»Sie schämen sich die ganze Zeit«, wirft Wajan ein, »seit wir hier sind, machen sie nichts anderes.«

»Bei uns haben einmal die Muschiki zu Sdwischenije einen Bären getötet«, meldet sich der bisher schweigende Fjodoritsch zu Wort. »Sie tranken am Ufer, dort, hinter der Banja von Mar, sie schauten und konnten ihren Augen nicht trauen, der Zottelpelz schwamm am Ufer entlang. Sie auf ins Boot, eins, zwei, mit der Doppelläufigen schossen sie auf ihn, und dann hauten sie mit allem auf ihn ein, was ihnen gerade in die Hände fiel, einer mit einer Gabel, der andere mit einer Axt, bis er verreckte …«

»Also dann, auf den Bären!«

»Für das Fell des Bären haben sie uns die Feuerwehrpumpe gegeben.«

»Kischi ist nah, Kischi ist gleich da, in Kischi nehmen sie keinen zum Mann.«

Baba Schura eilt mit Baba Klawa zum Tanz, Witali filmt immer noch. Sascha notiert eifrig. Der Unterleutnant Lowa gießt sich ein Glas voll und stammelt etwas, dass man sich aufmachen müsse, weil ein Sturm aufziehe. Nadeschda Kusminitschna singt mit Lena Tschastuschki[14]. Wajan zankt sich mit Loscha über irgendetwas. Vater Nikolai tunkt die nächste Dolma in Aronia-

14 Tschastuschki – russ., gereimte Scherzlieder.

sauce. Ich hingegen hebe ein großes Glas voll Moosbeerenbraga zum Auge … Ich möchte dieses Fest in seinem bernsteinfarbenen Licht einschließen.

26. Oktober

Unter uns gesagt, der Realität in die Augen
zu sehen ist einfacher, als es erscheint.
VATER ANTONI (BLUM)

Die Zeit des Fellwechsels der Eichhörnchen und des Abflugs der Schwäne. Meine Pappel kämmt im Spiegel des Onega die restlichen goldenen Blätter von den Zweigen in den kühlen Himmel.

Vater Antoni vergleicht unser Bewusstsein mit einem See, in dem sich das spiegelt, was in unserem Geist passiert, aber auch das, was in unserem Körper vorgeht. Wenn wir einerseits, so sagt er, auf die Wasseroberfläche schauen und den Himmel sehen, dann sehen wir schließlich nicht den ganzen Himmel, ja wir sehen nicht einmal das Stück Himmel, das wir wahrnehmen könnten, wenn wir unseren Blick emporrichten würden, sondern wir sehen bloß jenen Ausschnitt, der sich in den Spiegel des Sees fügt. Andererseits genügen ein leichter, die tiefen Wasser kräuselnder Windstoß oder ein kleiner, ins Wasser geworfener Stein, um alle Züge zu verändern.

Bald wird der Winter da sein. Das Eis wird die Wassertiefe zerschneiden und Schnee den Spiegel des Onega bedecken.

9. November

Klujew sagt, früher habe man die Ikonen so subtil geschrieben (die Farben durchsichtig, die Zeichnung luftig), dass sie sich beim Betrachten erst langsam enthüllten – je nach Intensität der Gebete und der Kontemplation. Heute ist das Gefühl für die Ikonen verloren gegangen, meint der Autor des »Liedes vom Onega«, dafür ist das Plakative in Mode gekommen, das heißt die Mode für etwas, was nach Geld und Schwefel stinkt. Je länger ich im Saonesch wohne, umso fester bin ich davon überzeugt, dass die Landschaft hier etwas vom Geist alter Ikonen an sich hat. Damit sich das enthüllen kann, muss man sie geraume Zeit konzentriert betrachten.

26. November

Halb neun Uhr morgens. Draußen ist es finster, so dass man die Hand nicht vor den Augen sehen kann – schimmernde Schwärze. Im russischen Pjetsch, im Ofen, hinter meinem Rücken lodert das Feuer, wobei es sich in der Scheibe spiegelt. Die Flammen beleuchten die schwärzlichen Balken des Sturzbodens, holen Schatten aus dem Halbdunkel, spielen auf den Kleidern der Ikonen. Agnihotra. Feuerzeremonie! Ringsum Stille. Nur die Erlenscheiter knistern im Pjetsch, und auf dem Tisch summt der Computer. Der übrige Raum schweigt im Dunkeln.

Später beginnt sich die Welt vor dem Fenster langsam zu entwickeln – wie eine Fotografie. Zuerst wird ein heller Schneefleck am Ufer belichtet, wie auf einem Negativ, die Wasser des Onega bleiben dunkel, dann trennt sich der Himmel vom Wasser, und das Feuer in der Scheibe verblasst, aus dem Himmel taucht die Pappel – Ast für Ast, aus dem Schnee erhebt sich das Gras – immer schärfer, deutlicher. Das Wasser wechselt von Schwarz zu Sepia, und man kann die Wellen darin zählen. Auf Petschugins

Boot, das kieloben liegt, sieht man jede Planke, die sich unter dem Schnee abzeichnet, und in seiner Banja wirkt jeder Kranz wie aus Stein gehauen. Das Feuer in der Scheibe wird blasser und blasser, bis es verschwindet.

Schließlich fällt die Sonne in die Stube und stößt zum Grüßgott mit einem Strahl scheinbar unabsichtlich an den Toschpulur an der Wand, bis die Saite zu jammern beginnt (ein zweiter Strahl beleuchtet den »Winterwald« von Stronek), zerfließt in honiggoldenem Licht über den Tisch, bedeckt in einer dicken Schicht Wände und Regale, Bänke und Schemel, den Koffer, die Kredenz und den Bottich, tropft auf den Boden und rinnt in jede Ritze, um am Ende zum Pjetsch zu gelangen und ihn mit flüssigem Gold zu übergießen.

Im Pjetsch verglimmen, rötlich glühend, die letzten Kohlen.

27. November

Ruska Pjetsch? Der russische Ofen? Ich will gleich erklären, weshalb ich nicht das polnische Wort piec für den Ofen verwende. Vor allem, weil es solche Öfen in Polen nicht gibt, die man mit russischen Pjetschki vergleichen könnte (anders gesagt, in der polnischen Wirklichkeit fehlt es an der Bezeichnung des Begriffes Ruska Pjetsch), und jeder, der von einer Ruska Pjetsch lesen würde, hätte eine Leere im Kopf oder er würde diese Leere mit einem bekannten Begriff ausfüllen. Außerdem ist der polnische Begriff piec männlichen Geschlechts, das russische Pjetschka jedoch weiblich. Ruska Pjetsch ist tatsächlich ein Symbol für die Baba.

»Pjetsch ist unsere leibliche Mutter«, sagt ein russisches Sprichwort.

Das erkennt man am besten an den mit der Geburt verbundenen Gebräuchen. Als die Frau noch in der Stube entband, enthüllte man »den Mund« des Ofens, wodurch man auf magische Weise den Geburtskanal der Gebärenden öffnete, und aus der aus dem Ofen fallenden Glut bereitete man einen Aufguss, den man der Gebärenden zu trinken gab, damit die Leibesfrucht leicht aus ihr sprang. Wenn es in der Umgebung keine Banja gab, gebar die Frau auch im Ofen. Das Neugeborene kam dann gleichsam aus einem doppelten Bauch auf die Welt, aus dem Bauch der Frau und dem Loch des Ofens.

Sooft ich übrigens in den dunklen Schlund eines russischen Ofens schaue, wo sich die Elemente Feuer und Erde verbinden – die Flammen lecken über den Lehm –, habe ich den Eindruck, in den Abgrund der Urgeschichte und zugleich in meine eigene Tiefe zu schauen. Es war Heraklit, der feststellte, dass die Welt aus dem Feuer geschaffen wurde, und die Bibel sagt, der erste Mensch sei aus Lehm geformt worden. Manchmal scheint mir auch, dass ich dort, an der hinteren Wand, durch die Flammen einen Schatten sehe. Den Schatten eines Menschen in einer Höhle beim Lagerfeuer.

Früher wurden die russischen Öfen aus Lehm geschlagen, erst später verwendete man dafür rohe Ziegel. Der Hausherr machte in der Regel selber den Opjetschek, das heißt das hölzerne Gerüst für drei bis vier Kränze, bedeckt mit behauenen Brettern und einer dicken Schicht Lehm (Brennstelle), und zum so genannten Ofenschlagen lud er die örtlichen Burschen und Mädchen ein. Die Jungen brachten den Lehm mit (nicht weniger als zehn Wagenfuhren), mischten ihn direkt in der Stube, indem sie ihn mit bloßen Füßen am Boden traten, dann schlugen sie den Lehmteig in eine Form aus Brettern, begleitet von rhythmischem Gesang und Keuchen, dem Schmatzen des Lehms und dem Kreischen und Lachen der Mädchen. Oft wurden Feldsteine in den Lehm geknetet, die sich besser erwärmten und die Hitze länger hielten. Nach Beendigung der Arbeit lud der Hausherr die Jugend zum »Ofen-Wodka« ein, und auf dem restlichen Lehm wurde Unfug getrieben. Das Kneten des Lehms allein brauchte ein paar Stunden, der Unfug ging dann bis zum Morgen, und ein gut geschlagener Ofen diente in der Regel mehreren Generationen.

Diese Zeiten sind heute vorbei. Zwar habe ich in vielen Stuben im Saonesch noch alte russische Öfen gesehen, aber – Gott hab Erbarmen! – in was für einem Zustand waren die: eingefallen, zerrissen, manchmal mit einem Bogen gestützt wie eine in der Mitte gekrümmte Alte, schlampig mit Lehm verschmiert. Heute schlägt hier nämlich keiner mehr einen russischen Ofen, kaum jemand weiß, wie das geht. Jetzt sind diverse »Kanonenöfen« und »Burschujki« in Mode (der letzte Schrei sind kanadische Bullerjahns), nur um die Stube im Sommer zu erwärmen, wenn es kühl und regnerisch ist, denn im Winter flüchten die Menschen, die einen in die Stadt, die anderen in kleine Weiler, in ihre Betonkästen mit Zentralheizung. Und auch die Jungen (die es noch nicht geschafft haben, sich in die Zivilisation davonzumachen) stampfen jetzt lieber im Technorhythmus auf dem Parkett im dörflichen Klub, als sich die Füße mit Lehm dreckig zu machen.

Im ersten Moment versetzten mich daher die zerschlagenen Öfen in meinem Haus in eine Depression, und nicht einmal das Gerücht, sie seien von der lokalen Schpana[15] zerschlagen worden, auf der Suche nach den goldenen »Schweinchen«[16] von Fjodor Anisimiwitsch, die er angeblich vor den Bolschewiki irgendwo im Haus versteckt hatte, war geeignet, mich davon zu befreien. Einem anderen Gerücht zufolge hatte die Schpana keine goldenen Schweinchen gesucht, sondern den Selbstge-

15 Schpana – russ., Slangausdruck für Hooligans.
16 Świnka – poln., Schweinchen, goldenes Fünfrubelstück.

brannten des Alten, aber was sie auch immer dort gesucht hatte, davon würde mir im Winter nicht wärmer werden, denn einen Ofensetzer konnte man hier für keine Schweinchen in der Welt auftreiben. Nicht einmal für Selbstgebrannten.

So blieb mir nichts anderes übrig, als selber die Ärmel aufzukrempeln. Ich begann mit Fachliteratur, aus der ich gleich eingangs erfuhr, dass die russischen Öfen einen markanten Makel haben. Sie erwärmen den unteren Teil der Räumlichkeiten nicht (leider schenkte ich dem damals keine Beachtung, weil ich mit den verschiedenen Arten von Lehm, Konstruktionsdetails und Warnungen vor einem Brand beschäftigt war). Ich zog auch Volksweisheiten zu Rate und befragte verschiedene hier ansässige alte Leute, was besser sei: eine Feuerstelle aus geknetetem Lehm oder ausgelegt mit Schamottziegeln?

»Wenn es um die Haltbarkeit geht«, rieten sie, »ist Ziegel vorzuziehen, dafür gerät im Lehm das Brot besser.«

Bei dieser Gelegenheit gaben sie mir den Rat, dem Lehmteig verschiedene Zusätze beizumischen, die einen schlugen Ruß vor, andere lobten rohe Eier, wieder andere Wasserglas.

»Doch das Wichtigste ist, dass sich der Teig elastisch angreift«, stellte Fjodoritsch fest. Und fügte hinzu: »Wie ein strammer Hintern.«

Am Ende machten Natalia und ich uns an die Arbeit. Unser Nachbar Andri half uns. Ich hatte kaum damit begonnen, den Lehm zu kneten, da waren meine Ängste auch schon verflogen. Denn es ist eine Sache, über eine Arbeit nachzudenken und zu reden, und etwas anderes, damit zu beginnen. Daher will ich hier auch nicht mit der Erzählung darüber langweilen, wie wir die Feuerstelle mauerten, damit Natalia Brot oder Kalitka direkt auf dem Lehm backen konnte, wie wir die Höhlungen mit Bögen auslegten, indem wir jeden Ziegel auf einer Seite abschabten, wie wir den Ofen gleich einem Pelz aus Ziegeln ummauerten, um uns gegen ein Feuer zu schützen – das alles muss man selber versuchen. Ich sage nur so viel, dass wir uns mit zwei Öfen drei Tage lang abmühten. Der Prozess ihrer Renovierung war der beste Weg, ihre Geheimnisse kennenzulernen. Sowohl was die Konstruktion betrifft als auch das Prinzip, wie sie funktionieren.

Doch die wahre Wohltat erwies uns der russische Ofen erst im Winter. In meinem Haus am Onegasee hatte seit mehr als fünfzig Jahren (das Haus stammt vom Beginn des vorigen Jahrhunderts) keiner mehr den Winter verbracht, ich aber war im Sommer eingezogen und hatte nicht die geringste Ahnung von seinen Schwächen, an welcher Stelle die Wand durchgefault, wo das Dach löchrig war. Und der Winter im vorigen Jahr war wirklich hoho! Die ältesten Bewohner der Gegend konnten sich nicht an einen solchen Winter erinnern: Die Quecksilbersäule im Thermometer blieb wie eingefroren bei rund vierzig Grad Celsius minus stehen, das Eisloch im Onegasee – aus dem wir das Wasser schöpfen – mussten wir jeden Tag mit der Peschnja (ein Mittelding zwischen einer Axt und einem Brecheisen) aufschlagen, bis es tief wurde wie ein Brunnen, dazu fegte ein wütender Schiwerik, ein Nordwind, durchs Haus, vom Boden her zog es wie der Teufel, weil irgendein Kretin den Tschorny pol, den schwarzen Boden, das heißt die untere Lage der Bretter, zerlegt hatte (sicher für Brennholz), die Fensterscheiben bedeckte innen eine dicke Eisschicht, und in den Abort im ersten Stock schneite es durch die Spalten so hinein, dass man sich mit einer Schaufel bis zum Brett vorarbeiten musste, um sich draufsetzen zu können. In einer solchen Situation ist die einzige Rettung vor der Kälte die Leschanka, die Liegestatt!

Die Leschanka ist der Schlafplatz auf dem russischen Ofen – eine Art gemütliches Lager unter der Decke der Stube, von allen Seiten von der Welt abgetrennt. Meine misst einen Meter fünfundachtzig mal einen Meter siebzig. Ein regelrechtes Wolfslager.

Stell dir vor: In der Stube gefriert über Nacht das Wasser in dem am Boden stehenden Eimer (das ist eben jener Fehler des russischen Ofens, von dem ich sprach), und am Morgen kann man ohne Brechstange keinen Tee zubereiten, auf der Leschanka hingegen herrscht das wahre Paradies! Man kann dort nackt liegen! Ohne sich zuzudecken! Kein Wunder, dass Klujew feststellte:

»Ich will keine Kommune ohne Leschanka!«

Ja, wenn es nur die Kommune wäre. Ein Winter ohne Leschanka macht einem hier das Leben ungenießbar.

Wie oft kam es vor, dass ich bis auf die Knochen durchfroren war, weil ich mit Pawel Konowalow die Netze unterm Eis hervorgezogen oder Natalia geholfen hatte, die Wäsche im Eisloch zu spülen; ich brauchte übrigens gar nicht nach draußen zum See zu gehen, um vor Kälte zu erstarren, es genügte, wenn der eisige Wind durch die Hauswände pfiff, ein paar Stunden am Computer zu sitzen, so dass die Hände auf dem Keyboard klamm wurden. Völlig ausgefroren kletterte ich schließlich auf den Ofen und spürte schon nach wenigen Momenten, wie die Hitze vom Lehmbewurf in mich eindrang … tief … bis zu den Knochen … bis ich glaubte, mein Körper und der Lehmbewurf seien ein und dasselbe, gerade so, als hätte ich das Geschwätz der alten Michajlowna gehört:

»Denn der Mensch und der Ofen sind aus demselben Lehm geschaffen, in unserem Körper und im Lehm findet sich dieselbe Zusammensetzung der Elemente.«

Die Michajlowna ist eine Wiedźma, polnisch für Hexe (vom polnischen Wort wiedzieć, wissen). Sie meint, Lehm sei ein Heilmittel für alle Gebrechen. Im Vorjahr legte sie auf meinen verrenkten Fuß einen Leinenfetzen mit nassem, grauem Lehm und befahl mir, einen Lehmaufguss zu trinken. Nach ein paar Tagen verschwand die bläuliche Geschwulst, und der Fuß war wie neu.

Im russischen Ofen kann man sich auch kurieren, das ist ein altes Heilmittel in dieser Gegend für alle möglichen Gebrechen. Man braucht nur ordentlich einzuheizen, am besten mit Birkenscheitern und Wacholder, sich in ein paar Lagen feuchter Leintücher zu wickeln, ins Innere zu kriechen, bis nur mehr der Kopf aus dem »Mund« herausschaut, und dort liegen zu bleiben, bis man vor Schwitzen beinahe vergeht.

Ich weiß, worüber ich schreibe, weil ich das an mir selber ausprobiert habe. Im Gegensatz zum polnischen Dichter Władysław Chodasiewicz, der etwas über den russischen Ofen gehört hat (vielleicht in den Salons von Piter?), dass man darin Brot bäckt und Krankheiten ausschwitzt, worauf er alles durcheinanderbrachte und den Blödsinn verzapfte, Gawril Romanowitsch Derschawin sei in seiner Kindheit geheilt worden, indem man ihn im russischen Ofen in Brotteig buk! Und dann wunderte sich Chodasiewicz noch, dass der kleine Gawril diese Prozedur überlebte.

Der russische Ofen ist also wie die leibliche Mutter: Er wärmt, und er nährt, und er heilt. Und zweifellos formt er auch den Charakter des russischen Menschen. Man braucht nur an das Märchen von Iwan zu denken, der um nichts in der Welt von der Leschanka heruntersteigen wollte und sogar zum Zaren auf dem Ofen liegend reiste. Im Winter klettere ich auch nicht herunter, wenn es nicht unbedingt sein muss.

Während ich ihn jetzt beschreibe, steht er vor mir – eine echte Schönheit – wie neu. Frisch geweißt, dass er nur so leuchtet, atmet er Wärme und duftet nach Brot.

6. Dezember

Oft stelle ich mir die Frage, woher hier meine Atavismen stammen? Die Ehrfurcht vor dem Feuer, die Verbundenheit mit der Erde, die Schatten im Ofenloch. Je länger ich darüber nachdenke, desto bewusster wird mir, dass die Antwort auf keinen Fall leicht ist.

Erstens – die hiesige Landschaft. So weit das Auge reicht Mandera (wie die Taiga im Saonesch genannt wird) in lockerem Schnee, die Wege verschneit, Fährten wilder Tiere. Nur wenige menschliche Spuren, manchmal stößt man auf die Rillen eines Buran, eine Art Motorschlitten, manchmal eine Lunka im Eis, das Loch, in dem man Fische fängt, hier und da ein paar verkohlte Scheite von einer Feuerstelle, ringsum Harnspuren im Schnee – das ist alles. Selbst dort, wo das Gebiet früher besiedelt war, ist es heute menschenleer. Ausgestorbene Dörfer drohen mit den Stumpen ihrer Häuser, als würden sie zum Himmel rufen, von der Sowchose »Fortschritt« ist nur ein Haufen zerschlagener Hohlziegel geblieben. Und wenn man hier auf einen Menschen stößt, dann für gewöhnlich auf einen betrunkenen Pejsan, wie Dascha Donzowa das treffend nennt, das heißt ein Element der Pejsasch, der Landschaft. Ein Element, das längst alle Merkmale des Homo sapiens abgelegt hat und eher an einen Stein an der Straße oder an einen vom Wind zerzausten Busch erinnert.

In dieser Landschaft gibt es keine Spuren früherer Kulturen, keine Säulen, keine Aquädukte, nicht einmal die Überreste einstiger Straßen oder einer Agora, keine Schatten einer Kathedrale, keine Trümmer eines Schlosses, nicht einmal die Reste von Mauern, gar nicht zu reden von seit Jahrhunderten gestutzten Rasen. Es sind zwar ein paar Denkmäler der heimischen Holzarchitektur erhalten geblieben, doch diese sind in der Regel nicht viel älter als hundertfünfzig bis zweihundert Jahre (das einzige Denkmal aus dem 17. Jahrhundert, die Kirche der Erweckung Lazarus' aus dem Kloster von Muromsk, gleicht eher der Banja von Petschugin als einer Kirche), und auf den Waldlichtungen sind regelmäßige Beete von Steinen zu sehen, die man beim Pflügen aus dem Boden geholt hat, doch es wäre eine grobe Übertreibung, wenn man das Spuren einer ehemaligen Kultur des Saonesch nennen wollte. Die lokalen Historiker, mit denen ich mich manchmal darüber unterhalte, versuchen das so zu erklären: »Die Nomaden hinterließen keine Spuren, weil das Holz, der wichtigste Baustoff am Onegasee, verfaulte.«

»Was nichts an der Tatsache ändert, dass man überall, wo man hinschaut, den Eindruck gewinnt, der Mensch sei hier, kaum habe er das Neolithikum verlassen, gleich in die russische Stube gezogen, dann habe er aus Hohlziegeln eine Sowchose errichtet, und nach dem Zusammenbruch des Kommunismus sei er überhaupt spurlos von hier verschwunden.«

Zweitens – das Leben hier. Der Alltag bedeutet einen ständigen Kontakt mit der Natur, angefangen mit dem Wasser, das du jeden Morgen vom See heranschleppen musst, egal, ob draußen ein Schneesturm wütet und die Majna, das Loch, aus dem du das Wasser schöpfst, hüfthoch verschneit ist, oder ob sie im grimmigen Frost spannhoch vereist ist (wie heute), und endend mit dem Feuer, ohne das es hier kein Überleben gibt. Um sich also am Leben zu erhalten, muss man das Holz aus dem Wald heranschaffen, es in Scheiter schneiden und zu Feuerholz hacken. Erst wenn du eine Zeitlang so gelebt hast, beginnst du zu begreifen, warum die Sprachen der Völker im Norden ein paar Dutzend Bezeichnungen für Eis und Schnee kennen, und erst dann bist du imstande, nach dem Klang des unter der Axt berstenden Scheites zu sagen, wie weit unter dem Gefrierpunkt die Temperatur heute liegt. Du kannst auch nach der Sonne sofort sagen, wie das Wetter morgen sein wird.

Dieses auf den ersten Blick primitive Dasein – in unserem Menü herrschen Speisen vor, die wir selber aus dem See fischen, im Garten pflanzen oder im Wald finden, um sie dann zuzubereiten (Natalia mahlt selber das Korn für das Brot und baut den Hopfen zur Gewinnung der Hefe für den Teig beim Haus an), in der Kleidung dominieren lokale Häute, Wolle (ich trage Pullover, Gamaschen und Handschuhe aus dem Fell Ust-Jandomer Schafe) und Leinen, im Haus dominieren Holz und Lehm, in der Wirtschaft hingegen Stockaxt und Netz – ist in der Realität natürlich und gesund. So mancher Gast aus der so genannten zivilisierten Welt, in der Asphalt den Boden versiegelt, Wolkenkratzer den Himmel bedecken und man die Speisen nicht isst, sondern konsumiert, hat schon, während er unser Schwarzbrot kaute und dazu Braga aus Tschaga[17] trank (die ihn dann ein wenig durchputzt), neidvoll bemerkt:

»Ach, ihr lebt hier wirklich herrlich!«

»Ich weiß nicht«, erwidere ich lachend, »ob das stimmt, und ich will mir darüber gar nicht den Kopf zerbrechen, aber für mich steht fest, dass wir es von hier aus näher haben zur ›wiśtosć rzeczy‹ Witkacys[18]. Zum Beispiel zur Sonne, denn obwohl wir scheinbar in derselben Entfernung zu ihr leben wie ihr, bestimmt sie bei uns den Rhythmus des Lebens, die Wachstumszeit der Bäume, die Laichzeit der Fische, die Phasen der Wiesen und die Saison im Garten, während sie auf euch nur durch den Smog herunterscheint und euren Urlaub reguliert.«

Und drittens – die Stille und Abgeschiedenheit. Im Winter wohnt hier in einem Umkreis von fünf Werst keiner außer uns, manchmal schleichen des Nachts die Wölfe durchs verlassene

17 Tschaga – ein Löcherpilz, Polyporus. Man kann ihn aufgießen und wie Tee trinken oder daraus Braga bereiten. Besitzt heilende Kräfte.

18 Stanisław Ignacy Witkiewicz, genannt Witkacy, 1885–1939, polnischer Dichter und Maler, prägte den Begriff wiśtosć rzeczy, von poln. rzeczywiśtosć, Wirklichkeit.

Dorf, und am Morgen finde ich neben unserem Haus ihre Spuren. Keine menschliche Stimme stört die Stille, keiner schnarcht auf der anderen Seite der Wand, keiner brüllt vor dem Fenster, man hört keine Tramway und keine Autos. Nicht einmal über die Medien dringt eine menschliche Stimme bis hierher, und der Unsinn aus der weiten Welt geht entweder an uns vorüber oder erreicht uns mit großer Verspätung (vom Krieg im Irak erfuhr ich zwei Wochen nach seinem Ausbruch von einem Fischer, der zu uns zum Tee kam). Auch über Telefon oder E-Mail kann man mich hier nicht erreichen. Mit einem Wort, niemand und nichts lenkt mich ab.

In einer solchen Stille kann man vieles hören. (Kafavis schrieb, wenn du dich allein in einem stillen Zimmer befindest, hörst du deutlich das Ticken der Uhr, das verstummt, wenn andere eintreten und Bewegung und Gerede einsetzen, wobei die Uhr schließlich nach wie vor tickt). Gestern Nacht zum Beispiel weckte mich etwas – wie ein Heulen.

»Treiben sich wieder Wölfe im Dorf herum«, dachte ich mir, während ich im Halbschlaf horchte, »oder ist der Wind vor dem Wetterumschwung stärker geworden?«

Es heulte ohne Unterlass, doch ehe ich begriff, was vor sich ging, war ich schon wieder eingeschlafen. Am Morgen war ich nicht sicher: Hatte da etwas im Wachen oder im Schlaf geheult? Vielleicht war das mein Totem-Vorfahre, dachte ich, der plötzlich in mir aufheulte? Es ist daher kein Zufall, dass der Mensch in dieser entlegenen Gegend mit den Tieren Freundschaft hält. Totemismus, Animismus, Schamanismus, Geisterbeschwörung – wie nahe einem das kommt, wenn man sich bloß dem weißen, leeren Raum gegenüber befindet. Oft reizt es einen geradezu hineinzurufen:

»Ist da jemand?«

24. Dezember

Südlich von Konda schneidet der malerische Jelniak in den Onegasee, ein langer Zipfel, bewachsen mit jahrhundertealten Tannen. Eine örtliche Legende besagt, dass unter diesen Tannen die polnischen Herren begraben liegen, die im Saonesch nach Zerschlagung der Truppen von Dmitrij Samoswanez[19] grassierten. Als ich heute dort herumstreifte, fiel mir das wunderbare Haiku von Yukio Katayana ein, in dem die Fichten rauschen, obwohl ihnen kein Weihnachten bestimmt war.

29. Dezember

... er hörte gleichsam auf, als Person zu existieren,
und zerfloss immer mehr mit dem, was ihn umgab.
HENRYK SIENKIEWICZ

Um halb vier wird es dunkel. Ich drehe die Lampe auf dem Tisch an, und die Welt vor dem Fenster verschwindet wieder. Nur von Zeit zu Zeit blinzeln – wie Irrlichter – die Burane der Muschiks aus Kischi aus der Finsternis. Früher orientierten sie sich an den Lichtern des kleinen Weilers Welikaja Guba, wobei sie oft von dem auf dem Eis mitten im See ausgefahrenen Weg abkamen. Seit wir jedoch Strom nach Konda Bereschnaja gebracht haben, erleichtern ihnen die Lichter in unseren Fenstern die Orientierung im Dunkeln.

»Euer Haus leuchtet wie ein Leuchtturm«, sagen sie.

So zünde ich also die Lampe an wie Skawiński[20] und lege eine

19 Dmitrij Samoswanez (der Selbsternannte), der »falsche Dmitrij«, Prätendent auf den Thron des Zaren während der so genannten »Zeit der Wirren« Anfang des 17. Jahrhunderts.

20 Skawiński – Held der Novelle »Der Leuchtturmwärter« von Henryk Sienkiewicz.

Platte mit den Stimmen polnischer Dichter auf (herausgegeben zum zwanzigjährigen Jubiläum der Zeitschrift *Zeszyty Literackie*), um zu hören, wie in dieser Einsamkeit am Onega die heimische Sprache klingt:

»Am Straßenrand erstarrt ein Dodge samt seiner
  Hänger Fülle,
Urin, der dampft, durchlöchert forsch ein Weilchen
  Schnee und Stille.«

Das ist die Stimme Barańczaks. Als wäre er aus jener Welt herbeigeeilt. Ich schließe die Augen. Silvester 1990, das Haus der Barańczaks in Massachusetts. Am Tisch die Familie des Hausherrn, Antoni Libera, Maria Eder und ich. Wir trinken Whisky. Ania serviert einen Truthahnbraten (diesen Geschmack werde ich bis an mein Lebensende nicht vergessen), Libera zeigt ein Video mit seiner neuesten Inszenierung von Beckett – direkt aus London. Wir sprechen über den Krieg am Persischen Golf (in der Version von CNN) und das letzte Konzert von Philip Glass in der Boston Symphony Hall, über James Merrill und Edward Hopper (in Verbindung mit einer von mir geplanten Wanderung nach Cape Cod). Es schlägt Mitternacht, der Champagnerkorken knallt. Staszek[21] schenkt mir zur Erinnerung seine »Ansichtskarte aus dieser Welt«. Am Morgen bringe ich Maria nach Cambridge und kehre dann allein entlang des Saint-Charles-Flusses nach Watertown zurück, wobei ich von Zeit zu Zeit einen Schluck goldenen Tequila aus einem Flachmann nehme. Unterwegs begegne ich einem schwarzen Clochard mit einer riesigen Flasche Rum. Wir trinken einander zu: Aufs neue Jahr! Auf der anderen Seite des Flusses Knallkörper, künstliche Feuer.

21 Staszek – Koseform von Stanisław, der Dichter und Übersetzer Stanisław Barańczak.

Es schneit. Ist das alles in diesem Leben oder in einem anderen geschehen?

»Aus schwarzem Schnee erhebt sich (nicht klar, wer wem
ihn gab)
Ein himmelwärts bestrebter Stock, Krummstab, Wander-
stab.«

Barańczak hat auf der Platte bereits seine »Winterreise« beendet, während ich, die Geister von der CD beschwörend, immer noch mit geschlossenen Augen durch jene Welt reise. Die Stimme Zbigniew Herberts trägt mich ins Speisezimmer in Maisons-Laffitte[22] (am Tisch sitzen der Redakteur und Frau Zofia, die mir, obwohl längst tot, immer noch näher sind als viele Lebende), die Stimme von Ryszard Krynicki lässt im Gedächtnis die ulica Przestrzenna in Wrocław aufblitzen (Ende der siebziger Jahre, ein konspirativer Autorenabend, im jungen, zerzausten Publikum erkenne ich mit einiger Mühe mich selber), die Stimme von Miłosz lädt mich ein in seine Krakauer Wohnung (der alte Dichter öffnet selber die Tür und begrüßt uns galant. Russisch, wobei er schallend lacht, so dass das Echo seines Lachens Carol aus der Küche lockt, die eben Kaffee bereitet), endlich höre ich auch, wie die Stimme Tomas Venclovas in Wirklichkeit klingt, denn bis dahin habe ich nur sein Schnarchen in Erinnerung (hinter der Wand des Gästezimmers im Krakauer Verlag Znak), während mich die Stimme Adam Zagajewskis nach Lemberg entführt, wo ich im Wachzustand noch nie gewesen bin.

Daher erscheint mir das alles gleichsam aus einer anderen Welt kommend.

22 In Maisons-Laffitte bei Paris befand sich die Redaktion der polnischen Emigrantenzeitschrift *Kultura*, für die Mariusz Wilk schrieb.

1. Jänner 2004

Auf der Pappel sprüht der Raureif Funken wie ein bengalisches Feuer. Durch die vereisten Zweige leuchtet das blassblaue Email des Himmels wie durch Spitzen aus Meerschaum. Auf dem Zaun plustert sich der Reif. Vom Dach hängen Sosulki, Eiszapfen, und schauen in mein Fenster. Vor dem Fenster ist der Schatten meines Hauses zu sehen, soeben geht die Sonne dahinter auf. Aus dem Schatten des Hauses qualmt der Schatten von Rauch. Das ist der einzige lebende Schatten in diesem Bild.

23. Jänner

Da ich mich im Norden befinde, sitze ich gleichsam am Schopf der Welt – werft einmal einen Blick auf den Globus. Der Marquis de Custine sagte, je näher man dem Polarkreis komme, umso mehr gleiche das einer Kletterpartie auf ein in den Himmel ragendes Gebirge, von dem aus man die ganze Welt vor sich ausgebreitet sieht.

Der Norden – das ist das Basislager.

Der Norden – das ist meine Fabel.

Mein Norden erstreckt sich von den großen Seen Europas – dem Ladogasee und dem Onega –, Karelien und die Küste des Weißen Meeres umfassend, die Halbinsel Kola und das Gebiet von Archangelsk, die Flussgebiete der nördlichen Dwina und Mesen, und reicht bis zur Petschora und zum Kamen (so nannte man früher den Ural), bis Nowaja Semlja, zur Insel Wajgatsch und bis zur Karischen Straße. Zeitlich beginnt der Norden mit dem sechsten Jahrtausend vor Christus. So datieren die Wissenschaftler die ältesten hier gefundenen Spuren des Menschen aus dem Mesolithikum.

Mein Norden ist die Wiege des Schamanismus, das heißt der Anfänge der Religion. Ake Ohlmars, zitiert von Mircea Eliade, behauptet, der Schamanismus sei anfänglich eine typisch arktische Erscheinung gewesen, hervorgerufen durch den Einfluss des Kosmos auf die Psyche des Menschen und daneben durch die Einsamkeit, das Weiß, den Mangel an Vitaminen und Ähnliches. Ohlmars sieht die Wurzeln des Schamanimus in der arktischen Hysterie – eine psychische Krankheit, die ungewöhnlich häufig bei Völkern des Nordens anzutreffen ist.

Über den Einfluss des Kosmos auf die Psyche kann ich selber einiges berichten, da ich immerhin zahlreiche Winter am Polarkreis verbracht habe. Im Winter fehlt einem die Sonne, man bekommt keine Energie, wird dösig, schläft viel. Dafür macht sich im Sommer der Überfluss an Licht bemerkbar, man ist gereizt, von Schlaflosigkeit geplagt. Das ist allein dem Einfluss der Sonne zuzuschreiben. Und das Polarlicht? Und die Magnetstürme?

Hier im Norden kann man auch sehen, wie die Kunst geboren wurde, man braucht nur nach Besow Nos, eine Landzunge am östlichen Ufer des Onegasees, zu fahren und die Petroglyphen aus dem Neolithikum zu betrachten – Steinzeichnungen auf Granitfelsen, beleuchtet von der Sonne. In diesen Zeichnungen sieht man, wie der Mensch der Urzeit mit Hilfe von Kunst und Magie den Tod zu bändigen suchte.

Wann immer ich mich auf Besow Nos aufhalte, um dieses seltsame Steinzeitkino zu betrachten, festigt sich in mir die Überzeugung, die Kunst bedeute seit den Anfängen der Menschheit große Anstrengung und schweigende Kontemplation und nicht Gaukelei vor einem Publikum, mit einem Damenchor zur Verstärkung.

Mein Norden verfügt über einen weiten Horizont. Ein Dichter schrieb, die Erde sei an den Polen etwas abgeflacht. Außerdem verstellt einem in der Tundra nichts die Sicht, weil die Büsche kaum bis zu den Knien reichen. Daher kann man Moskau und Petersburg, New York, Tel Aviv und Bagdad, Tokio, Delhi und Peking, Tbilissi und Den Haag, Paris, London, Wien und Warschau sehen – alles im richtigen Maßstab!

Von hier aus kann man sogar durch jeden Menschen einzeln hindurchschauen, um zu erfahren, wie viel er taugt. Doch im Grund braucht man den Menschen hier gar nicht. Mir genügen schon die Geister.

25. Jänner

Auf der weißen Leinwand des Onegasees sind in meinem Fenster zwei winzige schwarze Silhouetten zu erkennen: direkt vor mir Slawa, er hat eine Sturmmaske aufgesetzt (ein Neujahrsgeschenk) und wartet auf eine Mitfahrgelegenheit (einen Buran), um auf den Schiern dahinter herzufahren, und rechts Natalia, sich entfernend. Sie ist auf Schiern in den kleinen Weiler gelaufen, um einzukaufen und Post zu holen. Vielleicht ist die *Rzepa* gekommen. Ich hingegen singe auf dem Bildschirm meines Laptops, was ich durchs Fenster sehe – diesen Abschnitt. Wie der alte Samojede an der Hatida.

Das erste Mal sah ich den Norden am Ob-Busen. Dorthin reiste ich im Herbst 1991, gleich nach dem Putsch in Moskau, mit einem Filmteam aus Wrocław. Wir sollten einen »Kunstfilm« drehen, und sie baten mich, ihnen beim Drehbuch zu helfen, doch es endete in einem mächtigen Saufgelage. Nach der Rückkehr nach Polen war jeder mit seinen eigenen Angelegenheiten beschäftigt. Der Tonmeister zum Beispiel wurde Chef des Fernsehens in Wrocław.

(Apropos Wrocław: Ich erinnere mich, dass noch zur Zeit der Untergrundzeitschrift *Konspira* Eugeniusz Szumejko scherzte, wir würden uns alle später einmal zwischen Ob und Jenissei wieder begegnen. Es würde mich interessieren, Genja, wo du jetzt steckst?)

Unsere Basis befand sich in Nadym, einer der größeren Städte im autonomen Kreis der Jamal-Nenzen, das heißt in einem Gebiet, in dem die autochthone Bevölkerung die Nenzen darstellen, die man früher einmal Samojeden nannte. Hier möchte ich anmerken, dass die Bezeichnung Samojed nicht von »der sich selber verzehrt« kommt, sondern von den Wörtern »Sam jeden«, also jemand, der für sich allein lebt. Das behauptet jedenfalls Aleksandr Borissow, ein Reisender und Maler der Sapolarja, der Welt jenseits des Polarkreises.

Nadym steht auf Dauerfrostboden. So weit der Blick reicht, erstrecken sich über den Boden Rohre, schlampig umwickelt mit Pappe und Werg gegen den Frost, und aus den Ritzen dieser Rohre steigen hier und da Dampfwolken. Im Zentrum befindet sich ein Lenin-Denkmal, ringsum Läden, Büros und Ämter in leidlichem Zustand, eine Selbstbedienungsbar, ein Kontor zum Geldwechseln, ein paar Wohnblocks für die lokale Elite und ein passables Hotel für ausländische Gäste und Notabeln aus Moskau. Der Rest sind steinerne Slums, verkrümmt und rissig vom Frost. Nadym hat etwas von einem Albtraum an sich, aber es ist keine Stadt im Stil eines Alfred Kubin und auch kein Wahnbild aus einem Science-Fiction-Film, nichts dergleichen. Nadym ist das delirierende Trugbild sowjetischer Genossen, die durch Erdgas angelockt wurden. Von hier bis zu den Lagerstätten des Jamal ist es bloß ein Katzensprung.

Ich hatte Gelegenheit, die Genossen zu sehen, die damals dort das Sagen hatten (wer weiß, vielleicht herrschen sie heute noch?). Wir lernten uns in der Banja kennen, zu der sie uns führten wie zu einer Abendgesellschaft. Die Banja war wunderbar, eine enorme Hitze herrschte dort, im Vorraum eiskalter Wodka, nackte Mädels, schwarzer Kaviar, Wassermelonen, Tomaten und Wildschwein vom Rost. Vielleicht war es auch Elchfleisch.

»Also dann, auf Stalin!« brachte Jegoritsch einen Trinkspruch aus, als wir schon ordentlich geladen hatten. Jegoritsch war Chef einer Organisation mit einem langen Namen, der darauf schließen ließ, dass sie sich der Hilfe für die autochthonen Völker des Nordens widmete. Das Fernsehen aus Wrocław hatte mit ihr einen Vertrag über eine Kooperation unterzeichnet: Sie stellten uns gratis eine Wjertuschka, einen Helikopter, zur Verfügung, um einen Dokumentarfilm über die stalinistischen Lager zu drehen, dafür sollte das Team aus Wrocław aus dem Schnittmaterial für sie einen Reklameclip für ausländische Touristen zusammenstellen. Kein Wunder, dass sie bereitwillig soffen.

26. Jänner

Ein Wort über die Flieger des Nordens – eine ganz eigene Kaste. Ich bin seit Jahren mit Wladimir Deart befreundet, Pilot und Dichter in einer Person. Deart arbeitete sechsundzwanzig Jahre im Norden. Er überflog ganz Karelien und die Halbinsel Kola, die Republik Komi und Nowaja Semlja, die Gouvernements Wologda und Archangelsk sowie das westliche Sibirien von Tjumen bis zu den Halbinseln Jamal und Gyda.

Wolodja hat mir zahlreiche wunderbare Erzählungen über die Menschen im Norden und einen Band seiner Gedichte geschenkt, der vor kurzem in Archangelsk erschienen ist. Ein paar versuchte ich zu übertragen. Hier die Strophe, mit der die Sammlung beginnt:

»Der Tag geht, und ein neuer Tag kommt,
und du hoffst, du seiest für die Ewigkeit geboren.

Eine langsame Seele gibt sich stets irgendwelchen
Hoffnungen hin,
Und der Geist verbarg sich in Schweigen.«

Deart ist längst in Pension, doch seine jüngeren Kollegen fliegen immer noch. Einer von ihnen, Schenja Stabnitschenko, flog damals – das war im Herbst 1991 – über die Tundra zwischen Ob und Jenissei, über die Halbinseln Gyda und Jamal. Er flog virtuos. Einmal nahmen wir ein altes Weiblein aus Nadym mit, das Preiselbeeren sammeln wollte. Schenka hielt im Flug Ausschau nach den Sammelgründen, wobei er mit dem Bauch seiner Mi-4 fast die Büsche streifte. Ein andermal halfen wir Samojeden, einen Schwarm Fische ins Netz zu treiben, indem wir ganz niedrig über den Fluss mit hohen Steilufern flogen, gegen die die Rotoren jeden Augenblick streifen konnten. Stabnitschenko lachte und meinte, ein solcher Flug sei für ihn ein Kinderspiel, etwas anderes sei es, einen Förderturm über die Hebewinde zu verlassen. Das sei eine ziemlich ernste Angelegenheit.

Nach seiner Pensionierung büßte Wolodja Deart nichts an Phantasie ein und baute sich mit eigenen Händen ein Haus. Solange er flog, hatte er vom Himmel aus nach einem geeigneten Ort Ausschau gehalten und sich den Kargopolski-Distrikt ausgespäht – ein Fleckchen am Fluss Swidsch, nicht weit vom Latschasee –, dort gefiel es ihm am besten. Außer dem Haus baute er noch eine Jacht, um im Alter mit seiner Enkelin Natula über den Latschasee zockeln zu können. Und er schreibt weiter Gedichte, dem Onegasee gewidmet, der Tundra, manchmal auch seiner Frau oder Freunden, lebenden und toten.

»Schenk mir ein, Frau, für jene, die es auf der Linken
nicht schafften,
Und für jene, die auf der Rechten stiften gingen …«

27. Jänner

Von Nadym flogen wir nach Strojka 501, das letzte große Bauwerk Stalins. Stalin plante in einem Zustand von Altersdemenz den Bau einer Eisenbahn entlang des Polarkreises – vom Ural zur Beringstraße (von dort ist es nicht mehr weit nach Amerika). Sie wurde von Seki errichtet, von Häftlingen des Gulag. Sie begannen gleichzeitig in Salechard am Ob und in Igarka am Jenissei. Sie sollten sich irgendwo in der Mitte treffen, doch dann starb der Führer, und die Arbeiten wurden auf halbem Weg abgebrochen … Bis heute sind in der Tundra Spuren der Zonen zu sehen: Schutthaufen von Öfen, aus denen Kamine in den Himmel ragen, halb verfaulte Baracken, verkrümmte Wachtürme. Zonen findet man alle paar Kilometer entlang der Eisenbahngeleise, die im Verlauf der Jahre immer mehr an die Geleise in Tarkowskis Film »Stalker« erinnern, nur dass sie hier durch den Permafrost aus dem Boden gekrümmt wurden.

Strojka 501 filmten wir nicht nur aus der Vogelperspektive, wir fuhren auch mit einem Katamaran über den Fluss Jarudej. Ein unvergesslicher Ausflug voller Abenteuer und Eindrücke: Jagen, Pilze, Fischen. Überhaupt, September in der Tundra! Eine phantastische Jahreszeit – sowohl was die Schönheit der Gegend angeht als auch die Farben. Wir wanderten über den Fluss von Zone zu Zone. In manchen übernachteten wir.

Die Übernachtung in Woltscha auf einem hohen Felsabhang werde ich nie vergessen: zerfallene Bociany, Störche[23], Reste des Sabor[24] und Stacheldraht (umwoben von Fäden des Altweibersommers), aus dem Fenster einer Baracke wuchs eine goldene

23 Bocian – poln., Storch, so wurde nach Gustaw Herling-Grudziński der Wachturm in der Lagersprache genannt.

24 Sabor – russ., ein etwa 4,5 Meter hoher, dichter Bretterzaun rund um die so genannte Zone. Sooft ich in Petrosawodsk bin, macht jedesmal auf einer Seite einer der Hauptstraßen ein Gefängnis-Sabor großen Eindruck auf mich.

Eberesche mit roten Beeren, aus den Spalten im Boden Heidekraut. Und auf dem Appellplatz das Brett mit den Namen der hervorragenden Arbeiter, vom Regen geschält. Alles überwuchert von Stauden mit Beeren und rötlichen Blättern.

Am frühen Morgen ging ich mit Andrzej B. auf die Auerhahnjagd. Die Auerhähne stolzieren gern auf den Geleisen der »toten Strecke« herum (so nennt man heute die Strojka 501). Doch die Vögel waren nicht so dumm, wie wir meinten, und ließen sich nicht anpirschen. Wir kehrten also ohne Beute ins Lager zurück. In der Zone war alles leer – kein Vogel, keine Menschenseele. Es war eine metaphysische Leere, so empfand ich sie jedenfalls. Plötzlich sah ich auf einem Baum einen kleinen Vogel, der einzige in dieser Wüstenei. Er saß etwa dreißig Meter entfernt auf einem Zweig. Ich zielte zum Spaß auf ihn und drückte ab. Das Vögelchen fiel zu Boden, wir gingen hin. Auf seiner Brust waren der Einschuss vom Schrot zu sehen und ein Tropfen Blut, wie eine gefrorene Preiselbeere. Ich dachte an »Das Eichhörnchen« von Schalamow. Es tat mir leid, ich schämte mich. Und ich schwor mir, nie wieder auf ein Tier zu schießen.

Ehrlich, ich zerbrach die Flinte!

Seit damals ziehen mich die Lager an. Denn es ist eines, über die nördlichen Arbeitslager zu lesen, und etwas anderes, sie mit eigenen Augen zu sehen, ihre Atmosphäre zu spüren. Strojka 501 – ein wahres Museum der Sklavenarbeit unter freiem Himmel – war der erste Anstoß für einen der Fäden meiner nördlichen Geschichte. Für einen Faden aus Stacheldraht.

29. Jänner

Ein anderer Faden ist das schamanische Gespinst.

Es begann mit einer Exkursion zu einer Swjatilischtscha, einem Ort, wo die samojedischen Nomaden Opfer für ihre Götter darbringen. Locha, einer unserer Führer durch die Tundra, brachte uns hin. Es war eine Lichtung in einem Salweidendickicht an einem Fluss, von diesem aus nicht sichtbar. Kein Pfad führte dorthin, kein Zeichen. Locha war durch Zufall darauf gestoßen, als er einem verletzten Elch nachspürte. Erst als wir über den mit Salweiden bewachsenen Steilhang auf einen Felsen kletterten, entdeckten wir die Rentierschädel. Eine Masse von Schädeln auf Salweidenzweigen. Einige waren bereits altersmorsch, sie waren sicher hundert Jahre alt oder noch älter, andere glänzten weißlich, abgeschliffen von Regen und Wind, wieder andere wirkten ganz frisch, als wären sie eben erst vom Fleisch befreit worden. In der Mitte der Lichtung stand ein Pfahl in Gestalt eines Kreuzes mit zwei Puppen auf den Seitenarmen. Puppen und Kreuz waren aus Holz geschnitzt und in früher einmal bunte, jetzt jedoch völlig verwaschene Fetzen gehüllt. Auf der einen hing etwas, was an eine Hose erinnerte, die andere trug etwas, was man mit einiger Mühe für ein Frauenkleid halten konnte. Unter dem Pfahl, im Moos, lagen leere Wodkaflaschen und abgenagte Rentierknochen.

Wir versuchten das zu filmen – vergeblich. Die Kamera rührte sich nicht. Der Kameramann fluchte erbärmlich, verhurt und verfickt, es half nichts. In den Salweiden kicherte es. Ich fühlte mich unbehaglich. Als habe ich mich in einen fremden Traum verirrt. Ich hatte den Eindruck, die Schädel grinsten und bleckten die gelblichen Zähne. Doch die Kamera machte keinen Mucks, es war wie verhext. Der Kameramann schlug vor Zorn mit der Faust auf einen der Schädel. Zähne rieselten ins Moos. Ich nahm ein paar als Andenken mit. Die habe ich immer noch.

Auf dem Rückweg sagte Locha, wenn wir einen richtigen Koldun, einen samojedischen Zauberer, sehen wollten, müssten wir nach Tadibejacha fliegen. Früher einmal lebten dort zwei Personen, angeblich Bruder und Schwester, doch niemand konnte sagen, wer von ihnen die Frau war und wer der Mann, so alt und dicht behaart waren sie. Vor kurzem ist einer von ihnen gestorben, und jetzt weiß man nicht, wer überlebt hat: der Bruder oder die Schwester?

Wir drangen lang in Schenja, uns nach Tadibejacha zu bringen. Stabnitschenko wehrte sich mit Händen und Füßen, machte Ausflüchte, erfand Geschichten, endlich willigte er mit einer wegwerfenden Handbewegung ein, unter der Bedingung, uns abzuladen und sofort weiterzufliegen, um nach einiger Zeit zurückzukehren und uns wieder aufzunehmen. Um nichts in der Welt wollte er in der Nähe der Hütte der Kolduny auf uns warten. Er sagte, sie seien imstande, jemand zu verhexen, und wenn sie in Zorn gerieten, könnten sie einen Menschen regelrecht umdrehen, von innen nach außen – wie einen Handschuh.

Der Koldun lebte in einem Blechwagen direkt am Ufer der Ob-Bucht, auf genauen Karten ist der Ort als Tadibejacha eingezeichnet. Über dem Eingang hingen ein paar Zobelpelze zum Trocknen und ein Elchschädel mit Geweih. Es roch nach Fisch und Algen. Nach langem Rufen kam ein Wesen aus dem Wagen gekrochen, gekleidet in eine weite, mit Messingplatten benähte Rentierhaut. Seinen, ihren Kopf, die Schultern und einen Teil des Gesichtes verhüllten ein Kolpak, eine Haube, aus dem Fell eines Vielfraßes gefertigt. Das Wesen war schwarz vom Rauch, stammelte etwas auf Nenzisch und warf irre Blicke um sich, als habe es Fliegenpilze gegessen. Erst nachdem ich mehrmals nach dem Schamanen gefragt hatte, glaubte ich so etwas wie einen Funken von Verstehen in den dunklen Augen zu erkennen. Das Wesen verschwand in der Tiefe des Wagens, stöberte eine Weile vor sich hin murmelnd dort herum und kam dann mit einem kleinen Transistorradio zurück.

»Da hast du deinen Schamanen.« Das Radio war kaputt.

Ein paar Jahre später erfuhr ich von einem bekannten Zyrian[25] in Narian Mar, dem ich die Geschichte erzählte, dass sich der alte Samojede über mich lustig gemacht hatte. Er hatte sofort gemerkt, dass ich vom Schamanimus keinen blassen Schimmer hatte. Sonst hätte ich nicht nach dem Schamanen gefragt, sondern nach dem Tadibej.

30. Jänner

Der dritte Faden, den ich damals auf der Halbinsel Jamal spann, war der nomadische Faden. Es ist nicht leicht, ihn zu entdecken. Im weichen Untergrund der Tundra ist er beinahe unsichtbar. Um ihn im Muster einer Maliza, ein Überrock aus Rentierfell, zu finden, braucht man ungemein scharfe Augen. Um ihn jedoch aus dem Blick eines alten Samojeden herauslesen zu können, muss man wie dieser viele Jahre lang Samo jeden, für sich allein, gelebt haben.

Den nomadischen Faden begann ich in einem Lager der Samojeden an der Hatida zu spinnen. Unsere Gastgeber, Jegoritsch und Genossen, warnten uns davor, in den Tschums der Samojeden zu schlafen, das Ungeziefer würde uns bei lebendigem Leib auffressen, und wir sollten, Gott behüte, keinen rohen Fisch bei ihnen essen, weil wir uns sonst den Magen verderben. Es war nicht zu übersehen, dass die Russen nicht viel von den Samojeden hielten. Die Einheimischen sind für die russischen Kolonisatoren des Nordens immer noch Wilde, die Fisch und Rentierfleisch roh verzehren. Dabei beuten sie diese unter dem

25 Eine indigene Volksgruppe in der Republik Komi.

Vorzeichen einer Organisation, die angeblich den indigenen Völkern helfen soll, erbarmungslos aus, indem sie Benzin und Wodka gegen Zobel- und Hermelinfelle und fertige Malize und Pimy eintauschen. Vor meinen Augen vollzogen sie einen unverschämten Tauschhandel: Für einen Zwanzigliterkanister Benzin und zwei Liter Spiritus nahmen sie eine handgenähte Maliza, vierzig Silberfuchspelze und einen Eimer gesalzenen Stschjokur – ein Fisch aus dem Roten Buch, das heißt streng geschützt. Die russischen Händler vom Ende des 19. Jahrhunderts, die Alexander Borissow so in Rage brachten, können ihnen nicht das Wasser reichen. Die modernen Spekulanten mit Pelztierfellen haben Helikopter zur Verfügung sowie Geld aus dem föderativen Budget, Schnaps, Benzin und die Behörden.

Im Lager der Samojeden an der Hatida hatte ich das Gefühl, zu mir selber zurückzukehren, wie ich vielleicht vor ein paar Dutzend oder vielleicht auch vor ein paar tausend Jahren war. Was war das? Die bekannte Form des Indianerwigwams, den wir unter der Linde im Garten aufgestellt hatten, oder ein atavistischer Traum? Um die Tschums Rentiere, Kinder in Malizen und gefleckte Lajkas, hier und da stehen Narty, leichte sibirische Schlitten. Die Samojeden benützen sie sommers wie winters, der Jagel, das silbrige Rentiermoos, trägt die Kufen wie Schnee. Jagel ist das Futter für die Rentiere, ihr Fleisch ist ökologisch das reinste der Welt, man kann es sorglos roh essen. In der Ferne, bis an den Horizont, Hügel, mit Moos bedeckt wie mit Samt, dazwischen mäandert die Hatida, entlang des Flusses hüfthohes Buschwerk, das ist alles.

Trotz der Warnung der Russen schlug ich mir im Tschum von Japsi Nogo mit rohem Muksun[26] den Magen voll. Die Samojeden frieren ihn ein und hobeln ihn wie einen Holzklotz zum

26 Muksun – ein Fisch der sibrischen Gewässer, wie des Karasees.

Unterzünden. Die Scharten schmelzen förmlich auf der Zunge – im wörtlichen und im übertragenen Sinn. Außer Muksun hobeln sie auch Nelma und Tschira, Hechte hingegen werfen sie ans Ufer wie Flussunkraut.

»Erzähl mir von euch«, bat ich Tuli, die Tochter Nogos, nachdem der Spiritus das erste Eis gebrochen hatte.

Hinter dem Balagan schnaubte Sapo im Schlaf. Ein Balagan ist ein Vorhang aus dünnem Stoff, der im Tschum die Liegestatt vom Sitzplatz trennt. Im Topf köchelte die Fischsuppe. Im Schein des Feuers sah Tuli aus wie eine Indianerin aus einem der Western meiner Kindheit: die schrägen Augen, die Wangenknochen, die Haare …

»Jemandem von uns zu erzählen, der aus der großen Welt zu uns gekommen ist, das ist so, als würde man Ankömmlingen von einem anderen Planeten von den Erdbewohnern erzählen. Ihr Bewohner aus der großen Welt habt es verlernt, über die Erde zu gehen, ihr wisst nicht, was diese wirklich ist. Ihr habt sie mit Beton und Asphalt zugeschüttet. Dabei ist sie wunderbar, vor allem in der Nacht des Polarlichts. Gibt es bei euch Polarlicht?«

»Nein.«

»Kein Polarlicht? Das ist ja schrecklich.«

So begann unsere Unterhaltung, die viele Stunden währte, mit einer Unterbrechung für Träume, die sich so mit dem Wachen vermischten, dass es mir heute schwerfällt, die Grenze zu bestimmen.

Im Verlauf des Gesprächs ging Tuli durchs Zelt, und während sie mir hin und wieder einen Leckerbissen (darunter rohe Rentiernieren) reichte und Tee zu trinken gab, legte sie den erstaunlich stillen Sapo trocken und gab ihm die Brust, dann kam Japsi Nogo vom Fischfang zurück (der alte Samojede hätte problemlos einen Indianerhäuptling in »Der mit dem Wolf tanzt« spielen können), leerte mit uns eine Schale Spiritus und legte sich schlafen, einer vom Filmteam schaute kurz herein, eine Nachbarin kam auf eine Schale vorbei.

Der Tschum ist die Behausung der Nomaden, man kann ihn in wenigen Augenblicken ab- und ebenso rasch aufbauen: Die vier bis fünf Meter langen Stangen werden zu einem Kegel zusammengestellt, über die Stangen werden Rentierhäute gespannt, der Eingang liegt auf der vom Wind abgewandten Seite, drinnen eine Feuerstelle, der Rauch entweicht durch eine Öffnung an der Spitze. An den Wänden auf beiden Seiten Fellstapel – die Liegestatt für die Nacht, verdeckt durch den Balagan, einen dünnen Vorhang. Wenn draußen der bitterste Frost herrscht, ist es drinnen warm wie in einem Mantel aus Rentierfell.

Tuli erzählte, wie sie hinter der Sonne herziehen. Im Sommer nach Norden – achthundert Werst, im Winter nach Süden – genauso weit. Unterwegs kommen sie nur an einem Laden vorbei. Sie können also zweimal im Jahr Brot, Zucker, Tee kaufen und ihre Ration Wodka trinken. Sie trinken direkt vor dem Laden. Dort fallen sie dann auch um und schlafen, wie sie gerade zu liegen kommen, dann trinken sie wieder, manchmal prügeln sie sich, um neuerlich, einer neben dem anderen, wild durcheinander, umzufallen. Bis alles ausgetrunken ist. Das geht so eine Woche, manchmal auch länger, die Rentiere laufen inzwischen in der Tundra herum und müssen dann wieder eingefangen werden.

Sie erzählte von den Gazprom, den Gasleitungen, die ihre Nomadenpfade durchschneiden, von der »toten Strecke« Stalins, auf der sie den Geistern der Seki begegnen, und von den russischen Internaten, wo ihre Kinder leben und lernen; sie hat selber ein solches besucht und wünscht das keinem, der sich an die Tundra gewöhnt hat.

Sie erzählte auch vom Platz der Frau im Tschum, davon, dass die Frau mit einem Fremden kein Wort wechseln dürfe, wenn der Mann nicht dabei sei, dass die Samojeden-Männer ihre Ehefrauen schlimmer behandeln als die gefleckten Lajkas, die Hunde. Sie sprach über verschiedene Tabus, die mir komisch erschienen, doch ich verbarg meine Erheiterung, weil ich spürte, dass diese Dinge für sie ernst waren. Wer möchte glauben, dass eine Frau heutzutage nicht das Recht hat, zwischen einem Mann und dem Feuer durchzugehen, dass es ihr nicht erlaubt ist, über ein auf dem Boden liegendes Lasso zu steigen und so weiter. Daher zieht sie es vor, allein zu bleiben, sich selber zu behelfen. Und Sapo? Hm, sie hat sich mit dem Erstbesten hingelegt, um ein Kind zu bekommen, das war's schon.

»Bist du glücklich?«

»…«

»Warum weinst du?«

»Weil mich noch nie jemand gefragt hat, ob ich glücklich bin.«

Später lag ich lange im Dunkeln. Ich fühlte mich im Tschum sicherer als in irgendeinem Haus, in dem ich bis dahin gewohnt hatte. Von draußen war von Zeit zu Zeit ein Tappen zu hören. Vielleicht Rentiere? Während ich einschlief, verlor ich das Gefühl für die Zeit, und es schien mir, als säße ich in unserem Wigwam unter der alten Linde. In den Wigwam treten die Häuptlinge Langer Lawryń, Bynio Szpalak und der Rote Kurzydło. Sie zerren die gefesselte Jadźka Kotowska hinter sich her, die wir im nächsten Moment »foltern« werden.

Am Morgen weckte mich etwas zwischen Gesang und Gemurmel. Japsi Nogo. Ich trat vor den Tschum. Japsi saß auf dem sibirischen Schlitten und sang in der Sprache der Samojeden. Ich bat Tuli, mir das Lied zu übersetzen, und schrieb ein Stück auf:

»Ich gehe nachts auf den Hügel
Und schaue auf die Sonne, aufs Meer,
Und sie sehen mich an.
Und wir drei haben es gut miteinander –
Die Sonne am Hügel und das Meer,
Und Japsi Nogo, was will man mehr?«

2. Februar

Vom Helikopter sieht die Tundra aus wie ... Ja eben, wie was? Es fehlen mir die Vergleiche, die Sache entzieht sich jeder Beschreibung. Ich schaue in ein altes Notizbuch, in der Hoffnung auf einen Geistesblitz, und finde: »Labir... Was... les Licht. Mir Mo.. s bed...es St... Boden.« Die Wörter sind zerflossen – das Notizbuch hat mich seit damals bei verschiedenen Gelegenheiten begleitet, einmal haben wir sogar gemeinsam ein Bad genommen, weil das Eis am Grünen See unserem Gewicht nicht standhielt – und so wurde die alte Spur unleserlich.

Inzwischen sind Jahre vergangen und vieles hat sich in meinem Gedächtnis vermischt – das eine sehe ich so, das wieder anders, weil ich anders lebe und die Dinge aus einer anderen Perspektive betrachte. Daher schreibe ich Tagebuch, keine Erinnerungen, und selbst wenn ich darin zu längst vergangenen Ereignissen zurückkehre, dann nicht in der Absicht, sie mit bildhafter Genauigkeit zu rekonstruieren, sondern um festzuhalten, was davon bis heute in meinem Kopf geblieben ist.

18. Februar

Heute ist der Beginn von Masleniza (bei uns heißt das Faschingszeit). Butterwoche. Verabschiedung des Winters. Großes Bliny-Essen.

Ein Blin ist so etwas wie eine durchsichtige Palatschinke und gleichzeitig ein Symbol der Sonne. Hier, im Saonesch, treffen zwei Schulen des Bliny-Backens aufeinander: die russische und die karelische. Die erste verwendet in der Regel Hefe, Eier und Roggenmehl, die zweite, saure Milch, Wasser und Hafermehl (in Nordkarelien) oder Gerstenmehl (Südkarelien). Beide Traditionen unterscheiden sich auch durch die Füllung. Die russische nimmt am liebsten Hechtrogen, eine Schnitte Lachs, Innereien der Aalquappe, scharfen Topfen mit Knoblauch, manchmal auch dicke, süße Milch. Die Karelier begnügen sich mit Gerstengraupen, in Milch gekocht, oder auch eingeweichten Preiselbeeren. Auf Karelisch heißen Bliny »Kyschy«. »Kyschy kyzzy kuuzi«, lautet ein karelisches Sprichwort, was so viel heißt wie: »Bliny bitten die Sechsen.« Wahre Magie!

Ich spreche nicht zufällig von Magie. Früher einmal feierte man mit dem gemeinsamen Verzehren der Bliny zu Masleniza den Sieg des Tages über die Nacht – des Lichts über die Finsternis. Man buk sie in einer speziellen Pfanne aus Ton mit dem Zeichen der Sonne und einem gezähnten Rand. Der erste Blin wurde den Geistern der Ahnen dargebracht, indem man ihn am Ehrenplatz hinter der Ikone niederlegte. Vielleicht kommt daher das Sprichwort »Der erste Blin den Komi«, was unserem »Die ersten Pflaumen sind madig« entspricht. Mit Hilfe von Bliny wurde auch die Zukunft vorhergesagt, indem man sie hochwarf und schaute, wie sie fielen, und man fertigte daraus Faschingsmasken, indem man aus den runden Kuchen Löcher für die Augen herausbiss. Heute ist das Wort »blin« ein Fluch (statt »bljad«) und auch ein Ausdruck des Erstaunens.

Seit frühesten Zeiten wurde Masleniza im März begangen, zur Tagundnachtgleiche im Frühjahr, und erst der orthodoxe Kalender verschob sie, weil er versuchte, den heidnischen Feiertag durch den christlichen Rhythmus der Vorbereitung auf das große Fasten zu ersetzen. Doch die heidnische Eigenart der Masleniza schimmerte auch später in ihren Spielen durch. Das Volk belustigte sich daran über alle Maßen, es aß und trank, so viel es konnte. Die Männer galoppierten auf Pferden und jagten auf Schlitten herum, machten sich an die Mädchen heran, sie rutschten auf dem Hintern vereiste Hänge hinunter und prügelten sich mit den Fäusten, bis Blut floss. Diese Unterhaltungen waren oft begleitet von Vorführungen von Skomorochy, Spaßmachern, die in Scharen von Weiler zu Weiler zogen – mit Lauten, Flöten und Sackpfeifen. Den Höhepunkt der Lustbarkeiten stellte das Verbrennen einer Strohpuppe dar, der Masleniza, die den Winter symbolisierte. Die orthodoxen Popen verurteilten diese Ausgelassenheit als heidnisches Relikt. Ich werde nie vergessen, wie Pater Josif, der Prior des Solowjezki-Klosters, ein gebildeter Mann, wie man meinen sollte, zornig von der Kanzel gegen diese teuflischen Riten wetterte.

Nach Jahren des bolschewistischen Atheismus hat sich der Charakter der Masleniza verwischt. Für die einen ist es nichts anderes als eine weitere Gelegenheit, sich zu betrinken, für andere ein Vorwand, um sich mit Bliny vollzustopfen. Doch zweifelsfrei sind in der Masleniza mehr Elemente eines heidnischen Feiertags enthalten als eines orthodoxen Ritus. Bester Beweis dafür ist ein Plakat auf dem Kulturhaus in Welikaja Guba, das zur Verabschiedung des Winters einlädt. Und in der Kirche wird an diesem Tag der Sonntag der Vergebung begangen – vor dem Fasten.

Skomorochy …? Der polnische Linguist und Literaturwissenschaftler Aleksander Brückner sah in diesem urslawischen Wort die Wurzel moroczenie – das heißt, Menschen betören. Der Gelehrte meinte, von dem Substantiv, das einen Bärenführer bezeichnet, einen Menschen, der auf der Sackpfeife, dem Dudelsack, spielt und in einer Maske tanzt, sei im 15. Jahrhundert das Adjektiv skomorośny, schamlos, unbescheiden, gebildet worden. Diese Zweideutigkeit der Skomorochy war ein Grund für ihre Verfolgung und – in der Konsequenz – ihre Eliminierung aus dem Leben und der Literatur. Gegen Ende des 20. Jahrhunderts beklagte Professor Russell Zguta, ein amerikanischer Forscher russischer Folklore, aufrichtig die Unkenntnis der Skomorochy im Westen und sagte, nur wer sich mit ihrer Tätigkeit vertraut gemacht habe, könne die russische Literatur wirklich schätzen.

Wer waren diese Spaßmacher, diese fröhlichen Herumtreiber?

Die einen meinen, sie seien aus Byzanz nach Russland gekommen, andere wieder sagen, aus Westeuropa. Wie in solchen Fällen üblich, führen beide Parteien zahlreiche Beweise für ihre Thesen an. Mir erscheint die Vermutung am wahrscheinlichsten, dass die Skomorochy aus der heimischen Sphäre der heidnischen Scherzy stammen, der Hüter von Gottheiten, Wahrsager und Zauberer. Man braucht sich nur ihre Instrumente anzusehen, immerhin leiten sich die polnischen Wörter Gęśl und Gusła, Laute und Zauberei, vom selben Wort ab, nämlich von gąść (sam sobie gędę), das bedeutet: spielen, singen, aber auch – verfluchen. Für den Blasebalg des Dudelsacks wurden die Blasen von Opferstieren verwendet. Und die Pfeife der Schulejka, eine Art Waldhorn, wurde aus Belladonna (Wolfsbeere) gefertigt, einer Pflanze, der Wunderheiler und Seher besondere Bedeutung zumaßen. Bei dieser Gelegenheit möchte ich darauf hinweisen, dass die Skomorochy mit den oben Genannten sowohl ihr Wissen um verschiedene, voran berauschende Heilkräuter (Bilsenkraut, Stechapfel usw.) verband, aber auch die Fähigkeit, jemanden zu verhexen, Kontakt zu Geistern aufzunehmen und Zauber aufzuheben.

Es ist daher nicht verwunderlich, dass die Skomorochy dem orthodoxen Klerus von Anfang an ein Dorn im Auge waren. Schon in den ersten russischen Heiligenriten kann man zahlreiche Erwähnungen von Teufeln finden, die in der Gestalt von Spaßmachern mit Lauten die gottesfürchtigen Alten des Kiewer Höhlenklosters heimsuchen, um sie zur Sünde zu verleiten. Anfangs deutete jedoch nichts auf ihre spätere Verfolgung hin. Die Spaßmacher – wie man die Skomorochy nannte – führten das große Wort an den Kiewer Fürstenhöfen, sie unterhielten die Gefolgsleute während der ausschweifenden Gelage mit launigen Vorführungen dressierter Bären, sie musizierten, erzählten Fabeln und machten Späße. Professor Zguta nennt sie russische Minnesänger und meint, sie hätten die säkulare Kultur in Russland belebt. Ich füge von mir aus hinzu, dass sie das russische Epos schufen.

Im Lauf der Zeit wurde der Klerus ihnen gegenüber zunehmend feindselig. Umso mehr, als das russische Volk seinen heidnischen Aberglauben nicht ablegte und neben Christus auch an Nixen, Zauber und Hexerei glaubte, die Johannisnacht und Masleniza beging und Korb, dem Waldgeist, Opfer darbrachte. Ein heidnisches Relikt waren auch die beim Volk beliebten Igrischtsche, feierliche Festmahle mit Umzügen, Tanz und Gesang (wunderbar hat sie Tarkowski im Film »Andrej Rublow« dargestellt). Die Igrischtsche konnten nicht ohne Skoromochy auskommen. Sie waren es, die das Volk durch Hornklänge und Dudelsackmelodien zusammenriefen, die rituelle Szenen in Masken spielten, Naturkräfte bannten, indem sie magische Formeln sprachen und zum Tanz aufriefen. Oft standen sie dabei unter dem Einfluss von Roggenmilch, aus Brot bereitetem Wein. Die Popen aber schnaubten vor Wut. Sie verfluchten die Skoromochy von der Kanzel herunter, sie verdächtigten sie, mit unreinen Kräften im Bund zu stehen, und sie verboten den

Gläubigen, ihre Musik zu hören, sie hetzten die Menschen auf: »Schlagt sie, schindet sie, verjagt sie!«

Seit der Mitte des 16. Jahrhunderts versuchte der Klerus, den Zaren für den Kampf gegen die Skoromochy zu gewinnen. Der Metropolit Joasaf schrieb an Iwan den Schrecklichen: »Im Namen Gottes, Barmherziger Herr, erteilt den Befehl, sie aus Deinem Zarenreich zu vertreiben, damit sie keine Verdorbenheit säen können.« Doch Ivan IV. liebte es selber, sich mit den Spaßmachern zu vergnügen (er rief sie eigens zu diesem Zweck aus Groß-Nowgorod herbei, das damals berühmt war für seine Tradition der Skomorochy), weshalb er sich gegenüber den Ermahnungen der Popen taub stellte. Mehr noch, auf seinen Befehl hin wurde in einer Moskauer Kirche Fürst Repnin geköpft, weil er es gewagt hatte, den Zaren darauf hinzuweisen, dass es sich für ihn nicht schicke, sich mit den Narren zu vergnügen. Ein englischer Reisender berichtete, Iwan der Schreckliche habe sich noch unmittelbar vor seinem Tod in der Banja an Liedern von Skomorochy ergötzt. Was immer man also später über Iwan den Schrecklichen sagen mochte, in den Erzählungen der Skomorochy wird ihm eine Erinnerung als gütiger Zar bewahrt.

Im Jahr 1648 erschien ein Ukas, in dem es heißt: »Die Skomorochy mit ihren Domras[27], Lauten und Sackpfeifen dürfen nicht in die Häuser eingelassen werden. Und wenn sich irgendwo Domras und Zinken finden, und Gudki[28] und Lauten und Masken und anderes Teufelszeug, dann sollen diese eingesammelt, zerschlagen und verbrannt werden. Und wer sich mit ihnen vergnügt, der soll mit großen Peitschen und Knuten geprügelt werden.« Mit einem Wort, die Spaßmacher wurden Verbrechern gleichgesetzt.

27 Domra – ein mandolinenähnliches Zupfinstrument der russischen Volksmusik.

28 Gudok – dreisaitiges Streichinstrument, ähnlich einer Violine.

Sie wurden für gesetzlos erklärt, Schikanen unterworfen und in die fernsten Winkel Russlands verbannt – nach Sibirien, in den Ural, ans Weiße Meer und an den Onegasee. Doch die Skomorochy gaben nicht auf. Als Künstler antworteten sie vor allem mit Hilfe ihrer Fertigkeiten. Sie geißelten mit ihren Satiren die trinkfreudigen Mönche und die heuchlerischen Popen, sie machten sich über die prunkvollen Zeremonien lustig, sie verhöhnten den Domostroj und die Sitten am Hof. Zur selben Zeit schlossen sie sich zu räuberischen Horden zusammen, manchmal hundert und mehr Personen zählend, und zogen spielend und plündernd durchs Land; sie beteiligten sich an der Bauernrebellion Stenka Rasins; sie flüchteten an den Don zu den freien Kosaken und ins Gebiet der Wolga, überall den Geist des Widerstandes und freien Witz, Musik, Tanz und Gesang verbreitend.

Es ist den an den Onegasee verschickten Skomorochy zu verdanken, dass sich das russische Epos hier bis zum Ende des 19. Jahrhunderts erhalten hat. Von ihnen lernten nämlich die Fischer des Onega die Bylinen, die später Pawel Rybnikow und Alexander Hilferdings niederschrieben. Heute erinnern an die Skomorochy am Onegasee nur mehr der Name des ausgestorbenen Dorfes Skomorochowo und der Wodka der Marke »Epos« in den Läden der Welikaja Guba.

19. Februar

Als Sascha Leontjew von »Va-ta-ga«[29] erfuhr, dass ich über die spaßigen Leute schrieb, schickte er mir das hervorragende Buch von Soja Wlasowa, »Die Skomorochy und die Folklore«, und riet mir, besonderes Augenmerk dem Kapitel über die Wolo-

29 Va-ta-ga – eine junge russische Musikgruppe aus Karelien, verwendet sowohl moderne als auch traditionelle Instrumente, vataga bedeutet russ. Horde.

tschebniki zu schenken. »Wie du siehst, Mar«, kritzelte er an den Rand, »können sich die Gelehrten bis heute nicht einigen, ob die Wolotschebniki Vagabunden oder Zauberer sind.«

Die Wlasowa schreibt ein wenig verschwommen über das Wolotschebniztwo, weil das ganze Thema ein wenig unklar ist. Bekanntlich war das Wolotschebniztwo in früheren Zeiten eine Zeremonie der Frühjahrsmagie – eine der Zeremonien. Dann geriet der magische Sinn des Mysteriums zu Ehren der Frühjahrssonne in Vergessenheit, doch die Zeremonie selber blieb in den entlegenen Winkeln Russlands bis zum Ende des 19. Jahrhunderts erhalten. Sie überdauerte dank der Horden vazierender Skomorochy.

Aus ihrer Musik war der Rhythmus des Weges herauszuhören, den sie nahmen. So etwas wie ein Volks-Rap, könnte man sagen. Von der Art:

»Alte ohne Zähne
Lieb dich mit mir!
Auf dir lastet keine Sünde,
Dir vergibt Gott,
Der Teufel soll dich holen!
Ich werde dich fressen.«

So redeten sie vor sich hin und spielten dazu auf Lauten und Sackpfeifen. Dieses Gerede hatte etwas von Dada an sich, von Tristan Tzara – Absurdität, Traum und Unsinn: Spatzen, die Katzen auffressen, ein alter Ziegenbock, der sich in einen Schwan verliebt, Bliny, die fliegen wie Teppiche, schwatzende Töpfe und so weiter und so fort. Kurze Sätze, zu den Schritten passend, im Rhythmus des wandernden Blutes, der Weg, mit nackten Füßen auf der Trommel geschlagen.

Den Dorfbewohnern gefiel diese Art von Musik, und wenn

die Wolotschebniki ins Dorf kamen, war das für sie wie ein Besuch der Geister der Ahnen. Denn in der russischen Kultur führen die Wege der Vagabunden durch verschiedene Welten – ein wenig durch diese, ein wenig durch jene –, und irgendwie verschmilzt sie mit der Welt der Geister. Die Wolotschebniki wurden in den Dörfern gastlich aufgenommen, man gab ihnen zu trinken, manchmal bettelten sie um etwas, manchmal klauten sie etwas. Nicht selten geschah es, dass sie Mädchen aus den Dörfern auf ihre weitere Wanderung mitnahmen. Denn viele ihrer Zeremonien hatten mit Sex zu tun. Da gab es zum Beispiel die Kopulation des Skomoroch mit der Erde zu Frühjahrsbeginn. Oder mit einer Birke. Nach einem solchen rituellen Akt fanden normalerweise Massenorgien in Masken statt. Und die Popen wetterten: »Swalnyj grech.« (Gruppensex)

»So wanderten sie dahin in der Musik«, sagt Sascha Leontiew, »und wir von ›Va-ta-ga‹ wollen zu dem zurückkehren.«

20. Februar

Der brasilianische Sänger Gilberto Gil hat recht, wenn er sagt, früher sei die Welt klein gewesen, weil einem die Erde groß erschien, jetzt hingegen sei die Welt riesig, weil die Erde klein geworden ist. Wer hätte ahnen können, dass ich lebende Skomorochy treffen würde, und noch dazu in Paleostrow, wo sich einst mehr als viertausend Menschen selbst verbrannten – Raskolniki des Bruders Ignat aus Solowki. Ja, und dass unsere Begegnung genau mit dem heiligen Ilja zusammenfallen würde! Jenem Tag, an dem die alten Slawen Perun ehrten, den Gott des Donners.

Wir kamen nach Sagubje mit unseren Chorfrauen, um Ilja zu begehen. Sagubje ist ein altes Fischerdorf auf der Halbinsel Klim Nos, nicht weit von Tolwuja entfernt. Jetzt überwintert dort nur mehr Baba Nastja, die Mutter Lusjas. Lusja ist eine fanatische

Raskolniza, sie selber hat die Feier organisiert, um Geld für den Wiederaufbau der Kapelle von Zosima Solowjezki zu sammeln, der hier in Sagubje zur Welt kam, während er seinen klösterlichen Schliff auf der nahen Insel Paleostrow erhielt, bevor er nach Solowki ging. Der heiligenähnliche Zosima wird von den Raskolniki in Russland bis heute verehrt. Über die Raskolniki von Sagubje will ich ein andermal erzählen, vielleicht im Herbst, wenn ich die Paleostrowsker Putina beschreibe, das heißt den großen Fang der Wandersaiblinge.

Am interessantesten an den Feiern am Tag des heiligen Ilja in Sagubje war der Ausflug nach Paleostrow mit zwei Motorschonern. Der erste Schoner ging noch auf der Hinfahrt kaputt, und der zweite kam, um ihn ins Schlepptau zu nehmen. Auf dem Rückweg versagte auch der Motor des zweiten. Wir lagen in der Mitte des Onegasees, eineinhalb Werst entfernt von Paleostrow. Eine nördliche weiße Nacht brach an. Auf der einen Seite von Paleostrow blutete die Sonne, auf der anderen vergoss der Neumond sein bleiches Licht. Die Leute auf den Schonern wurden langsam ungeduldig, jemand rief, er versäume noch seinen Autobus, ein anderer jammerte, er sei hungrig und durstig. Flüche wurden ausgestoßen. Da begann auf den Schonern der Zauber. Zwei Burschen, einer um die Zwanzig, der zweite etwas älter, holten aus riesigen Taschen verschiedene Instrumente hervor und begannen zu spielen. Zuerst auf Drymbas (eine Art tuwinischer Honus, eine Maultrommel, die man zwischen den Zähnen hält) und Samogudy (ein Streichinstrument, ein Mitteldings zwischen einer gezupften Laute und einer Gudok), dann stießen sie in Kaljuki und Torwa (eine Hirtentrompete), um noch etwas später Flöten aus Salweidenholz zu blasen. Es wurde mucksmäuschenstill. Die Touristen erstarrten. Der Kapitän reparierte inzwischen den Motor. Dann fuhren wir weiter.

In Sagubje lud uns Baba Nastja zu einem festlichen Abendmahl. Die beiden Musikanten saßen bereits am Tisch. Sascha und Loscha. So lernten wir uns kennen.

»Dann wollen wir also auf das Epos trinken«, brachte Sascha mit Braga einen Trinkspruch aus.

Sie erzählten etwas über sich. Aleksander Live-Sempler, der Ataman von »Va-ta-ga«, beschäftigte sich seit langem mit Staffeleimalerei, doch als ihm die erste Schulejka gelang, die er nach alten Beschreibungen gefertigt hatte, begriff er, dass die Malerei ihn nicht mehr interessierte, und er widmete sich ganz der Musik. Er fertigt Dudelsäcke, Pfeifen und Gudky, Flöten aus Salweidenholz und Lauten, und demnächst möchte er eine Kantele machen, weil sich die russischen Skomorochy in der Gegend des Onega schließlich mit karelischen Runen-Schamanen getroffen hatten. Er grub auch ein Repertoir der Skomorochy aus – Lieder und Worte – und fügte selber so manches hinzu, weil doch nur die lebendige Tradition Sinn ergibt, nicht wahr?

»Die Tradition im Freilichtmuseum ist so wie der Tod zu Lebzeiten.«

Alexej Phom-Gitara ist, wie sein Beiname sagt, Gitarrist, das vor allem, aber er spielt auf jedem Instrument, und er rappt. Zu dritt, mit Arkascha Buben-Bitem, gründeten sie vor ein paar Jahren in Petrosawodsk die Gruppe »Reel«, die sie später in »Va-ta-ga« umbenannten. Es kamen noch ein paar Leute dazu, unter ihnen Olga, Saschas Frau (sie weint und singt nicht schlechter als Irina Fedosowa), zwei Kontrabässe und eine Geige. Sie spielten mit dem Samen Wimmia Saari und den Tuwinzen von »Huun-Huur-Tuu«, die wieder mit Frank Zappa spielten.

Nach Sagubje hatte Sascha und Loscha der Zufall verschlagen, irgendwie waren sie vom Weg abgekommen. Sie suchten im Saonesch nach einer Bühne unter offenem Himmel mit Akustik. Dort wollen sie im Freien ihr Lespromchoz aufnehmen. Das ist ihr neuestes Projekt. Woher der Name stammt? Ist nicht die ganze Russische Föderation ein einziger großer Lespromchoz? Ein Fällen der Wälder für den Export? Selbst wenn die Wälder Erdöl oder Erdgas heißen. Ich lud sie zu uns ein. Zwei Tage später tauchten sie auf. Und in unserer russischen Stube blieb ihnen der Mund offen stehen.

»Mar«, ächzte Sascha, nachdem er sich umgesehen hatte, »diese Stube hat eine Akustik wie das Innere eines Dudelsacks.«

»Und in meinem Garten wachsen Wolfsbeeren.«

»Du gestattest, dass wir dich zu Masleniza besuchen?«

»Natürlich.«

Ein Wort über meine russische Stube. Das frühere istba leitet sich ab vom Verb istopitsch, das heißt im Ofen einheizen. In der polnischen Sprache überdauerte das im Wort Izdebka, Stübchen. Wenn es daher sagt, »Tancuj od pjetschki« (tanz vom Ofen weg), dann meint das russische Sprichwort, dass du alles, was du machst, mit dem Ofen beginnen sollst. Auch die Beschreibung der Stube.

Die Ecke, in der die Pjetschka steht, nannten sie hier »pjetschni« oder »babi«, von Baba, die Frau. Die Frauenecke bezeichnete semantisch den Beginn der Stube. In diesem Kosmos war sie am ältesten. Das war der Aufenthaltsort des Domowoj – des heidnischen Hausgeistes. Hier, in der Ofenecke, wurde ihm geopfert. Nach der Übernahme des Christentums durch die Rus' nannte man die Ofenecke die »unsaubere« Ecke. In der gegenüberliegenden wurden die Ikonen aufgestellt, und die Ecke mit den Ikonen wurde krasni, hell, genannt. Bei mir steht dort die ägyptische Maria, gemalt von Mutter Teodora aus Boston.

Die dritte Ecke in unserer Stube nannten wir »tschumowy«. Hier hängt der Toschpulur, auf dem einst Sayan Wara von »Huun-Huur-Tuu« gespielt hat. Daneben schaut aus einer Spalte zwischen den Balken der Peliken aus Mammutknochen, eine tschuktschische Gottheit des Herdfeuers, das heißt der schützende Gott des Tschum, des Nomadenzeltes. Den schenkte mir Boris Lesnjak, ein Held der Erzählungen Schalamows … Und zuletzt tauchte in der Tschum-Ecke noch eine Skomorochen-Maske auf, doch von der will ich morgen erzählen. Slawa meint, »Tschumowo« sei super und gesund, während Natalia sagt, das sei hirnlos und verrückt.

Die Decke in der Stube ist hoch und schwarz. Sie wurde mit Lärchenharz und Ruß geschwärzt, um einen an den nächtlichen Himmel zu erinnern, wenn man auf dem Ofen schläft und hinaufschaut. Manchmal fügten sie sogar ein paar Sterne hinzu – mit Flittergold. Durch die Mitte der Decke verläuft der Firstbalken, matiza genannt, Mutter. Der Dichter Jessenin verglich ihn mit der Milchstraße im Himmelsgewölbe und die ganze Stube mit dem Kosmos. Er lenkte auch die Aufmerksamkeit auf die Säule beim Pjetsch, die die Decke hält, und setzte sie mit dem Lebensbaum gleich. »Unter ihm«, so schrieb er in »Die Schlüssel der Maria«, »setzte sich Guatama, unter anderem …« Der Dichter spürte in der russischen Stube den Geist der Hirten. Das Wort pastuch, Hirte, leitete er ab von wypas ducha, Seelenweide.

Der Hirte, so Sergej Alexandrowitsch, ist derjenige, der seine Seele weidet. Früher hatte keiner so viel freie Zeit wie die Hirten. Sie waren die ersten Denker und Dichter, wovon die Bibel und die Apokryphen anderer Riten zeugen. Der ganze heidnische Glaube an die Seelenwanderung, die Musik, die Lieder und die Philosophie, wie Spitzen so fein – die Philosophie des Lebens auf Erden –, ist eine Frucht des transparenten Denkens der Hirten.

Die Ofensäule krönte in der Regel ein geschnitzter Pferdekopf (bei uns blieb der halbe Schädel erhalten), der so genannte Konik. Einen zweiten Konik befestigten wir am Dachgiebel, um die nomadische Natur zu betonen und unser Haus mit einem

Lager zu vergleichen. Das bemerkte ein anderer großer Dichter, Nikolai Klujew:

»Erfahrt es gleich: auf dem Dach der Konik
Ein schweigendes Zeichen, dass unser Weg weit ist.«

Mit einem Wort, meine russische Stube im Saonesch ist so etwas wie ein Genre der nomadischen Fährte. Denn nicht nur der Weg kann ein Haus sein, sondern das Haus kann auch zum Weg werden.

21. Februar

Sie kamen spät, weil der Weg verschneit war. Das Auto hatten sie einen halben Werst vom Haus entfernt stehen lassen. Es war ausgeschlossen, bis ins Dorf zu gelangen. Sie drangen in Masken und Lammfellen auf der linken Seite in die Stube, mit Rohrflöten, Sackpfeifen und einer neuen Gudok. Die hatte Live-Sempler im Herbst aus Esche gefertigt. Dem Klangkörper hatte er die Form weiblicher Hüften mit der delikaten Struktur des Holzes gegeben, das Griffbrett wie einen Schwanenhals gestreckt. Auf der Schwelle begannen sie zu singen:

»Bunt durcheinander
zogen die Skomorochy daher,
rissen jeder einen Zweig ab,
stießen jeder einen Pfiff aus.«

Sie brachten jede Menge Essen mit, darunter das von Slawa so geliebte Basturma, aber auch karelischen Balsam und Schamanenstein, getrocknetes Fleisch. In der Stube wurde es für einen Moment eng. Doch dann suchten sich alle irgendwo einen Platz, tranken Balsam – aufs Epos! –, und wir begannen zu tafeln wie Brüder. Sie stellten sich vor. Neben mir hatte der Maler Terentjew Platz genommen, vergleichbar mit unserem Stanisław Wyspiański (wenn er wiederauferstehen würde), er war nach Konda gekommen, um eine Masleniza-Clip »aufzuzeichnen« – Illustrationen zu einem Zyklus eigener Bilder mit der Musik von »Va-ta-ga«. Auf der anderen Seite saßen Sascha und Olga, von der ich schon sagte, dass sie weint wie Irina Fedosowa, dahinter Inna Kasakowa – das Auge der Kamera, ihr wurde bei uns gleich kalt, weshalb ich ihr meine Lammfelljacke gab, und Lysy, die Glatze – ohne ein Haar, so wie sein Kontrabass. Lysy setzte sich zerstreut auf den elektrischen Tauchsieder, ohne das zu bemerken. Dann Ruslan und Loscha, und Arkascha Buben-Bit. Der holte eine Pfeife, eine Nargileh, hervor.

Während die Wasserpfeife die Runde machte, stimmten die Musiker ihre Instrumente. Live-Sempler gab den Ton mit der Drymbla an, Arkascha probierte die Trommeln.

Endlich begannen sie zu spielen. Und zwar so, dass die ganze Stube zu tanzen begann: Es tanzte der Domowoj, zuerst schläfrig, mit Stroh in den Haaren, dann immer lebendiger, bis er hinter den Mädchen herkeuchte, die ägyptische Maria trat aus der Ikone und tanzte leichtfüßig-schmachtend, in der Tschum-Ecke steppte der tschuktschische Peliken, während er mit seinem Mammutknochen der Trommel von Buben-Bit etwas vom Deckenbalken erzählte, auf dem Ofen hopsten die eisernen Töpfe einen Reigen, sogar die Brotschaufel begann sich im Tanz zu regen, doch Slawa stand ihr im Weg, weshalb sie ihn auf den Hintern schlug. Ich weiß nicht mehr, wann ich selber die Flöte aus Salweidenholz zur Hand nahm und, ehe ich mich versah, zu spielen begann.

Das Halbdunkel in der Stube wurde nur durch das Feuer im Ofen und zwei Öllampen erleuchtet. Die Schatten der Tanzenden krümmten sich an den Wänden. Live-Sempler sang eine Skomorochen-Weise:

»Die Katze ging in den Wald,
Sie brachte einen Gürtel,
Und die Katze nahm ihn weg,
Und gab ihn Manja.
Und du Katze schnurrte nicht,
Und du Manja schlaf, schweig.
Baj da luli, stirb noch heute,
Stirb noch heute, morgen wird das Begräbnis sein.
Papa bringt einen Sarg aus der Arbeit,
Großmutter näht bei der Kerze ein Hemd,
Mama bäckt im Ofen Bliny.
Wir werden essen, ordentlich essen,
An unsere Manja denken.
Baj da luli baju baj.
Bajduli-bliny iss auf ...«

Unversehens schliefen wir ein.

Am Morgen begann »Va-ta-ga« mit dem Clip. Terentjew wurde von Zeit zu Zeit vom Katzenjammer gebeutelt. Inna war so verkatert, dass sie sich kaum auf den Beinen halten konnte, während Ruslan, Lysy und ich, um nicht zu stören, eine Tour durch den Saonesch unternahmen. Mit dem Schlitten, wie es sich für Masleniza gehört, allerdings nicht mit lebenden, sondern mit mechanischen Pferden.

Am Abend trennten wir uns. Die Wolotschebniki zogen weiter. Wir tranken für unterwegs auf das ewig währende Epos, und zur Erinnerung an das nächtliche Konzert schenkte mir Sascha eine seiner Masken.

»Jetzt gehört sie schon dir.«

Dann meinte er noch, wenn der Mensch eine Maske der Skomorochy aufsetze, nehme er sein menschliches Gesicht ab und könne sich endlich lockern – ganz schlaff werden.

»Unter der Maske bist du mehr du selber als ohne.«

2. März

Am Tag nach dem nächtlichen Konzert von »Va-ta-ga« vertrieb uns der Gestank der verbrannten Masleniza aus Konda. Die Wolotschebniki verbrannten ihre Puppe (in alte Kleider von Natalia gehüllt) mitten im Dorf auf einem großen Holzstoß, während sie in Masken um sie herum tanzten. Das letzte Bild, das mir von diesem Schauspiel im Gedächtnis haften blieb, war die hoffnungslos traurige und verkaterte Maske des Malers Sergej Terentjew.

Unser Weg führte über schmelzenden Schnee durch den Wald. Ruslan schaltete Lespromchoz ein, Lysy zerbrach einen Schamanenstein. Durch die Scheiben des Land-Cruiser Prado sah man auf Espen und Erlen Eiszapfen blinken, Birken griffen, wie TIRówki, Nutten der Landstraße, mit ihren Zweigen nach uns, und vereinzelte Kiefern sahen unter dem Pelz des schweren Schnees aus der Entfernung wie wohlgestaltete Frauen aus. Auf dem Weg von Konda nach Welikaja Guba – diesen Weg habe ich schon im Blut, weil ich ihn Tag für Tag zurücklege, egal, ob bei Regen, Hitze oder Frost – begegneten wir keiner Menschenseele, wenn man einmal von dem Pejsan absieht, der wie ein Toter in einem Gebüsch lag. In Welikaja Guba nahmen wir eine Kiste Bier mit.

»Wir haben eine lange Strecke vor uns«, sagte Ruslan lachend.

Dann begegneten wir unterwegs keinem mehr, keinem Fußgänger, keinem Auto. Eine leere Waldstraße durch das Gebiet um den See, die Fahrbahn hart und schneebedeckt. Man hätte ordentlich Gas geben können. Doch wir taten es nicht. Wir fuhren bedächtig, um uns richtig sattsehen zu können. Nicht oft haben wir nämlich die Gelegenheit, einfach so durch die Gegend zu ziehen, in der sich Fuchs und Hase gute Nacht sagen und die Pfade der Vaganten sich mit den Spuren der Bären kreuzen. Es ist wirklich schade, dachte ich mir, dass Paweł Huelle nicht mit von der Partie ist, der wüsste das zu schätzen.

Von Welikaja Guba fuhren wir über die Hauptstraße in Richtung Medweschegorsk. Das letzte Mal war ich diese Strecke vor einem Jahr gefahren, per Autostopp, im Mai, nach Kem am Weißen Meer, berauscht durch die Lektüre des »Römischen Triptychons« von Johannes Paul II. Die Straße war voller Lichter gewesen. Doch das ist eine andere Geschichte.

Ein paar Kilometer vor Welikaja Niwa bogen wir nach Osten ab, in Richtung Onegasee. So weit das Auge reichte Wald, Wald und nochmals Wald. Endloser Wald! Es ist erstaunlich, dass sie ihn bis heute nicht restlos geschlagen haben. Schließlich ist schon Iwan Polakow beinahe in Tränen ausgebrochen beim Anblick der erbärmlichen Espen und Erlen, die dort standen, wo es früher einmal Tannen gab, so hoch wie Masten.

»Das ist die gewaltige karelische Natur!«, sagte Ruslan, der mit einer Hand lenkte und mit der anderen die Bierflasche zum Mund führte. »Sie hat sich noch nicht unterkriegen lassen. Und das bei der heutigen Technik, stell dir nur vor: Benzinsägen, Kräne. Früher wurden die Bäume händisch geschlagen, mit der Axt, dann wurden die Stämme mit Pferden aus dem Wald geschleift. Und heute werden sie, ruck zuck, mit Lesowozy hinausgeschleppt.«

»Ja, aber das ist nicht mehr dasselbe Holz wie früher. Ein Haus kannst du damit nicht bauen. Ich weiß, wovon ich rede, als ich nämlich Tannen suchte, um ein paar verfaulte Deckenbalken auszuwechseln, gab man mir den Rat, das Holz aus der Gegend von Pudosch kommen zu lassen, wo sie die letzten Reste der Urwälder für den Export schlagen. Hier wirst du solche nicht mehr finden. Auch die wertvolle karelische Birke kannst du hier nirgends mehr auftreiben. Sie haben daraus Möbel für die Herrenhöfe gemacht, Wandverkleidungen und Schachspiele, Schatullen und Puderdosen für reiche Damen – dafür wurde alles abgeholzt. Jetzt wächst sie nur mehr in botanischen Gärten, und auch von dort wird sie geraubt.«

»Trotzdem«, warf Lysy ein, der bisher erstaunlich schweigsam dagesessen hatte, »sind die Wälder hier immer noch die grünen Lungen Europas.«

Schade, dass wir das ausgestorbene Dorf Pole nicht aus der Nähe zu sehen bekamen. Es liegt abseits von der Straße und war so zugeschneit, dass kein Durchkommen war. Das schöne Kirchlein leuchtete in der Ferne wie eine Kerze in einem verschneiten Feld.

Im Dorf Tipinize endlich eine Spur Lebens – über einem der schiefen Häuser stieg Rauch auf. Nicht weit davon ein Muschik, mit einer Gabel über einen Misthaufen gebeugt. Wir bogen nach Ust-Jandoma ab.

In Ust-Jandoma überwintern meine Freunde Klawa und Wiktor Denisenkow. Ich wollte Ruslan und Lysy mit diesen Tschuwaken bekanntmachen, was in ihrem jugendlichen Slang so viel wie Sonderling bedeutet. Wiktor ist ein Kosak vom Kuban, Klawa hingegen eine geborene Ust-Jandomianerin. Sie lernten sich in Workuta kennen, wohin man ihren Vater in ein Bergwerk verschickt hatte, weil er als Vertreter der Kolchose in Ust-Jandoma überschüssiges Getreide an die Bauern verteilt hatte, wenn sie das Plansoll ablieferten. Wiktor war aus eigenen Stücken vom Kuban nach Workuta gefahren, dem »langen Rubel« hinterher, wie man hier sagt. Vor zehn Jahren übersiedelten sie vom Fernen Osten nach Ust-Jandoma. Sie überwintern hier allein, weil Ust-Jandoma im Winter von allen anderen verlassen wird. Wie unser Konda.

(Früher einmal lebten sie hier zu dritt, mit Klawas Sohn, doch Wiktor brachte seinen Schwiegersohn um, als sich der, benebelt von Rauschgift, mit dem Messer auf ihn stürzte. Wiktor hat dafür ein paar Jahre gesessen. Vor kurzem ist er zurückgekehrt. Darüber wird im Haus Denisenkow nicht gesprochen. Daher die Klammer.)

»Na bljad[30]«, stieß Ruslan erstaunt hervor, als wir aus dem dunklen Wald auf den sonnenüberfluteten Onegasee zusteuerten.

Vor uns lag Ust-Jandoma. Der Name des Weilers leitet sich vom Flüsschen Jandoma ab, das aus dem See Jandoma entspringt. Angeblich bedeutet Jandoma so viel wie: Jan doma? Eine Frage nach dem Hausherrn Jan, ob er zu Hause ist. So erklärte es mir ein betrunkener Pejsan in Jandoma vor einem Jahr, als Natalia und ich am Tag des Sieges (das ist der 9. Mai) hinkamen. Die Siedlung an dem zuvor namenlosen See hatte angeblich ein Pole namens Jan begründet. Der Pejsan drängte mich, aus diesem Anlass mit ihm einen zu kippen, doch ich redete mich aus, ich sei von Zecken gebissen worden und nehme Penicillin.

Über Ust-Jandoma kehrten wir nach Hause zurück – mit einem Mittagessen bei der Denisenka. Damals, an jenem Tag des Sieges, trank Wiktor einiges, und vielleicht erzählten sie deshalb mehr, als sie eigentlich wollten. Sie erzählten, wie sie im Winter leben, womit sie sich beschäftigen. Worüber sie streiten. Wie sie nämlich erklärten, gebe es im Winter keinen besseren Zeitvertreib als ordentlichen Streit. Stellt euch vor, es gibt kein Fern-

30 Bljad – Hure, erfüllt im Russischen dieselbe Funktion wie das polnische kurwa, ein Fluch, ein Ausdruck des Erstaunens, manchmal einfach ein Füllwort.

sehen, keine Zeitungen, und Bücher kann man beim Qualm der Öllampe auch nicht recht lesen. Was bleibt also? Streit!

Im Winter streiten die Denisenkows jeden Tag, und das mit großem Eifer. Das ist ganz normal in dieser Einöde. Ich wunderte mich nur über die Themen dieser Auseinandersetzungen, zum Beispiel: Gibt es ein Leben auf dem Mars?

Darüber hinaus schauen sie sich im Winter noch gern sowjetische Filme an, die sie auswendig kennen.

»Was heißt ›anschauen‹?«, frage ich, »Ihr habt doch gar keinen Fernseher?«

»Wir hören die Filme im Radio, weil man bei uns mit dem Transistorradio sogar den Ton des Fernsehens empfangen kann. Verstehst du?«

Diesmal war Wiktor nicht zu Hause. Klawa war schon seit einer Woche allein. Es stellte sich heraus, dass sich Wiktor bei neuen Russen aus Medgory als Wächter verdingt und einen Wald bewacht, den sie nicht weit von hier schlagen, damit sich kein anderer mit dem Holz davonmacht. Er wohnt in einem Waggon im Wald und kommt nur am Samstag in die Banja. Das passt, denn heute ist Banja-Tag. Sonst lebt er die ganze Zeit über dort. Und sie muss hier mit allem allein zurechtkommen. Könnt ihr euch das vorstellen: alle Hühner, die Gänse, die Enten, die Truthühner. Dann noch die Ziegen, die täglich gemolken werden müssen, die Schweine, die Schafe, die Hasen, von den Hunden und Katzen gar nicht zu reden. Und dann muss man noch jeden Tag das Eisloch putzen, wegen des Wassers, und jeden zweiten Tag sind die Netze einzuholen.

»Entschuldigt die Unordnung und kommt herein, bitte«, sagt sie lächelnd. »Lasst die Kälte draußen.«

Ich bringe es nicht über mich, Klawas Gesicht zu beschreiben. Es ist kein Vorzeigegesicht. Es ist eines, aus dem man das ganze Leben ablesen kann. Klawa ist seltsam – das könnt ihr mir glauben –, sie glaubt an Werwölfe (und sie vertraut den Werwölfen), sie kann auch besprechen, verfluchen und heilen. Einmal überredete ich sie so lange, bis sie sich endlich bereit fand, mir einen Werwolfs-Fluch beizubringen, den ich später ins Polnische übersetzte und von Zeit zu Zeit verwende – als Mantra:

»Monat, Monat – goldene Hörnchen!
Zerschmilz Kugeln, zerbrich Knöchelchen,
Erweiche die Knüppel, zerstreue die Meute,
Führ den bösen Menschen in die Irre.

Damit sie den grauen Wolf nicht töten,
Damit sie ihm nicht das Fell abziehen.
Mein Wort – ein stummes Heulen,
Mein Wort – gib mir das Leben.«

Klawa sagt, ein Werwolf sei jemand, der sich zwischen Sein und Nichtsein befinde: ein Mensch im Wolfskörper, ein Wolf mit menschlichem Bewusstsein. Der Werwolf gehört weder der Welt der Menschen an noch der Welt der Tiere. Er wird hier wie dort gejagt.

»Denkt nur, was das für ein Wolf ist, der statt Fleisch Menschenbrot isst?«

Ruslan hörte so gespannt zu, dass wir ihn nur mit Mühe von der Flasche wegreißen konnten. Zum Abschied gab Klawa jedem von uns ein paar Gänseeier und einen großen geräucherten Hecht. Sie ging mit uns vors Haus, steckte die Nase in den Wind und sagte:

»Der ist feucht, dieser Winter … Nicht so wie in Workuta.«

»Grüß Wiktor von uns. Poka[31].«

31 Poka – russ., bis dann, Grußformel.

»Poka.«

Der Weg mäanderte weiter dahin wie im Märchen. Ein Masleniza-Märchen. Hinter Sibow, wohin wir fuhren, setzte sich die Sonne nieder, und vom Onegasee kam uns Nebel in der Farbe von reifen Himbeeren entgegen, wie zur Begrüßung. Als glitten wir in Himbeermus hinein. Lysy spürte sogar im Bier Himbeeren. Unterwegs warfen wir einen Blick in den Sibower Pogost, einen kleinen Friedhof, von dem aus man auf den See sieht. Hier werden die Kondobereschaner begraben. Auch in Sibow gibt es nur ein einziges Haus, in dem jemand überwintert. Ein unglaubliches Paar – Jura und seine Walucha. Sie passen auf das Sommerhaus von Alexej Tscherepow auf, dem Bürgermeister der Stadt Polarny. Der zarte Jura ist ungemein geschickt mit Motoren und Fischernetzen, Wala hingegen, wuchtig, immer mit gesprungenen Brillengläsern, bäckt ihrem Jura Saonescher Kalitki und Schangi. Beide sind in Pension, leben von der Rente. Jura trinkt im Sapoj: Ein Quartal geht bei ihm in das nächste über. Wenn er betrunken ist, wird er schelmisch und erzählt, wie er in Konda in unserem Haus die Dorfschule besuchte. Dort buken sie im Ofen des Klassenzimmers im ersten Stock Brot mit Butter. Wala folgt während dieser Phasen ihrem Jura voll Wohlwollen, bis ihn schließlich der Schlaf übermannt, dann legt sie ihn auf den Ofen neben sich, schmiegt ihn an ihren großen Busen und singt einen alten sowjetischen Schlager:

»Ich wartete immer noch, voller Hoffnung
Dem Herzen zum Trotz,
Wir beide sind wie zwei Ufer
In einem Fluß.«

Diesmal wachte Jura sofort auf, und als er die Flasche mit Balsam in Ruslans Hand sah, sagte er flüsternd:

»Walucha, reiche Bliny. Heute ist Masleniza.«

Der Tisch wurde bei den Pieschnins, wie üblich, im Nu gedeckt – wie im Lied. Russische und karelische Bliny zur Auswahl. Mit Füllungen, wie man sie noch nie gesehen hat, eine dicke Fischsuppe, nicht dreifach, sondern vielleicht zwölffach, Hecht mit Schuba, Hecht ohne Schuba, Schuba ohne Hecht … Jaaaa, der karelische Balsam tat seine Wirkung.

Wala hatte ihren eigenen Rhythmus, sie trank jedes dritte. Jura leerte jedes Glas, ohne zu zögern, und jedes Mal »auf seine Königin«. In den Pausen zwischen diesem und jenem Trinkspruch Juras erzählte Walucha über die Masleniza-Gebräuche im Saonesch. Sie kennt eine Menge und kann gut erzählen. Leider war es Zeit, Abschied zu nehmen. Unser Weg war noch nicht zu Ende. Nach Konda hatten wir noch sechs Werst.

»Also, wann treffen wir uns wieder?«, fragte sie, als sie mit uns vor das Haus trat.

»Wann haben wir den nächsten Feiertag?«

»Den nächsten, sagst du … Pluschtschycha. Und die Wahl Putins am selben Tag. Ein Feiertag also.«

14. März

Draußen herrscht frühlingshaftes Tropfen: Es tropft von der Dachrinne, es rinnt vom Dach, dass es nur so rauscht, es tropft von der Pappel (wie Slawa von der Nase), und es tröpfelt von der Birke, es tropft vom Schuppen, von der Garage und der Banja, es tropft vom Balken im Abort auf den Kopf, und im Vorraum spritzt es aus den Sparren im Sturzboden. Überall tropft es, als weinte die ganze Welt vor Glück, dass nun das Frühjahr kommt.

Die Saonescher feierten Pluschtschycha am 14. März, nach dem neuen Kalender. »Schönwetter zu Pluschtschycha bedeutet einen ertragreichen Sommer«, sagten sie nach Awdotja das Wetter fürs ganze Jahr vorher. Ihr Namenstag fiel auf den ersten Frühlingstag (nach dem alten Kalender), der früher in Russland als Anfang des neuen Jahres begangen wurde. Denn im Frühjahr erwachen die Säfte in den Bäumen, das Korn beginnt im Boden zu keimen, und die Wiese wird grün. Mit einem Wort, im Frühjahr setzt die Vegetation ein, was für den bäuerlichen Saonesch von größter Bedeutung war. Daher wurde Awdotja Pluschtschycha, auch wenn noch Schnee lag und es manchmal frostig war, mit Begeisterung und lustig begangen. Pluschtschycha fand sogar Eingang in eine der Saonescher Geschichten. Die geht so.

In einem Jahr wollte das Gras auf den Wiesen in der Region nicht wachsen, und es gab kein Futter für die Rinder. Die Muschiks waren erbost über Nikola (den vom Frühling), der verantwortlich ist für den Ertrag der Weiden, und sie beriefen einen Schod (eine Gemeindeversammlung) ein. Im Schod schrieben sie eine Beschwerde über Nikola an den Gott Sawoaf. Und mit dieser Beschwerde schickten sie den Starosten, den Gemeindeältesten, zum Himmel.

Der Starosta kommt zur himmlischen Kanzlei, und dort sitzt Gott Sawoaf selber an einem großen Tisch, niedergeschlagen, als sei er verkatert. Kyrill und Method dienen ihm als Sekretäre, Maria Magdalena klopft auf die Schreibmaschine, und der Erzengel Michael macht den Boten. Der Starosta bekreuzigt sich, sagt sdrastwujte und reicht Method die Beschwerde. Der schiebt sie Gott Sawoaf hin, doch der kann nicht lesen, weshalb er Method befiehlt, sie laut vorzutragen. Die Beschwerde wird verlesen. Nun gerät Sawoaf in Wut, haut mit der Faust auf den Tisch, dass Maria Magdalena auf den Sessel springt, und ruft Nikola.

Nikola kommt angetrabt. Er hört, worum es geht, und brummt, das sei nicht seine Schuld, das sei das Werk des heiligen Georg, der habe die Bäche nicht rechtzeitig losgelassen. Dann tut er so, als ginge ihn das alles nichts an, macht kehrt und geht zur Märtyrerin Barbara, um sein Bier auszutrinken. Sie schicken also nach dem heiligen Georg, und der kommt auf dem Pferd geradewegs in die Kanzlei getrabt und krakeelt schon von der Schwelle her, sie sollten ihn nur ja nicht anschuldigen, denn Alexej, der gottesfürchtige Mann, habe die Quellen nicht zum nötigen Zeitpunkt geöffnet. Sawoaf springt vor Wut, die arme Maria Magdalena verschreibt sich aus lauter Angst beim »Ukas über den Himmel«, und der Erzengel fällt beinahe vom Dach und fliegt dann schnurstracks, um Alexej zu holen. Doch Alexej liegt wie ein Klotz da und rührt sich nicht, und das seit gestern. Endlich gelingt es dem Erzengel, ihn zu wecken. Der gottesfürchtige Mann kommt zur Besinnung und schleppt sich mühsam zur Himmelskanzlei. Doch statt sich zu erkundigen, was anliegt, fragt er, ob sie Bier hätten, weil ihn der Katzenjammer zwickt.

Alle beginnen zu lachen, sogar Sawoafs Laune scheint sich zu bessern, und er fragt Alexej, warum er die Quellen nicht geöffnet hat? Darauf Alexej, natürlich habe er sie geöffnet, doch es sei kein Wasser darin gewesen, weil Wasja Kapelnik keines hineingetan hat. Das war Sawoaf zu viel. Er rief den Kapelnik. Wasja aber ging nach einem nächtlichen Gelage mit Nikola und Alexej, dem gottesfürchtigen Mann, bei Barbara auf dem Zahnfleisch. Als Sawoaf sah, dass der Kapelnik zu nichts zu gebrauchen war, brüllte er ihn an, weshalb er sich selber vollaufen lasse, während er den Menschen nicht einmal einen Tropfen Wasser gönne. Der Kapelnik antwortete stammelnd, es sei keine gute Idee gewesen, ein Weib mit so einer wichtigen Aufgabe zu betrauen. Wenn Awdotja Pluschtschycha Wasser geströmt hätte, dann hätte er etwas gehabt, woraus er tröpfeln könnte. Sie rufen also die Pluschtschycha. Gott Sawoaf beginnt zu toben:

»Du diese und jene, nicht genug, dass du mit Baschka meine

Propheten und Apostel so besoffen machst, dass sie die göttliche Welt vergessen, treibst du dich auch noch müßig herum.«

Doch die Pluschtschycha ließ sich das nicht gefallen. Die Alte hatte eine Zunge wie ein Schwert, sie stemmte die Arme in die Seite und kreischte, dass es im Himmel heiß wurde:

»Was schreist du mich an, alter Ziegenbock, fürs Wetter ist schließlich Ilja zuständig, wie soll ich denn Wasser strömen, wenn er es im Winter nicht genug schneien lässt? Und was das Saufen deiner Aposteln und Propheten angeht, du kommst doch selber jeden Tag auf ein Bier zu uns. Du lässt dich vollaufen, und dann trottest du zur Jungfrau Maria, um dich auszuschnarchen.«

An dieser Stelle geriet der Schwatzhals Sawoaf in Verlegenheit, und weil er sah, dass er gegen das Weib nichts ausrichten konnte, befahl er Method, eine Resolution zu schreiben, wonach die Beschwerde der Muschiks »ohne Folgen abzulegen« sei. Er setzte ein Kreuz darunter und überreichte sie dem Starosta.

Der Starosta kehrte auf die Erde zurück und zeigte die Resolution den Muschiks vom Saonesch. Die lasen sie einmal, dann noch einmal, schließlich schüttelten sie traurig die Köpfe und schrieben den heiligen Nikolaus ab.

Heute haben die Muschiks des Saonesch mit dem Gras keine Probleme mehr. Sie haben die Kolchosenweiden längst aufgegeben und die Kolchosenherden geschlachtet und aufgegessen. Gras brauchen sie keines mehr. Ja, heute leben die Muschiks vom Saonesch nicht viel schlechter als im Himmel in jenem Märchen. Mit Bier kurieren sie den Kater von gestern, sie treiben sich herum und schauen, ob es nichts zu klauen gibt, sie leben verantwortungslos in den Tag hinein, und alle vier Jahre wählen sie ihren Präsidenten.

15. März

Im Saonesch gewann Putin – er erhielt 84 Prozent der Stimmen. Problemlos warf er seine Konkurrenten auf die Matte.

»Er nimmt es mit euch allen mit bloßen Händen auf«, stammelte gestern einer der lokalen Pejsans, der, ein Bier in der Hand, vor dem Wahllokal in Welikaja Guba herumtorkelte, »er hat nicht umsonst einen schwarzen Gürtel in Judo.«

Was auch immer die Moskauer Krakeeler krakeelen und die ausländischen Schreiberlinge schreiben mögen, das Volk im tiefen Inneren Russlands schätzt Wladimir Wladimirowitsch. Die hauptstädtischen Demagogen und die Oligarchen in der Verbannung erregen sich, Putin habe die Macht an sich gerissen, und die westlichen Publizisten pflichten ihnen bei, ein ehemaliger Agent habe sich in einen Präsidenten verwandelt, aber weder die einen noch die anderen wollen zur Kenntnis nehmen, dass die Mehrheit der Russen hinter ihrem Präsidenten steht.

Ich stelle also die Frage: Wie ist das mit dieser Demokratie in Russland?

»Sie fragen mich«, schrieb vor hundert Jahren der Dichter Klujew aus Witegra an einen Bekannten aus Moskau, »ob unsere Bauern wissen, was eine Republik ist, was sie von der Macht des Zaren und überhaupt vom gegenwärtig herrschenden Zaren halten. Und welche Stimmung im Allgemeinen unter ihnen herrscht? Für Menschen aus Ihren Kreisen sind solche Fragen klar, und Sie haben die Antworten darauf parat, doch um die Antwort eines Muschiks zu begreifen, vor allem aus unserem einsamen und entlegenen Gouvernement, wo Sie in einem Umkreis von ein paar hundert Werst keinen Weiler mit mehr als zwanzig Höfen finden, wo der grundlose Schlamm und die endlosen Wälder jeden Wunsch ersticken, sich von der Stelle fortzubewegen, wo die Menschen, die oft schon 80 Jahre auf der Welt sind, noch nie eine Stadt, eine Fabrik oder eine Eisenbahn gesehen haben – um also die Antwort eines Muschiks zu begreifen, muss man selber einer ›von dieser Sorte‹ sein. Man muss das Kabinettgezänk verblendeter Politiker vergessen, auf Salongeschwätz verzichten und von der ersessenen Tribüne heruntersteigen, egal unter welchem Aushängeschild sie steht und zu welcher Partei oder Vereinigung sie gehören mag, denn die ehrenwertesten Programme und Pläne, wie sie der Phantasie der hauptstädtischen Politikaster entspringen, erweisen sich beim ersten Versuch, sie bei uns in die Praxis umzusetzen, als unsinnig. Und oft auch als schädlich.«

Im Gouvernement Olonezk hatten, so der Autor des »Lieds vom Saonesch«, nicht mehr als ein paar hundert lokale Bauern, aufgeklärt von politischen Verbannten, gewöhnlichen Intellektuellen oder Arbeitern aus Piter einen Schimmer davon, was eine Republik ist. Eine Republik ist ein Land, in dem man den Zaren durch Abstimmung wählt – das ist alles, was sie über dieses Thema wussten. Die übrigen sahen im Zaren weniger die strafende und unterdrückende Macht, als eine Verkörperung der Weisheit, die imstande ist, die Probleme der Volksseele zu lösen.

»On dolschen po dumie delat«, sagten sie vom Zaren.

Das heißt, der Zar sollte der Verstand des gesamten russischen Landes sein. Die höchste Gnade und Wahrheit.

»Nach außen«, so endete Klujew seinen Brief, »ist das Gouvernement Olonez ruhig, am Feiertag betrunken und am Wochentag hungrig. Die Trunksucht wächst hier nicht von einem Tag auf den anderen, sondern von Stunde zu Stunde, es saufen die Muschiks, es saufen die Frauen, auch die Halbwüchsigen saufen. Die Schenken erleben bei uns eine Blüte wie die Seerosen auf dem Onega, das Mehl hingegen reicht kaum bis zu Pokrowa. Neun Wintermonate heißt es, sich von Kartoffeln und Pilzen zu ernähren. Und auch die gibt's nicht bei allen.«

Dem kann man nichts hinzufügen.

Auf einem Ast sitzt eine Krähe mit einem Stück Käse im Schnabel. Unterm Baum sitzt ein Fuchs.

»He, Krähe. Wirst du für Putin stimmen?«

Die Krähe schweigt.

»Was ist, bist du taub? Ich frage, ob du für Putin stimmen wirst oder nicht«

Die Krähe schweigt.

»He, du«, sagt der Fuchs streng, »ich frage jetzt zum letzten Mal, wirst du für Putin stimmen?«

»Ja«, krächzt die Krähe, und der Käse fällt ihr aus dem Schnabel. Der Fuchs fängt ihn und läuft davon. Die Krähe murmelt vor sich hin:

»Hätte ich nein gesagt, wäre es auf dasselbe hinausgelaufen.«

29. März

Die Möwen sind gekommen. Die Rückkehr der Vögel im Frühling in den Norden beobachte ich nun schon zum zwölften Mal hintereinander – zehn Frühjahre auf den Solowjezki-Inseln im Weißen Meer plus zwei in Konda Bereschnaja am Ufer des Onegasees – und jedes Mal, wenn die Vögel geflogen kommen, wird mir bewusst, dass die Welt auf der anderen Seite noch existiert.

Im vergangenen Winter fühlte ich mich wie der alte Noah in seiner Arche mit seiner Menagerie, in der die Katzen vorherrschen: die greise Mac-Ra und die nabokovsche Lo, die liebliche Setoo und das stille Wasser S'eyd, der Naseweis Saa-Ra, die Heulsuse Jing und der schurkische Jang, und obwohl sich für Lo ein Anwärter aus Petrosawodsk fand (gewiss ein Liebhaber junger Nymphomaninnen), sobald die zugelaufene Qlyaksa auftauchte, und ehe Jura Naumow Jang nach Jeglowo mitnahm (weil ihm dort die Mäuse alles auffraßen), warf Mac-Ra schon wieder zwei. Bei uns würde also nicht einmal Bohumil Hrabal alle Katzen zählen können, vor allem da auch Jing demnächst werfen wird. Außer den Katzen sind auf meiner Arche Noah noch die Kakerlake Kuzma Kuzmitsch durch den Winter geschwommen, ganz allein in einer schimmligen Schachtel mit Löchern darin (Slawa meint, das habe er gern), ein Multum an Spinnen, die den Winter zwischen den Fensterscheiben verschliefen (sie schlafen übrigens immer noch, vielleicht sind sie auch eingegangen), eine Unzahl von Mäusen und jede Menge anderes kleines Getier, das sich ebenfalls nicht zählen lässt (wie zum Beispiel die Flöhe auf den Katzen). In diesem Winter kam auch der Domowoj, der Hausgeist, mit einer ganzen Schar untergeordneter Geister zu mir auf die Arche, der tschuktschische Peliken und die ägyptische Maria sowie ein Werwolf in zweifacher Gestalt, zwei kleine Nixen mit einem Körper, und auch ein Etwas, das vom Aussehen her einem Menschen gleicht, doch den Eigensinn einer gehörnten Ziege besitzt. Und dazu noch ein paar andere Einzelwesen, halb aus dem Wachtraum und halb aus Wörtern geformt. Und ringsum Nacht wie die biblische Sintflut, doch statt Wasser – Eis und Schnee. Und alles im Frost erstarrt.

Erst im April, wenn die Möwen geflogen kommen, beginnt es zu tauen. Die Möwen sind also so etwas wie der Beweis, dass das trockene Land noch existiert. Natalia fragt: »Ist es nicht bezeichnend, dass die Vögel nach Norden fliegen, um sich hier zu lieben?«

1. April

Die Fastenzeit ist angebrochen. Und es gibt sogar schon das erste Opfer des Fastens. In Welikaja Guba hat sich ein Muschik in der Scheune erhängt. Angeblich trank er so lange, bis seine Schwiegermutter bemerkte, dass er die Hälfte eines Stiers versoffen hatte, den sie zum Verkauf geschlachtet hatten. Sie meldete das dem Utschastkowy (dieser entspricht dem Bezirkspolizisten). Der fragte den Muschik, wo das Fleisch hingeraten sei? Und der Muschik antwortete darauf, es hänge in der Scheune; und er ging es holen, um das zu beweisen. Sie warteten. Die Frau brach in Tränen aus, die Schwiegermutter rieb sich die Hände, und der Utschastkowy geriet in Rage, weil ihn der Muschik zum Narren hielt. Doch der Muschik kam nicht zurück. Schließlich hatte die Geduld der Staatsmacht ein Ende. Er packte einen Prügel und lief zur Scheune. Dort hing, statt der Stierhälfte, der Muschik am Haken.

Seit eineinhalb Jahren, seit ich hier lebe, sind elf Muschiks »in die Schlinge geschlüpft«. Der Gestrige macht das Dutzend voll. Ein Dutzend Opfer des Fusels! Ohne jene mitzurechnen, die am Tisch während der Sauferei den Löffel abgaben, oder jene, die ihren Geist im Gitterkäfig eines Spitals aushauchten, weil der Organismus versagte, oder die vielen, die eines mehr oder weniger natürlichen Todes starben.

Durchschnittlich erhängt sich im Dorf Welikaja Guba, das etwa eintausend erwachsene Bewohner zählt, alle eineinhalb Monate ein Muschik.

Die Zeitungen schlagen Alarm, dass die Bewohner von Karelien mehr trinken als ein Jahr zuvor – um sechsundzwanzig Prozent. Die »Spiritus enthaltende Brühe« ist dabei noch gar mitgerechnet, wie man hier die Palonka, den Selbstgebrannten, euphemistisch nennt, das heißt unseren Fusel. Pascha Woronin sagte mir, jetzt stelle man Palonka aus Raketentreibstoff her.

»Sie fliegen ja ohnehin nicht, wozu also brauchen sie den Treibstoff?«

Dafür fliegen die Muschiks im Gebiet um den Onegasee, der eine einstweilen noch in den Graben, der andere schon vom Haken. Die Palonka hat eine seltsame Eigenschaft: Das Zittern setzt erst am dritten Tag ein. Es ist daher nicht weiter erstaunlich, dass sie sich am zweiten Tag gegen den dritten zu kurieren beginnen.

Sie trinken quartalsmäßig, doch selten erleben sie den vierzigsten Tag einer solchen Phase. Es gibt nur mehr zwei, vielleicht drei von ihnen in Welikaja Guba. Im Allgemeinen sterben sie vorher. Oder man schleppt sie zur Infusion. Eine Infusion kostet 250 Rubel.

Sie trinken aus Hoffnungslosigkeit und wegen des schlechten Klimas, sie trinken, weil die Wolken zu schwer herabhängen oder weil der Schalonnik nicht nachlässt. Sie trinken, weil sie keine Arbeit haben oder weil sie eine haben, aber nicht die rechte. Sie trinken, weil sie nichts anderes kennen!

5. April

Gestern, am Palmsonntag (den man hier Weidensonntag nennt), machte ich mich mit Natalia zu Sascha Burkow nach Wolkostrow auf, um das Fell einer Wölfin zu holen.

Die Sonne erhitzte die weiße Pfanne des Onega so stark, dass das Fett, das sich während des Winters an den Hüften gesammelt hat, zu brutzeln begann. Die bläuliche Linie des Waldes vibrierte am Horizont, der, laut Elzenberg, in der Jugend ein Symbol des Lebens ist, während er im Alter zu einem Symbol des Todes wird, das Leintuch des Schnees bekleckerten bereits gelbgraue Streifen alten Wassers, hier und da beugten sich die schwarzen Silhouetten von Fischern über eine Lunka (ein Eisloch zum Fischen), während die Inseln, die wir passierten, in Wolken von Luftspiegelungen schwebten. Der Frühjahrsfirn rauschte unter den Schiern und funkelte, und die Gedanken rannten vor mir her wie ein Jagdhund. Dann kehrten sie wieder um, als wollten sie schauen, ob wir ihnen immer noch folgten.

Wolkostrow, das heißt Wolfsinsel, ist seit jeher berühmt für ihre Amethyste (ein paar fanden ihren Weg in die Sammlung der Zarin Katharina II.) und stolz auf seine Meister des »Nähens« hölzerner Boote, der so genannten Kischanki. Der heute dort mit seinem Sohn lebende Nikolai Wasilewitsch Sudin hat, wie einst die Meister von Wolkostrow, keinen ebenbürtigen Konkurrenten im gesamten Saonesch. Doch ihren Namen verdankt die Insel den Wölfen. Sie liegt nämlich auf der Route der ewigen Wanderung der Wölfe von einem Ufer des Onega zum anderen. Im Winter, wenn der Hunger die Wölfe aus der Wildnis des Saonesch treibt und zwingt, sich ihr Futter in der Nähe menschlicher Siedlungen zu suchen, kommen die Raubtiere bis zum Rand der östlichen Mandera (in der Region Sibowa), und in ihren ausgehungerten Lichtern spiegelt sich die weiße, große und leere Weite des Onega – die sie bewältigen müssen. Zur westlichen Mandera gelangen sie unter dem Schutz der Inseln: über Krasne Pole, Schunjewski, Wolkostrow nach Klimezki.

Doch dort erwartete sie der Tod. Früher nämlich lauerten die Dorfbewohner der Umgebung zusammen mit den Mönchen des Klosters von Klimezk auf der Insel den Wölfen auf. Die Leute bereiteten sich zu Ostern auf die Jagd vor. Zuerst fasteten sie lang, dann versammelten sie sich in Scharen in der Kirche, wo sie Gebete sprachen und die Rollen verteilten: Die einen stellten die Netze auf, die anderen machten die Treiber und die dritten schossen, was gerade ihres Weges kam: Wölfe, Füchse, Hasen. Worauf sie wieder zu ihrem Herrgott beteten und einander das Friedenszeichen reichten. Die Enge, in der sie die Netze aufstellten, firmierte in der Ortsnamenkunde des Saonesch unter »Wolfstod«.

Heute schießt in Wolkostrow Aleksander Burkow die Wölfe, ein ehemaliger Ment[32], der hiesige Jäger. Bei der Miliz haben sie

32 Ment – Slang, Milizionär.

ihn hinausgeschmissen, weil er betrunken mit der Dienstpistole herumschoss. Er verzog sich, kehrte auf die heimatliche Insel zurück und machte sich ans Werk. Er begann mit der Jagd auf Pelztiere, aus denen er anfangs Kapital schlug. Später gründete er mit seiner Frau Katja die erste Stierfarm im Saonesch, doch als sie ihn mit ihren Steuern zu würgen begannen, liquidierte er die Farm, und jetzt züchtet er Stiere wie ein gewöhnlicher Landwirt. Er lebt ganz passabel, und er errichtete auf Wolkostrow ein großes Haus mit eigener Stromversorgung, er hat ein Pferd und einen Motorschlitten, und zuletzt kaufte er sich einen japanischen Lieferwagen. Im Vergleich zu den versoffenen Saonescher Pejsans erscheint Burkow wie ein rüstiger Muschik. Naumow sagt von ihnen, sie seien das Salz der Erde.

»Denn die Erde, Mar, verdirbt rasch ohne menschliche Anstrengung, die man in sie hineinsteckt. Wie Fleisch ohne Salz.«

Die wahre Leidenschaft Burkows sind jedoch die Wölfe.

»Als die ersten Nowgoroder hierher kamen«, erzählte er mir einmal bei Tisch, »die so genannten Ukschujnizi[33], erblickten sie einen Wolf. Ein riesiger grauer Rüde stand auf dieser Insel. Daher nannten sie die Insel Wilkostrow. Mein Haus steht, wie du siehst, wie dieser Rüde da, es schaut mit den Fenstern auf beide Seiten der Insel. Kein Wolf kann sich hier vorbeischleichen.«

Das Fell der jungen Wölfin (gegerbt mittels eines Aufgusses aus Espenrinde), von der Farbe gelb gewordener Blätter mit einem dunkelgrauen Streifen am Rücken, bekam ich von Burkow günstig für 2300 Rubel. Weil es ohne Ohren war. Mit Ohren verkauft er es teurer, für hundert, hundertfünfzig Dollar. Die Ohren lieferte er beim Natschalnik ab, um abzurechnen. Das heißt,

33 Ukschujnizi – Bauern, die auf ausgehöhlten Booten, Ukschujki, auf Befehl der Bojaren die Küsten der Flüsse und Seen befuhren und das Gebiet urbar machten und besiedelten.

um zu beweisen, dass er den Plan zur Liquidierung der Wölfe erfüllt hat. Denn Sascha Burkow ist schließlich der Jäger.

Die Wölfin ging ihm ins Eisen. Bei den neuen Russen ist es jetzt Mode, mit Hunden zu jagen – einer Kreuzung von Wölfen und Laikas. Burkow beschloss, das auszuprobieren. Im Winter legte er Eisen für die Wölfin aus, das ist die einfachste Art, um den Rüden zu fangen. Der Rüde geht nämlich nicht weg von seiner Wölfin, er verteidigt sie verbissen. Schließlich packte er ihn, der Wölfin musste er den Gnadenstoß geben, das Eisen hatte ihr das Genick gebrochen. Den Rüden sperrte er in einen Käfig, und nach ein paar Tagen, als er meinte, der sei schon etwas zahmer geworden, ließ er eine Lajka in den Käfig. Der Rüde zermalmte ihr sofort das Genick.

Zum Abschied fragte er, ob wir kein Bärenfell haben wollten, er habe ein paar zu verkaufen. Ich antwortete, für einen Bären sei ich noch nicht groß genug.

Auf dem Rückweg zogen unsere Gedanken langsam hinter uns her, einmal blieben sie stehen, dann schlugen sie einen Bogen, drehten sich um die eigene Achse. Wie ein Wolf. Bis sie verschwanden.

8. April

Es gibt keinen dümmeren Satz auf Erden als die Devise: Zeit ist Geld. Zeit kann man nicht kaufen und nicht verkaufen. Die Zeit läuft nämlich für sich selber dahin und kehrt wieder zurück. Immer im Kreislauf der Natur: Frühling, Sommer, Herbst und Winter. Die Wildgänse kommen geflogen, lieben sich und legen Eier, sie brüten Junge aus, ziehen sie auf und fliegen bis zum nächsten Frühjahr weg. Darin ist kein Fortschritt enthalten, das hat keinen Anfang und kein Ende. Jahr für Jahr, ohne sich um einen Werst zu irren, kehren sie zum selben Nest im Norden zurück. Ohne Fernrohre, Periskope, ohne großes Drumherum. Ganz einfach: Die Vögel machen sich davon und kommen zurück.

Diesen kreisförmigen Rhythmus im Tagebuch einzufangen, der sich Jahr für Jahr wiederholt, immer deutlicher, immer eindringlicher, als käme er irgendwie aus der Tiefe eines Brunnens – diese Vibration in der Brunnenverkleidung – jedes Jahr um einen Betonring tiefer. Ist das möglich?

9. April

Spätabends, einiges nach elf, setzte ich mich auf die Bank vor dem Haus, um die letzte Zigarette vor dem Einschlafen zu rauchen. Der Himmel blinkte vor lauter Sternen, direkt über meinem Kopf. Die Sterne rieben sich leise knarrend aneinander.

»Wo zum Teufel ist der Mond hingeraten?«, fluchte ich leise vor mich hin, »gestern war er doch noch ganz voll.«

Konda schlummerte im golden schimmernden Schnee, den man hier nast nennt, wie Zuckerglasur. Die finsteren Blöcke der Hütten zerflossen mit der Dunkelheit, nur überm Haus von Fjodoritsch zitterte ein blasses Licht – eine schimmernde Aureole –, als käme etwas von Sibow herübergefahren.

»Brennt es dort?« Ich machte zwei Schritte nach vorne.

Da sah ich ihn. Nicht ganz, keineswegs, nur einen Saum. Ich kniff die Augen zusammen. Hinter dem Haus von Fjodoritsch schob sich langsam der glühende Rand einer großen orangen Scheibe hervor. Er war so groß, dass er, als er sich bis zur Hälfte über den Horizont erhoben hatte, das ganze Haus von Fjodoritschs in sich einschloss. Und er schob sich weiter nach oben. Bis er letztlich ganz ins dunkle Himmelsgewölbe gekrochen war und langsam, wie ein Ballon, gefüllt mit orangem Licht, in Richtung Kapelle zu wandern begann. Als würde er durch die Luft schwimmen, leicht an einer Schnur gezogen. Erst als ich mir am Zigarettenstummel die Finger verbrannte, begriff ich, dass dieses ganze Wunder, das sich scheinbar in Zeitlupe abspielte, in Wahrheit nur einen kurzen Augenblick gedauert hatte.

12. April

Pascha, Ostern, feierten wir bei Baba Mania im Dorf Jamka auf der bekannten Museumsinsel Kischi. Etwas über zwanzig Werst von Konda Bereschnaja entfernt, hin und zurück mit den Schiern über den Onegasee. Maria Petrowna Stepanowa ist auf Kischi genauso berühmt wie die Christi-Verklärungs-Kirche. Zu ihr kamen schon der russische Präsident, Wladimir Putin, der Moskauer Bürgermeister Luschkow und der Bildhauer Cereteli, gar nicht zu reden von Scharen von Staatsbeamten und Künstlern minderer Ränge. Bei ihr sind Touristen zu Gast, und sie bekommt Besuch von russischen und ausländischen Medien. Diese führen mit ihr Interviews, schreiben über sie, lassen sich mit ihr fotografieren … Baba Mania, eine Alte mit lebendigem Geist und trockenem Humor, erzählt über ihr Leben, als würde sie eine Byline spinnen, in der sich Liebe und Schmerz verweben, das Elend der Frauen und der Wille des Mannes, und das alles spielt sich ab vor dem Hintergrund der stürmischen und verwickelten Geschichte des Saonesch.

»Wie schön – Gäste«, sie strahlte bei unserem Anblick und wischte sich die Hände an der Schürze ab, »nur der Batjuschka fehlt. Er hat zur Taufe des Herrn ein Bad im ›Jordan‹ versprochen, ist aber nicht gekommen, und jetzt fehlt er auch zu Pascha. Horcht, wie still es ist. Nichts läutet.«

Als Erstes fällt einem in Baba Manias Stube die Ikone der heiligmäßigen Zosima und Sawwatij von Solowjezk auf. Prunkvolle Gewänder, dunkler Hintergrund, mit Mühe erkenne ich die Gesichter. Mit Erstaunen vermerkte ich gleich, dass das Kloster in der Tiefe nicht das von Solowjezk ist, sondern das von Paleostrow.

»Die hat Gankow, Grigorij Wasilewitsch aus Tolwuja geschrieben. Mein Landsmann. Es ist daher nicht verwunderlich, dass er Paleostrow vor Augen hatte, das direkt gegenüberliegt. Übrigens ist der heiligmäßige Zosima von Paleostrow nach Solowjezk aufgebrochen, und der heiligmäßige Sawwatij hat auf dem Weg nach Solowjezk auf Paleostrow Station gemacht«, sie senkte die Stimme, als misstraute sie den Wänden. »Den Kolomensker Episkopen Pawel haben sie dort wegen des alten Ritus zu Tode gequält, und eine Menge Leute haben sich dort verbrannt. Daher war für uns Paleostrow immer die Heilige Insel.«

Baba Mania stellte Gläser für die Gäste auf den Tisch, für sich ihre Schale, und setzte sich zum Samowar.

Auf dem Tisch gab es die herrlichsten Köstlichkeiten: Ostereier und Schanga, Kuchen mit Kartoffeln, Kalitka mit Roggengraupe und Salat aus gesalzener Aalquappe mit Zwiebel, Ziegenfleisch mit Preiselbeeren, Renke vom Rost, geräucherten Seesaibling und Zander auf polnische Art, geschlagene Milch zum Tee, Napfkuchen, Mohnstrudel und süße Brötchen mit Topfen und Rosinen, kandierte Preiselbeeren, Konfitüre aus Brombeeren und Messwein. Am Tisch saß unsere Troika aus Konda Bereschnaja, Tanja aus dem Museum und ihr Liebhaber Schenja, ein Bauarbeiter aus Belarus (er war zur Saisonarbeit nach Russland gekommen), die Tochter von Baba Mania, Anna Nikolajewna, mit abwesendem Blick, als würde sie ständig in der Tiefe des Onegasees ihren Mitka sehen, der im Herbst beim Fischen ertrunken ist, daneben ihr jüngerer, stiller Sohn. Schenja begann nach ein paar Gläsern Wodka, den er selber mitgebracht hatte und heimlich trank, weil Baba Mania in ihrem Haus keinen Schnaps duldet, seit die »grüne Schlange« ihren

Mann, den Diener des Herrn Nikolai seligen Andenkens, ins Grab gezogen hat, also Schenja begann nach ein paar Gläsern derartig zu schwadronieren, dass er von sich selber als Jewgeni Petrowitsch sprach, und er kritisierte krakeelend Lukaschenko wegen des Genozids in Belarus, mit anderen Worten: wegen des Holocaust! Am Ende brachte Tanja ihn hinaus, worüber Baba Mania sich freute, weil sie die beiden gar nicht eingeladen hatte, sie waren von selber gekommen, als sie erfuhren, dass zum Osterfrühstück der bekannte polnische Schriftsteller aus Konda Bereschnaja erscheinen würde. Als wir endlich unter uns waren, zeigte uns Baba Mania Fotografien.

»Hier sitze ich mit Putin, Wladimir Wladimirowitsch, in dieser Stube«, sie bekreuzigte sich mit ausholenden Bewegungen, »Gott möge ihn behüten! Er kam völlig unerwartet, so dass ich es nicht einmal schaffte, meine Hausschuhe anzuziehen, weil ich zu Hause für gewöhnlich barfuß gehe. Ich hatte zwar gehört, dass er in Kischi weilte, aber woher sollte ich wissen, dass er zu mir kommen würde? Und da sah ich ihn plötzlich, wie einen Heiligen, der aus einer Ikone tritt. Eben erst hatten sie ihn im Fernsehen gezeigt. Er sah von der Schwelle zu mir her, als würde er in meine Seele schauen, und fragte, ob er nicht störe? Später, beim Tee, zu dem er meine Kalitki genoss, hörte er zu. Er verstand es wunderbar zuzuhören. Er hätte endlos zuhören können, wenn sie ihn nicht ins Museum geholt hätten. Auf dieser Fotografie erzähle ich ihm von unseren Heiligen. Schau, da deute ich mit der Hand auf die Ikone. Und der dort im Spiegel daneben, das ist Sergej Katanadow, der Gouverneur von Karelien. Der Ärmste fand nur im Spiegel Platz.«

»Können Sie mir dieses Bild für ein paar Tage borgen, ich möchte es kopieren und in unsrer Zeitung abdrucken?«

»Nur nach meinem Tod.«

Als wir uns von Baba Mania verabschiedeten, hatte sich das

Wetter gebessert. Der Himmel über dem See war klar, lediglich über der Christi-Verklärungs-Kirche von Kischi hing wie ein schmutziger Lappen eine schwere, graue Tutscha, eine Gewitterwolke. Es war still. Totenstill. Mucksmäuschenstill. An dem Ort, wo sonst Glockenläuten ertönte, herrschte absolute Stille.

Das Glockengeläute von Kischi ist ein großes österliches Konzert für die Glocken des Archipelago von Kischi an der Ausfahrt aus der Großen Bucht, zu dem außer Kischi, Wolkostrow, den Lelikowski- und Klimezki-Inseln (die früher einmal dicht besiedelt waren) noch eine Menge kleinerer Inseln gehört. Früher gab es dort zu Ostern ein großes Läuten.

Es begannen die Glocken der Kapelle des Klimenezk-Klosters im Dorf Obelschtschizno auf der Insel Klimezk. Diese Ehre hatte ihren Grund darin, dass die Kapelle in Obelschtschizno die erste im Gebiet des Onegasees war, und außerdem betete dort seinerzeit die Nonne Marfa, die Mutter von Michail Romanow, die von Boris Godunow dorthin verbannt worden war.

Dann meldeten sich die Glocken aus Sennaja Guba, eine von ihnen wog sechs Pud und war auf Geheiß von Iwan dem Schrecklichen gegossen worden, ihr durchdringendes Läuten mit Himbeerenklang trug weit und zerschmolz im bläulichen Dunst des Onegasees.

Erst dann stimmten die Glocken von Kischi ein, und die Glocken von Lelikowo beschlossen das Konzert. Die Bewohner von Obelschtschizno hörten im Klang ihrer Glocken ganz deutlich die Worte:

Blini, kolubi, kalitki,
Blini, kolubi, kalitki,
Gosti k nam, gosti k nam!

Blini, kolubi, kalitki,
Blini, kolubi, kalitki,
Gäste zu uns, Gäste zu uns!

(Lest das ein paar Mal laut, und ihr werdet selber die Glocken von Obelschtschizno hören.)

Die Glocke in Kischi antwortete:

Budem, budem z tolstim pusom,
Budem, budem s tolstim pusom.

Ich komme, ich komme mit dickem Bauch,
Ich komme, ich komme mit dickem Bauch.

Erklärt sich so, dass die Popen der Kirche von Kischi, die die Orthodoxie im Saonesch verbreiteten, oft die Einheimischen der benachbarten Inseln – Karelen, Wepsen und die Überreste der Samen – heimsuchten. Dabei zeichneten sie sich durch große Gefräßigkeit aus. Ein Diakon von Kischi ging in die Geschichte ein mit dem Ausspruch: »Es ist besser, sich von seinem Bauch zu trennen als vom Essen.«

Die Bewohner von Lelikowo hingegen, die die Orthodoxie annahmen aus Angst, sonst ausgesiedelt zu werden, waren nicht sehr gastfreundlich gegenüber den Menschen aus Kischi, und daher kann man in ihren Glocken die Worte hören:

Ob sie da wären oder nicht,
ob sie da wären oder nicht.

So waren in früheren Zeiten die Gespräche der Glocken.

29. April

Mein Erwecken verdanke ich der Einsamkeit.
HENRY MILLER

Dank der Freundlichkeit Hania Zarembas und des Verlags Noir sur Blanc bekam ich in letzter Zeit Gelegenheit, die neuen polnischen Übersetzungen von Henry Miller zu lesen, die mir Hania alle schickte, von »Moloch« und »Crazy Cock« über die beiden »Wendekreise« und den »Schwarzen Frühling« bis zu »Sexus«, »Nexus« und »Plexus«, dazu die Essays, Reisereportagen, darunter den herrlichen Bericht aus Griechenland, betitelt »Der Koloß von Maroussi«, den ich schon kannte, sowie seine Briefwechsel mit Blaise Cendrars und Lawrence Durrell. Die Romane haben mich nicht sonderlich beeindruckt. Ich gebe zu, dass ich seit längerer Zeit Belletristik nicht besonders gern lese, weil ich keine Erfindungen mag, sogar wenn sie sich, wie im Fall Millers, auf das reale Leben stützen. Ich lese lieber Texte, in denen der Autor lebt. Das heißt »Prosa, erlebt wie ein Dokument«, um es mit den Worten Schalamows auszudrücken.

Von Millers Büchern ist mir »Big Sur und die Orangen des Hieronymus Bosch« am nächsten – eine Erzählung über das Haus des Dichters am felsigen Streifen der kalifornischen Pazifikküste, nicht weit vom ehemaligen Sträflingslager in Anderson's Creek entfernt –, ein Buch, in dem ich meinen eigenen Lebensstil und viele Gedanken fand, mit denen ich übereinstimme.

Als ich Millers »Big Sur« las, hatte ich meinen Saonesch vor Augen – dieselbe Einsamkeit, dieselbe unberührte Natur: ein Treffpunkt für Zugvögel, ein Habicht, der über dem Kopf kreist. Dort der Coyote, hier der Wolf … Keine Ruinen, keine Relikte einer Zivilisation. Ich lese bei Miller: »Dasselbe Bild der Urgeschichte. Ein Bild des Dauerns. Die Natur lächelt sich im Spiegel der Ewigkeit selber zu.« Als hätte ich mich selber gelesen.

Miller erwarb das Haus in Big Sur im Jahr 1947. Er war damals 56 Jahre alt, hatte ein paar Frauen hinter sich und ein paar Bücher auf seinem Konto. Bücher, die ihm Ruhm eintrugen als Skandalautor und Pornograph, aber nicht viel Geld, weil sie in den Staaten verboten waren, in Frankreich aber wurden die Tantiemen durch die Geldentwertung nach dem Krieg aufgefressen. Er hatte ein paar Jahre in Paris hinter sich, ein halbes Jahr in Griechenland und eine lange Reise durch Amerika. Diese beschrieb er in dem Buch mit dem bezeichnenden Titel »Der klimatisierte Alptraum«. In Big Sur ließ er sich mit seiner neuen Frau nieder, Janina Lepska, einer Polin. Bald kamen zwei Kinder zur Welt.

Sie lebten ärmlich, oft mussten sie im Laden anschreiben lassen. Freunde und Leser unterstützten sie. Einer schickte eine Kiste Wein, ein anderer einen Laib Käse, ein Glas Oliven, Salami oder Marmelade, manchmal auch Kleidungsstücke, Süßigkeiten für die Kinder, einen Packen Schreibpapier, Bücher. Um Bücher bat Miller jeden. Die Post kam dreimal in der Woche: am Montag, Mittwoch und Freitag ... Wie bei uns in Welikaja Guba. Der Unterschied besteht darin, dass man Miller die Post fast bis ins Haus brachte, während ich um die Post fünf Werst laufen muss. Sie kamen ohne Strom aus, ohne Radio und ohne Telefon, doch Miller beklagte sich nicht über den Mangel an Information. Wichtige Neuigkeiten, entsprechend gesiebt, bekommen wir von den Menschen. Und der Mangel an Geld kümmerte ihn nicht. »Denn etwas zum Leben zu verdienen«, so sagte er manchmal, »hat nichts mit dem Leben selber zu tun.«

Das Leben war für Miller ein Kontemplieren über die Welt. Über die Welt kann man kontemplieren, indem man schreibt oder nicht schreibt, Whisky trinkt, mit den Kindern spielt oder mit der Nachbarin eine Reise nach Timbuktu plant, Aquarelle malt, im Ozean schwimmt, den Garten pflegt, liest, isst, sich liebt oder Schach spielt. Man muss die Welt so nehmen, wie sie ist, darf nicht versuchen, sie zu verändern und darf ihrer nicht überdrüssig werden. »Sitz auf deinem Hintern und schau, wie die Welt sich dreht«, sagte er oft. Daher war ihm der Zen-Buddhismus nahe.

Unser Verhältnis zum Leben, so sagte Miller, spiegelt sich im Brot wider, das wir essen. Das amerikanische Brot, gebacken von Spezialisten gesunder Ernährung nach Rezepten aus dem Laboratorium, ist tot. Besser ist das russische Brot, denn der Russe liebt von Natur gutes Brot, so wie er Kaviar, Wodka und andere schmackhafte Dinge liebt. Doch am besten ist selbst gebackenes Brot. »Fang noch heute damit an«, schrieb er, »eigenes Brot zu backen.«

Nachdem Miller lange auf verschiedenen Wegen herumgeirrt war, fand er in Big Sur seine eigene Fährte. Seine Worte über Whitman paraphrasierend, könnte man sagen, der Autor von »Big Sur und die Orangen des Hieronymus Bosch« habe lange nach seinem Weg gesucht, bis er endlich in Big Sur selber zum Weg wurde.

30. April

In der Skizze »Der Künstler Bodhisattwa«, die er in Big Sur schrieb, zieht Miller eine deutliche Grenze zwischen der Malerei und dem Schreiben. Während es bei der Malerei seiner Ansicht nach zu einer Auseinandersetzung mit der Leinwand (und auf der Leinwand) komme, weshalb alle Umformungen während des Malens, die auf dem Bild sichtbar werden, natürlich seien, müssten die Veränderungen beim Schreiben früher, nämlich im Kopf erfolgen, denn während des schöpferischen Prozesses sollte der Text gleichförmig fließen, wie Tinte aufs Papier. Das Bild ist daher, nach Miller, ein lebendiges Wesen, sowohl während des Schaffensprozesses als auch nach der Beendigung, während der Text nach der Niederschrift tot wird. Es ist nicht leicht, dem zuzustimmen.

Für mich ist das Schreiben auch eine Form der Auseinandersetzung, und ich wundere mich oft, was da unter meinen Fingern entsteht (Rosanow meinte, der Erfolg des Orators liege in der Spitze seiner Zunge, das Geheimnis des Schriftstellers hingegen ruhe in den Kuppen seiner Finger). Oft erstaunen mich das Zusammentreffen von Worten und Bildern in einer Metapher, es kommt vor, dass der Rhythmus einer Phrase aus meinem Kopf einen Ausdruck schält, von dem ich vorher keine Ahnung hatte, dass er überhaupt existiert (die Sprache ist ja eine kollektive Erinnerung!) – ein knirschendes Agglomerat von Konsonanten, die man vermeiden möchte, ein innerer Rhythmus, ein Witz …

Meines Erachtens ist es wichtig, dass der Text keinen toten Eindruck erweckt, sondern dass er umgekehrt überraschend und plötzlich Worte gegeneinander prallen lässt, Gedanken verdreht und Sinne verwirrt, und dass er immer wieder erfreut und verblüfft – bei jeder neuen Lektüre.

10. Mai

Das Eis am Onegasee schmilzt langsam. Es wird locker und weich wie ein Blin. Die Einheimischen sagen, »das Eis beginnt zu gären«.

Im Mai 1871 beobachtete Iwan Polakow, halb Kosak und halb Buriate und Mitglied der Russischen Akademie der Wissenschaften und der Kaiserlichen Geographischen Gesellschaft, das Schmelzen des Eises am Onegasee. Polakow hat eine interessante Biographie. In seiner Jugend diente er als Ordonnanz bei Fürst Kropotkin in Irkuck, sie reisten gemeinsam durchs Sajangebirge, wo sich der Fürst als Geologe betätigte, während Iwan Kräuter sammelte und Vögel ausstopfte. Dann saß er wegen des Fürsten einige Zeit im Gefängnis, während dieser in London mit dem Anarchismus liebäugelte. Am Ende kehrte er zur Wissenschaft zurück – als Geograph, Naturforscher, Geologe. Er begründete die karelische Archäologie, als er beim Onegasee Scherben von Tongefäßen, verziert mit Fischskeletten, ausgrub. Er starb im Alter von vierzig Jahren an einer Leberzirrhose.

Polakow reiste dreimal durch das Gouvernement Olonezk, in den Jahren 1871 bis 1873. Er lebte in Dörfern und auf Fischerbooten und schonte sich nicht auf seinen Reisen. Die Dorfbewohner waren ihm gegenüber anfangs misstrauisch, vor allem weil zu jener Zeit in der Gegend eine Milzbrand-Epidemie grassierte und sie den Wissenschaftler verdächtigten, er trage die Epidemie in seinen Flakons weiter, in denen er Spiritus aufbewahrte. Dann gewöhnten sie sich an den Sonderling. In seinen Reisetagebüchern findet man einige sehr treffende Beschreibungen des karelischen Lebens und viele andere Leckerbissen. Um einen Eindruck von Polakows Sprache zu vermitteln, zitiere ich seine Beschreibung der Eisschmelze auf dem Onegasee.

»Ungefähr um den 10. Mai wurde das vorher weiße Eis des Onega bleifarben und zerfiel in Schollen, vor allem in Ufernähe, während in der Seemitte das Eis noch lange weiß blieb. Die Farbe des Eises veränderte sich übrigens an verschiedenen Tagen und zu verschiedenen Tageszeiten. Man kann sogar sagen, die grenzenlose Eisoberfläche des Onega stellte ein zauberhaftes, phantastisches Spiel von Farben, Schatten und Perspektiven dar; es schien ganz so, als hätte ein geheimnisvoller Dekorateur auf einer gigantischen Szene eine ganze Reihe von Bildern ausgestellt, von denen eines rasch ins andere übergeht, während gleichzeitig jedes von ihnen von der sicheren Hand eines Ziseleurs gezeichnet schien. Er bedeckte die Oberfläche des Onega mit luftigem, delikatem Tüll, wie ihn noch kein Fabrikant erträumt hat: Der Tüll wiegt sich im Wind, während die zersplitterte Eisoberfläche in Bewegung gerät. Von Eis bedeckte, schneeweiße Wellen laufen in alle Richtungen, die einen stocken, die anderen gischten hoch, Luftgrotten voller Stalaktiten und Stalagmiten hinter sich lassend, da aus dunklen, dort aus hellen Strahlen. Schließlich ballen sich die Wolken in dichten Scharen zusammen und lagern sich übereinander. Die einen wachsen und quellen, andere verschmelzen mit dem Eis, das sich am Ufer ineinander verzahnt. In einiger Entfernung befindet sich ein ganzer See blauen Wassers mit kristallenen Ufern. Bleifarbener Dunst macht sich breit, der Wind lässt nach, und weit entfernt am Horizont zeigen ein paar Kiefern ihre Wipfel. Gleich darauf werden sie vom Nebel verschluckt. Wenig später – man hat sich an der Dekoration noch nicht sattgesehen – kommt das Eis wieder in Bewegung, es blitzt farbig, leichtes Luftdaunenzeug, bestreut mit goldenen und silbernen Schuppen, breitet sich darüber und wiegt sich im Rhythmus des Eises, als würde es mit ihm tanzen, einmal blasser, dann wieder dunkler, bis es völlig durchsichtig wird. Beim entsprechenden Einfallswinkel der Sonnenstrahlen kann man die Seeufer sehen, die vom Betrachter 40 bis 50 Werst entfernt sind.«

Ich selber beobachte schon das zweite Frühjahr das Schmelzen des Onegasees. Und zum zweiten Mal gerate ich darüber ins Schwärmen.

II

22. Juli

Uff. Nach einem mehrwöchigen Aufenthalt in Polen (oder in Jewropa, von hier aus betrachtet) bin ich wieder zurückgekehrt in den Norden und habe erleichtert aufgeatmet. Denn sowohl die Fanfaren der frisch gebackenen Jewropäer wie das Getöse der eingefleischten Jewrophoben haben mich ermüdet. Gesegnet seien die Stille und das Schweigen, die ich hier vorfand. Sie gestatten mir, langsam wieder zu mir selber zu finden. Ich will nicht nach dem Vorbild von Gustaw Herling-Grudziński ein Resümee meines Aufenthaltes in Polen erstellen, noch möchte ich detailliert darlegen, wen ich wo getroffen habe (und wer mich getroffen hat), ich möchte vielmehr ein paar kleine Bilder festhalten, einige Reflexionen und Eindrücke notieren, wie sie aus meiner Erinnerung auftauchen.

Am schwierigsten ist es, den Rhythmus des Besuches wiederzugeben – etwas zwischen einem gehopsten Hip-Hop und einem Tango Milonga mit Nachklängen eines Trauermarsches für Jacek Kuroń.

Ich bin allein. Und »bin« deshalb mehr.
WITOLD GOMBROWICZ

In Polen erwachte ich um fünf Uhr morgens im Grand Hotel auf der Krucza in Warschau. Es war Sonntag, und die Stadt schlief noch. Ich beschloss, mit dem Łazienki-Park zu beginnen.

»Es würde mich interessieren, worüber die Eichen im Łazienki-Park rauschen?«

Um diese Stunde war der Park menschenleer. Und das war gut so, denn ehrlich gesagt sind mir Bäume lieber als Menschen, vor allem am frühen Morgen, wenn ich mich konzentriere (im Gegensatz zu Menschen verstehen die Bäume, Stille zu bewahren). Außerdem habe ich, während ich unter dem hohen Gewölbe der Zweige dahinschreite, egal ob das hier ist oder dort, immer den Eindruck, ein und dieselbe Kirche zu betreten. Und in einer Kirche bin ich gerne allein.

Diesmal verjagte der Duft des Jasmin im Nu den Katzenjammer nach der Reise. Ich besprühte die müden Beine mit dem Tau des Rasens. Und völlige Klarheit des Denkens erlangte ich dank des Pfaues, der so überraschend schrie, dass mir schien, ein Zen-Meister hätte mir eins mit dem Prügel übergezogen. Dann begrüßte ich Sienkiewicz (ein rotes Eichhörnchen lugte hinter dem Denkmal hervor), schaute bei Chopin vorbei (wo ich unter der metallenen Weide die Visitkarte des gegenwärtigen Präsidenten fand), und beim Ausgang des Parks erwies ich dem Marschall die Ehre. Und dort, beim Denkmal von Piłsudski, spürte ich plötzlich jemandes Anwesenheit hinter meinem Rücken. Ich wandte mich um ... Es war nicht zu glauben ... Was für eine Begegnung, Gombrowicz? Hier?

Hätte ich mir einen besseren Begleiter für einen Besuch Polens wünschen können? Schließlich war er mein erster Mentor (über sein Tagebuch schrieb ich meine Magisterarbeit) und gleichzeitig ein Kumpel aus der Redaktion der *Kultura* – beide aus dem Stall von Giedroyc.

»Priwet! Servus!«

Von all den Bildtafeln, die an der Umzäunung des Königlichen Łazienki-Parkes anlässlich des hundertsten Geburtstages des

Autors von »Pornographie« ausgehängt wurden, blieb mir die im Gedächtnis haften, auf der Gombrowicz mit sich selber Schach spielt, während die schöne Rita wie ein Schutzengel hinter ihm steht. Dieselbe Rita, über die er 1964 an seinen Bruder Janusz schrieb: »Einstweilen ›liebt‹ sie mich noch, wie lange das halten wird, weiß ich nicht, doch für den Fall, dass sie sich davonmacht, habe ich eine andere in Berlin.«

23. Juli

Geschwätz. Wenn ich manchmal so in Richtung Polen lausche, höre ich es – das Geschwätz.
WITOLD GOMBROWICZ

Ach, was hat mich dieses Europa verdrossen, richtiggehend verdrossen …

Dieser endlose Basar (Geschwätz – im russischen Slang): dass wir immer schon in Europa waren und dass wir es nie und niemals nicht verlassen haben, mehr noch, wir ließen uns nicht von Europa abtrennen, daher schließen wir uns nicht Europa an, sondern der Europäischen Union, weil in Europa waren wir ja immer schon gewesen, und wir haben es niemals und nie nicht verlassen, nicht für den kleinsten Moment, das haben wir nicht zugelassen, deshalb kehren wir auch nicht zurück nach Europa, weil wir ja immer schon dort waren, weil wir es nie und niemals nicht verlassen haben, nicht einmal für einen Moment haben wir uns von ihm abtrennen lassen, weil … Und so weiter und so fort, bis man blöd wird im Kopf.

Diesen ganze Basar, der eher an eine Verwünschung, an ein magisches Gebet erinnert, etwa von der Art einer schamanischen Bitte um Regen, brachte der Premier von Irland, Bertie

Ahern, auf den Boden der Tatsachen zurück, als er die neuen Mitglieder der Europäischen Union mit den Worten begrüßte:

»Ihr habt viele Jahre an die Tür von Europa geklopft. Heute öffnen wir sie.«

Ein Eimer kalten Wassers. Statt des Regens.

Überhaupt scheint mir, dass meine Landsleute mit diesem lauten und aufrührerischen Basar das Gezänk über unsere europäische Identität zu übertönen suchen. Solange wir uns mit der Republik Moldau oder der Ukraine gemessen haben, von Russland gar nicht zu reden, stand unser Europäertum nicht in Frage (immerhin war die Zeitschrift *Przekrój* für die Brüder aus dem Osten so etwas wie ein Fenster zum Westen). Doch jetzt sind wir plötzlich mit der Metro aus Paris konfrontiert, und da stellt sich heraus, dass wir im Vergleich zu diesen Gesichtern einen Januskopf besitzen. Auf der einen Seite die lateinische Kultur, römisches Recht, Katholizismus, Renaissance und alle diese Dinge, und auf der anderen Seite die Kresy, die östlichen Randgebiete, Streitsucht und den Gürtel lockern. Mit einem Wort, wir sind über die eigene Visage des weißen Mannes mit den vorstehenden sarmatischen Backenknochen erschrocken.

Gombrowicz schrieb: »Wenn der Pole mit der östlichen Welt konfrontiert wird, ist er ein bestimmter und von vornherein bekannter Pole. Mein Pole, der sein Gesicht dem Westen zuwendet, besitzt jedoch ein verschwommenes Antlitz, voll unklarer Gereiztheit, Ungläubigkeit, rätselhafter Entrüstung.« Na eben.

Verliert keine wertvolle Zeit für den Wettlauf mit Europa – einholen werdet ihr es nie.

WITOLD GOMBROWICZ

Ja, Witold Gombrowicz hatte recht. Ihr werdet Europa nicht einholen. Nicht deshalb, weil Europa schneller läuft als ihr, sondern weil Europa ein Phantom ist. Eine Fatamorgana, nicht mehr und nicht weniger.

Ich möchte hier übrigens anmerken, dass eine Fatamorgana kein völliges Trugbild ist, sondern ein Abbild bestehender Dinge, allerdings nicht dort, wo unser Blick uns das anzeigt. Ähnlich ist es mit Europa: Es ist scheinbar klar, was das ist, man weiß nur nicht genau, wo es sich befindet. Die Grenzen Europas haben sich immer wieder verwischt. Einmal endete es am Don, dann am Ural, jetzt am Bug. Und die Samen, die mit ihren Rentieren als Nomaden auf der Halbinsel Kola herumziehen – sind sie Europäer oder nicht?

Richard Coudenhove-Kalergi, einer der geistigen Väter der Europäischen Union, hat nicht nur Russland von Europa ausgeschlossen, sondern auch Großbritannien, weil er meinte, es sei ein Zentrum eines planetaren Imperiums und liege Australien oder Indien näher als Frankreich. Über Russland hingegen schrieb er: »Der Ural wird nie die Grenze zwischen Europa und Asien darstellen. Vielleicht wird sich Russland einst wieder mit Europa vereinen: Aber dann wird nicht der Ural die Grenze zwischen Asien und Europa sein, sondern das Altaigebirge, und Europa wird an China und Japan grenzen und bis zum Pazifik reichen.« Ich würde gern wissen, was die Tuwinzen, Burjaten oder Tschuktschen dazu sagen würden?

Manche sind sich darüber im Klaren, dass der Begriff Europa eine Illusion ist (Europa ist eigentlich ein Absprengsel von Asien, wie man an den Wurzeln seiner Sprachen sehen kann), und versuchen damit zurechtzukommen, indem sie verschiedene Präambeln ersinnen. So meint zum Beispiel Bohdan Cywiński in einem Essay mit dem bezeichnenden Titel »Fiktion eines Europas« – und er ist nicht der Erste und nicht der Letzte –, man müsse die Europäer unterschiedlicher Hautfarbe und auch Provenienz auf ein gemeinsames Fundament stellen, das die Einleitung zur europäischen Verfassung ausmacht, die sich auf die christliche Tradition beruft. Und warum nicht auf Zeus Likaios? Immerhin lebten die Menschen auf der europäischen Halbinsel schon lange vor Christus. Und sie waren es, die die Grundlagen schufen.

Nur am Rande will ich bemerken, dass ich vom Norden aus Europa schon seit längerer Zeit betrachte und dabei immer öfter entdecke, dass dort ein totaler Marasmus herrscht. Die einen verschönern sich ihr Alter mit Kindern – ich erinnere mich an die Unruhe in der Stimme des Herausgebers der Zeitschrift *Kultura,* Jerzy Giedroyc, das ist schon einige Jahre her, als wir während eines Essens in Maisons-Laffitte über die Pädophilie in Frankreich sprachen –, und jetzt hat diese Plage die Weichsel erreicht, während sich andere dem Kannibalismus hingeben und gemeinschaftlich eigene Angehörige verzehren (ich bin gespannt, wann in Polen Nachahmer des »Kannibalen von Rotenburg« auftauchen), und wieder andere ergötzen sich, wie einst die antiken Römer, an Kämpfen moderner Gladiatoren, das heißt an diversen Kriegen, Anschlägen und abgeschlagenen Köpfen, die live im Fernsehen gezeigt werden. Die Welt hinterm Bug – von meiner Seite aus betrachtet – erinnert immer deutlicher an das Römische Kaiserreich zur Zeit seines Niedergangs.

Daher irritieren mich manchmal die aus dem polnischen Basar zu mir dringenden Stimmen über Europa, dass wir zwischen der Union und Moskau liegen und daher so rasch wie möglich mit Europa verschmelzen müssen, um nicht von Moskau verschlungen zu werden. Diese Stimmen wiederholen, wie ein Mantra, das uralte Klischee von den imperialen Begehrlichkeiten Russlands. Aber war es nicht der polnische König Bolesław Chrobry, der als erster Kiew eroberte, gar nicht davon zu reden, dass man im Saonesch noch heute die Spuren der polnischen Herren aus der Zeit von Dmitrij Samoswanez, dem Selbsternannten, finden kann. Die Teilungen kamen erst später. Es war Napoleon, der als Erster Moskau einnahm, Alexander I. marschierte erst später nach Paris. Dasselbe gilt für Hitler. Über wessen imperiale Begehrlichkeiten reden wir daher in den Beziehungen zwischen Europa und Russland?

Um dieses Thema abzuschließen: Der Zufall wollte es, dass ich im Vorjahr in Polen war, als dort ein Referendum über die Europäische Union abgehalten wurde, während es in diesem Jahr Wahlen zum Europäischen Parlament gab (vermutlich war das der Grund für das mediale Getöse und Trommeln, das mich so störte). Am Referendum nahm ich nicht teil, fürs Parlament gab ich keine Stimme ab. In beiden Fällen schlug ich eine andere Richtung ein. Ich setzte mich in den Zug und fuhr nach Hause – nach Norden.

24. Juli

Sprechend
Schenkst du den Atem
Dem Wort.

Schweigend
Atmest du leiser.

25. Juli

Während meiner Abwesenheit wuchs das Grün hier so üppig, dass es die unbelebte Welt überwucherte: Die Hütten, Schuppen und Badehäuser versanken in pflanzlichen Draperien, in denen sie nur graue Flecken hinterließen, die hölzernen Stege, Brücken und steinernen Pfade verschwanden spurlos, als hätte es sie nie gegeben, und auch der auf dem Weg zurückgelassene Pflug und die Schar wirken wie fettige Rostflecken im Gras, am Pejsan hingegen, der wie leblos am Rand liegt, kann man achtlos vorbeigehen.

Der Garten sieht aus wie ein Urwald. Natalias Heroismus, die von früh bis spät aus dem üppigen Grün ragt, umstechend, jätend und die Stechmücken mit ihrem Blut fütternd, scheint vergeblich. Unkraut überwuchert die Beete (doldige Spurre, Gänsedistel, Wegdistel) und verbreitet sich rascher, als die schmalen Finger Natalias es ausreißen können. Was hilft es, dass Slawa und ich ihr von Zeit zu Zeit mit der Sense und Sichel zu Hilfe kommen? Die Sense eignet sich bloß für die Ränder, zwischen den Beeten und am Zaun entlang, dort wo nichts Essbares wächst, keine Büsche, keine Blumen.

Während ich diesen Kampf beobachte und mich selbst daran beteilige, denke ich manchmal, es gibt das »Tao der Gesundheit und des Sex« von Daniel Reid, warum soll man nicht auch ein Tao des Gartens schreiben?

Zum einen ist das eine wahrhafte Fährte, weil bei diesem Überangebot von Grün das Ziel, nämlich die Früchte des Gartens, nicht mehr zählt, sondern die Arbeit zur Frucht wird.

Zum Zweiten geht es um eine Kontemplation der Natur, es genügt nämlich, täglich fünfzig bis sechzig Eimer Wasser vom Onegasee zum Garten zu schleppen, um sich den See tief einzuprägen, die Fraktur der Wellen je nach Richtung und Stärke des Windes zu unterscheiden, das Spiel der Fische zu begreifen, wie welcher planscht, und den Duft des Mummelkrauts nicht mit dem der Teichrose zu verwechseln. Und dann alles über den Boden zu lernen, über seine Zusammensetzung, vom Ton über den Lehm bis zum Schungit, seine Färbungen, vom Staub bis zum Morast, und seine Temperaturen – unter den Füßen. Die Pflanzen kennenzulernen, die darauf wachsen – ihr Grün weist immer andere Schattierungen auf. Und am Ende sich selber zu sehen. Die eigene Natur vor dem Hintergrund der Natur.

Zum Dritten ist das eine Methode, um sich abzusondern, sich vom aktiven Leben der Mitmenschen zurückzuziehen, das heißt, sich von den Bindungen des kollektiven Denkens und der Kommunikation zu befreien.

Und zum Vierten dient das dazu, sich auf sich selber zu besinnen. Alan Watts schrieb, der Taoismus interessiere vor allem ältere Menschen. Und wirklich, wenn ich mich in Konda Bereschnaja umschaue, sehe ich nur Alte in den Gärten.

26. Juli

Manche von ihnen sind wahre Meistergärtner, zum Beispiel Schenja und Lida Petschugin. Ich sehe sie oft tagelang durch ein Seitenfenster meines Arbeitszimmers, ich verfolge sie also gleichsam mit meinem peripheren Blick, weil ich mich ganz auf den Bildschirm des Computers konzentriere. Vielleicht hat ihre Art, sich im Garten zu bewegen, für mich deshalb etwas Magisches an sich, ein wenig von Tai Chi.

Beide sind in Pension und kommen im zeitigen Frühjahr nach Konda, kaum dass der Boden begonnen hat aufzutauen, und sie verlassen es im Spätherbst, nachdem sie alles geerntet haben. Schenja kommt mit Petro, seinem ehemaligen Schwiegersohn, der ihm näher steht als die eigene Tochter, einen Monat vor Lida. Für gewöhnlich Mitte April. Ein paar Tage lang betrinken sie sich sinnlos, solange das Geld reicht, das ihnen Lida zugemessen hat, dann reparieren sie das Glashaus und die Kisten der Frühbeete, flicken den Bretterzaun und das Boot, legen Netze für Hechte aus, die um diese Zeit zum Laichen kommen (Hechtrogen gehört zum Besten, was man sich vorstellen kann), um den 1. Mai herum verkaufen sie einen Teil der Hechte und trinken dann wieder bis zum Tag des Sieges, worauf sie sich daran machen, den Garten umzustechen. Lida bereitet zu dieser Zeit in Petrosawodsk die Setzlinge vor. Wenn der Garten umgegraben ist, machen Schenja und Petro die Stube sauber, bringen die leeren Flaschen zur Sammelstelle und leisten sich mit dem Erlös die letzte Party, am Morgen darauf rasieren sie sich, Petro bereitet rasch etwas zum Essen und Schenja macht sich auf den Weg, um Lida und die Setzlinge zu holen. Wenn Schenja mit Lida zurückkehrt, beginnt im Garten der Petschugins ein wahres gärtnerisches Mysterium.

Vom Morgen bis zum Abend bewegen sie sich – im Rahmen meiner Fenster – in verlangsamtem Tempo in diese und jene Richtung. Sie setzen etwas, schweigen, sie schweigen und jäten. Dann graben sie, dann vereinzeln sie konzentriert irgendwelche Pflanzen. Manchmal setzt sich Schenja, dünn wie eine Latte, auf den Rand eines Frühbeetes und raucht sich eine Belomora an, als brächte er ein Rauchopfer dar, worauf er sich verneigt, aufsteht und den unterbrochenen Rhythmus wieder aufnimmt. Manchmal bleibt Lida mitten im Schritt stehen, murmelt etwas, schüttelt Mohnsamen, Fisolen oder Pferdebohnen in der Hand, als ließe sie einen Rosenkranz durch die Finger gleiten, worauf sie die Körner mit ausholender Bewegung in die Erde steckt und weitergeht. Ich habe den Eindruck, dass sie, wenn sie so reglos stehenbleiben, nicht den Garten bestellen, sondern dass der Garten sie bestellt.

In diesem Mysterium kennt jeder seine Rolle und seinen Platz – ohne Worte. Petro zum Beispiel erfüllt untergeordnete Aufgaben, er schärft die Sense, vermengt Mist mit Gänsedisteln, verbrennt Unkraut. Und am Abend gießen sie und gießen sie und gießen sie ohne Ende.

Es ist daher nicht verwunderlich, dass bei ihnen alles prächtig gedeiht. Kohlköpfe sind so groß wie Badezuber. Der Karfiol passt gar nicht in den Eimer. Die roten Rüben kommen von allein aus dem Boden, sie bersten beinahe vor Saft. Von den Karotten will ich lieber nicht reden, weil sonst unzüchtige Assoziationen entstehen könnten. Und um die Gurken und Kürbisse zu beschreiben, müsste man eigentlich gröbere Ausdrücke wie Guren und Kürben verwenden. Dill, Schnittlauch und Petersilie bilden einen wahren Dschungel. Unsere Katze sieht darin aus wie ein echter Tiger. Den Spinat könnte man beinahe für Rhabarber halten. Die Tomaten sind groß wie Ballons, manchmal könnte man meinen, sie würden sich losreißen und in den Himmel fliegen. Die Ananaserdbeeren und Walderdbeeren erröten wie Mägdleins und bitten darum, gepflückt zu werden. Und die Kartoschka, die Kartoschka bedeckte sich soeben mit weißen und lilienfarbenen Blüten.

All das gedeiht auf dem Schungitboden (über den Schungit will ich ein andermal schreiben), zweimal im Jahr genährt mit Pferdemist und einem Absud aus Gänsedisteln, den man lange stehen lässt wie armenischen Kognak. Und alles ohne ein Gramm Chemie. Keine Pestizide, kein Gift. Natürliche, gesunde Nahrungsmittel im wahren Sinn des Wortes.

Mit einem Wort, wir ernähren uns hier nicht schlecht.

30. Juli

Seit ein paar Tagen herrscht brütende Hitze. Man nennt das hier sapar, und tatsächlich könnte man sich beinahe »zaparzyć«, wie man polnisch für verbrennen sagt. Vor allem zur Zeit der Heuernte.

Lieber Leser, stell dir eine Waldlichtung vor, wo ganze Familien Gras mähen. Dort gibt es kein Wasser, nicht einmal Sumpf, um das Gesicht zu befeuchten, und keinen Windhauch. Ringsum nur summende Schwüle. Große Parmaki, Stechfliegen, mit großen phosphoriszierenden grünen Augen, die bis aufs Blut stechen – was sehr schmerzhaft ist – Schweiß … Schwärme von Stechmücken, wie ein Schleier über der Wiese zitternd. Die Luft schimmert förmlich vor Hitze. Es ist eine Qual.

Was soll man sagen. Ich schleppe mich in dieser Hitze mit Mühe jeden zweiten Tag zur Post in Welikaja Guba – blutige Kreise vor den Augen, der Mund innen rau, der Schritt feucht –, nur das kühle Bier im Schatten des Ladens verleiht mir die Kraft für die fünf Werst des Rückwegs. Auch die Menschen dort auf den Lichtungen schwingen tagein, tagaus vom Morgen bis zum Abend die Sense, rechen, schleppen, errichten Heuhaufen. Ohne Bier!

Natürlich nicht alle. Viele Einheimische sitzen mit dem Arbeitslosengeld untätig herum oder liegen der Mutter auf der Tasche. Sie treiben sich den ganzen Tag in der Siedlung herum und zerbrechen sich den Kopf, wen sie um ein paar Rubel angehen könnten, um genug für »Schilo«, Industriealkohol, zusammenzukratzen. Aber sie sind nicht das Salz der Erde, sondern die anderen, die am Abend von der Heumahd kommen, kaum mehr die Beine bewegen können, völlig entkräftet, zerstochen und verschwollen. Wenn ich ihre unsägliche Mühe beobachte, beginne ich zu verstehen, warum Russland bis heute überhaupt noch existiert.

6. August

Mein Großvater – Piotr Narojek – sagte oft: »Wie du dich bettest, so liegst du.« Das war sein Credo.

Der Großvater stammte aus Tulilów in Podlasie, und obwohl er sich nach zahlreichen Lebensmäandern für länger in Warschau niederließ, zog es ihn ständig aufs Land. Er konnte, wie er sagte, nicht den Geschmack des selber gebackenen dunklen Brotes und der sauren Milch vergessen, das Quietschen des Schwengels beim Brunnen und den Duft der Luft nach dem Regen. Und das Schreien der Vögel im Frühjahr. Und die dunkle Linie des Waldes am Horizont. Im Laufe der Jahre wuchs in ihm die Ablehnung gegen die Zivilisation und den so genannten Fortschritt, er wurde immer grüner (im ökologischen Sinn), bis er schließlich der Hauptstadt mit ihren Bequemlichkeiten den Rücken kehrte und nach Podlasie zurückkehrte. Dort baute er am Ende seines Lebens ein Haus, bestellte einen Garten, und an den Abenden, bei einer Flasche eigenen Weins, schrieb er sein Tagebuch in Hefte, die er selber zusammennähte und in Sackleinwand band.

In seinem Tagebuch kehrte er zurück in die Kindheit, zu seinen Wurzeln (dem ersten Heft legte er auf einem gesonderten Bogen eine Skizze seines Familienstammbaumes bei), er beschrieb die Bauernstube, in der er zur Welt gekommen war, die Wiege, den Ofen, den Tisch und die Bank, den väterlichen Schemel und den mütterlichen Webstuhl, und das Licht, das durchs Fenster fiel, die ersten Gesichter, die er über sich erblickte, und die ersten Worte, an die er sich erinnern konnte, das Essen und die Gebete vor dem Essen, und auch das Büchlein mit den Gebeten, mit dem er Lesen lernte, die Arbeit und das Spielen nach der Arbeit, die kleinen Freuden, die Trauer und den Schmerz. Diese Erinnerungen durchwirkte er mit zahlreichen Exkursen über die jetzige Zeit und die Zukunft, die er in dunklen Farben sah. Vor allem klagte er über die Hast, den Luxus und die Schamlosigkeit der Konsumwelt.

Als ich zuletzt bei Mama in Wrocław weilte, blätterte ich im Tagebuch von Großvater Narojek, und ich war verblüfft, wie viel ich von ihm geerbt habe (bei einem solchen mütterlichen Erbe können sich alle Schwerter verstecken), und dass ich mit der Zeit immer mehr werde wie der Vater meiner Mutter. Sowohl was die Ansichten über die Zivilisation und den so genannten Fortschritt angeht, als auch das gesamte Lebensbild. Das bedeutet nicht, dass ich langsam zum Spießer werde und die ganze Welt verdamme. Es geht eher darum, sich nicht von dieser Welt der Hausse und des Geldes verrückt machen zu lassen und nicht nach der Pfeife der Medien und Moden zu tanzen, sondern seinen eigenen Rhythmus zu finden, das heißt – um mit Großvater Piotrs Worten zu sprechen –, sich in seinem Leben selber zu betten.

Ich wohne in mir und nur von hier, aus mir,
kann ich zu euch sprechen.
WITOLD GOMBROWICZ

Schon im Zug war mir aufgefallen, dass die Räder der Eisenbahn, kaum hatten wir die Grenze zu Polen überquert, anders auf den Schienen pochten. Schneller und nervöser. Vor dem Fenster wurde es enger. Eine Station nach der anderen, der Boden in Äcker zerteilt. Es sah aus, als sei die Oberfläche geschrumpft. Als ich später mit der Bahn übers Land fuhr, stellte ich fest, dass die Passagiere hier unruhiger sind, sie wetzen herum, eilen geschäftig hin und her, vielleicht weil die Entfernungen in Polen kürzer sind, kaum ist man eingestiegen, steigt man schon wieder aus. Wenn ich ein paar tausend Kilometer hinter mir habe und noch einmal so viel vor mir, fällt es mir leichter, die Fahrt ruhiger zu betrachten.

In den Straßen von Warschau verblüfften mich die Massen meiner Landsleute. Was hatten sich die in den letzten Jahren gemausert! Wohin man auch schaute, Einkaufstaschen voller Essen und Shorts voller Ärsche, in der Hand eine Pita oder ein Mobiltelefon, und diese kauenden und plappernden Münder, Münder nonstop in Bewegung. Offenbar hatte ich in meiner nördlichen Stille jedes Übermaß verlernt, angefangen mit dem üppigen Essen und dem Schwall der Worte und endend mit dem Drängen der Körper und dem ameisenartigen Gewusel der Menschen, denn der Überfluss machte mich dermaßen kraftlos, das heißt er erschöpfte mich, dass ich mich in den Garten eines Cafés gegenüber des Königsschlosses flüchten musste. Es war kurz vor Mittag.

Wenig später nahmen drei hübsche polnische Mädchen an meinem Tisch Platz, und obwohl sie sich gemeinsam setzten, redete jede von ihnen in ihr Mobiltelefon. Ich hatte den Eindruck, mich zwischen Vögeln zu befinden, weil ich kein Wort verstand, obwohl sie polnisch zwitscherten. Der Wind blies die Röcke der Mädchen hoch, eines trug keine Unterhosen. In der Nähe wurde auf einem Podium ein lebhafter Hip-Hop gespielt, auf dem Schlossplatz tanzte die Jugend, »durch die Straße zog eine frohe Menge, und es dauerte immer noch derselbe Sonntag fort«.

»Großvater Piotr«, flüsterte ich mir selber zu, »hat doch recht gehabt, wenn er meinte, aller Überfluss bewirke, dass sich der Mensch wie eine Hobelscharte um seine eigene Leere dreht.«

Da fiel mein Blick auf eine auf dem Tisch liegende Zeitung. Auf der Titelseite eine Leiche. Eine Leiche, aus der Nähe gezeigt. Die Leiche eines polnischen Journalisten, der im Irak erschossen wurde. Die Schamlosigkeit dieses Bildes war für mich wie ein Stich. Im Norden sind sogar die Tiere diskreter, man findet im Wald nur selten die Leiche eines Vogels oder auch nur seine abgenagten Knochen. Hier aber schleift die Zeitung, wie eine Hyäne, eine Leiche auf die Titelseite.

Die Hast, der Luxus und die Schamlosigkeit, die mein Großvater so beklagte, fielen mir schon am ersten Tag meines Aufenthaltes in der Heimat auf. Zugleich erinnerte ich mich an die Worte von Gombrowicz über das Wohnen in sich.

31. August

Ich kann nicht Schritt halten … Ich kann in diesem Tagebuch unmöglich Schritt halten mit dem Leben, das ich außerhalb des Tagebuchs führe. Es rinnt durch die Daten – festgehalten auf den Seiten –, und während ich einen Tag sorgfältig mit Worten bewahre, macht sich eine ganze Schar anderer Tage spurlos davon. Als seien sie in der Tiefe des Onegasees versunken.

Andererseits habe ich noch nie so intensiv gelebt wie hier – in diesem Tagebuch. Hier mache ich nicht nur das, was ich am liebsten tue, das heißt mit Worten zu spielen (ich setze sie nach einem eigenen Rhythmus zusammen, ich spinne daraus Fabeln wie Fäden, manchmal spiele ich selber mit mir Schafskopf), zusätzlich kreiere ich auch meine Wirklichkeit, mit einem Wort – ich bestimme sie und bilde sie zugleich ab.

Wo ist also dieses Leben? Im Verlauf der Tage, die ohne Zeugen verrinnen, da man die halb erfundenen Gestalten meines Tagebuchs wohl kaum als Zeugen ansehen kann, oder in der Wirklichkeit, die in diesem Spiel mit Worten sichtbar wird? Wenn es sich in den verrinnenden Tagen findet, ist es besser, schweigend zu leben, wenn aber in der Wirklichkeit, dann wollen wir uns weiter unterhalten.

1. September

Wieder beginnt ein Herbst – im Kalender. Denn draußen währt er schon eine ganze Weile. Der kurze Sommer lässt einen nicht zum Schreiben kommen – ein Ansturm von Gästen, ein Feiertag jagt den anderen, Reisen. Später, wenn die Gegend um den Onegasee leerer wird und die Wege nicht befahrbar sind, finde ich mehr freie Zeit und kann die sommerlichen Vorkommnisse ein wenig einholen. Heute eines von ihnen: ein Feiertag in Kosmosero.

Mit diesem Feiertag gab es eine Kalenderposse. Der Tag des heiligen Alexander Swirski fällt auf den 12. September (neuen Stils), doch das ist zu spät für Jahrmärkte, denn um diese Zeit regnet es im Saonesch bereits oft. Die Bewohner von Kosmosero beschlossen daher, ihren Feiertag auf Peter und Paul zu übertragen (nach dem alten Stil am 12. Juli), und da es sich dabei um einen Wochentag handelt, auf den ersten Samstag nach Peter und Paul – den 17. Juli. Den Kalender schätzen sie hier tatsächlich gering.

Doch ohne Swirski wären wir überhaupt nicht zu diesem Feiertag nach Kosmosero gefahren, denn Jahrmärkte hatte ich in Karelien schon viele gesehen, und in der Julihitze zu feiern, wenn die Parmaki stechen wie verrückt, einem Ströme von Schweiß über den Körper rinnen und man nirgends ein kühles Bier bekommt – oh nein! –, selbst in der besten Gesellschaft verliert man da die Lust zum Feiern. Doch ich hatte schon lange nach einem Vorwand gesucht, um über Swirski zu schreiben, und im ganzen Saonesch gibt es nur diese eine Kirche, die nach ihm benannt ist, eben die in Kosmosero.

Kosmosero liegt an einem malerischen See desselben Namens, nordwestlich von Welikaja Guba (rund ein Dutzend Werst von uns entfernt). Es ist eine der wenigen nicht völlig ausgestorbenen Siedlungen im Saonesch. Die erste Erwähnung findet sich in Steuerbüchern aus dem Jahr 1563. Anfang des 20. Jahrhunderts lebten dort 460 Menschen in 63 Häusern. Das ansehnlichste Haus war jenes von Michejej Abramow, des berühmten Ikonenschreibers aus Wygorezja und Vater des im Saonesch nicht weniger berühmten Malers Iwan Michejejewitsch. Abramow errichtete sein Haus im Jahr 1899 im so genannten Stil der Saonescher Moderne (mein Haus in Konda Bereschnaja wurde übrigens im selben Stil gebaut): einstöckig, mit Mansarde, ein Balkon mit Balustradensäulen, auf der Traufe weiße Sterne auf hellblauem Hintergrund, die Umrahmungen der Fenster grün und blau, die Fassade imitiert Stein. Heute leben nur mehr Alte in Kosmosero. Im Sommer bekommen sie Besuch von den Kindern und Enkeln aus der Stadt. Das Haus Abramows wurde 1965 in seine Teile zerlegt und zu uns nach Welikaja Guba gebracht. Doch sie waren nicht imstande, es wieder wie früher zusammenzusetzen.

In Kosmosero stand früher ein ganzes sakrales Ensemble: zwei Kirchen – die Uspenski- und die Alexander-Swirski-Kirche – eine Kapelle und eine Ograda, wie man das früher nannte, das heißt ein kleiner Friedhof mit einem Plankenzaun. Ich will mich hier nicht in Details der Konstruktion ergehen, weil das heute keinen mehr interessiert (außer Spezialisten, die ihre eigenen Bücher haben), ich will nur sagen, dass das Ensemble von Kosmosero zuletzt zur Gänze von Leutnant Lars Petterson im Jahr 1942 fotografiert wurde, zur Zeit der finnischen Okkupation des Saonesch. Wenig später brannte die Uspenski-Kirche samt der Kapelle ab. Bis heute überdauerte nur die Alexander-Swirski-Kirche, die in den siebziger Jahren renoviert wurde. Vom kleinen Friedhof sind keine Spuren mehr zu sehen. Dort trinkt die hiesige Jugend Bier im Schatten von Birken.

Nebenbei ein paar Worte über Leutnant Petterson, eine sehr bemerkenswerte Gestalt in der Geschichte des Saonesch. Er interessierte sich seit den dreißiger Jahren für die sakralen Bauwerke Kareliens, als er an der Universität von Helsinki die Geschichte der mittelalterlichen Architektur studierte. Als die finnischen Truppen das Gebiet des Saonesch eingenommen hatten, ging der junge Leutnant, statt karelischen Mädchen den Kopf zu verdrehen und die Gewänder der Ikonen zu plündern, daran, die Kirchen und Kapellen des okkupierten Landes zu fotografieren, als hätte er geahnt, dass bald darauf nichts mehr davon übrig sein würde. Innerhalb von eineinhalb Jahren – vom

7. Oktober 1942 bis zum 15. Juni 1943 – hielt er 242 Denkmäler (von denen 32 erhalten blieben) auf 1640 Fotografien fest, die heute ein unschätzbares und oft einzigartiges Material zur Erforschung der alten Architektur des Saonesch darstellen. Beim Betrachten seiner Winterbilder von Kosmosero denke ich unwillkürlich darüber nach, wer hier der Okkupant war und wer der Einheimische.

Am Feiertag kamen die Einheimischen in hellen Scharen nach Kosmosero. Aus der Hauptstadt Kareliens kam der aus Chaschesero stammende Dichter Iwan Kostin, Vorsitzender der Landsmannschaft des Gebietes des Saonesch. Aus Marzjalna Woda war der Dichter, Maler und Onomast Slawa Agapitow gekommen, der aus Lambasrutschaj stammt, mit seiner Frau. Da waren die Professorin für Archäologie Olga Sazonowa (aus Kosmosero gebürtig) und Walentina Kuznezowa, Doktor der Ethnographie und Autorin eines berühmten Buches über die Hochzeitsbräuche im Saonesch. Auch Presse, Radio und Fernsehen waren da. Ebenso der Bürgermeister von Welikaja Guba und ein Stellvertreter des Bürgermeisters von Medgora. Es gab eine Delegation der Handwerkskammer von Petrosawodsk, und auch vom Kulturministerium war jemand gekommen. An alle kann ich mich nicht erinnern. Am meisten freute ich mich über den Anblick von Sascha Live-Sempler von »Va-ta-ga«. Und seiner Frau Ola.

»Na, dann aufs Epos«, Sascha reichte mir eine Flasche ukrainischen Schnaps, »also, aufs Epos!«

Wir saßen auf einem kleinen Hügel über der Wiese, auf der soeben Iwan Kostin seinen Auftritt hatte, unter einer Birke im Moos. Kostin klagte zuerst wehmütig über das Gebiet des Saonesch (im Geiste eines gesunden regionalen Chauvinismus) und rezitierte dann, noch länger, seine Verse. Nach Kostin trat ein Chor aus Medweschegorsk auf, dann eine Kapelle von Harmonikaspielern aus Fojmaguba und die vereinten Chöre aus Tolwuja und Schunga, bis schließlich unsere Weiblein aus Welikaja Guba an die Reihe kamen. Ihre schmissigen Couplets jagten uns hoch, und wir gingen zum Laden nahe der Kirche des heiligen Alexander Swirski, um Bier zu kaufen.

»Aha, ein Festmahl zur Zeit der Pest«, begrüßte uns die Sazonowa vor dem Laden mit bitterem Lächeln, »gestern haben sie hier ein Kind mit dem Motorrad zu Tode gefahren. In betrunkenem Zustand. Und heute feiern sie.«

Die Professorin für Archäologie konnte nicht an sich halten. Sie redete ohne Unterlass. Dass drei Geißeln über dem Saonesch hingen: der Kahlschlag der Wälder, die Ausbeutung des Schungit, eine Art unreine Kohle, und das Uran. Was mit dem Wald passiert, könnt ihr selber sehen. Huzulen schlagen bei uns das Holz. Sie sind bei uns eingefallen aus ihren Karpaten wie die Bulischniki, die Feldsteine, unser Wald ist ihnen gleichgültig, weil er nicht ihnen gehört. Sie fahren durch den Urwald wie ein Wirbelsturm, die Hälfte des geschlagenen Holzes lassen sie liegen, damit es verfault, und überall hinterlassen sie ihre Spuren – Pfützen verschütteten Öls. Von ihren Kamaz, den schweren Lastwagen.

»Und der Schungit?«, fragte ich.

»Schungit, was soll mit dem Schungit sein? So lange sie ihn nicht angerührt haben, isolierte er das Uran. Er schützte vor der Verstrahlung. Aber jetzt, was ist jetzt? Sie entfernen die Schungitschicht und machen sich daran, das Uran zu gewinnen, nicht wahr? Unser Gouverneur, meine Lieben, ist daran beteiligt.«

Wir kehrten auf unseren Hügel unter die Birke zurück. Auf der Wiese tanzten Mädchen aus Kusoranda, sie führten einen Reigen an, wie man das hier nennt. Am Rand der Wiese befand sich der Jahrmarkt, hier kann man Textilien fürs Haus kaufen, Produkte aus Bast, Schmuck aus Holz oder Knochen, und auch

Wodka, Bier, Tee vom Samowar, Pierogi mit Fisch, Pierogi mit Kartoschka, Pierogi mit Brombeeren. Und Schaschlik.

Die Einheimischen saßen in Gruppen auf der Wiese. Bald erklangen Lieder. Jede Gruppe sang etwas anderes. Ein paar Begeisterte versuchten sich als Drachenflieger. Zuerst verfingen sie sich fast in den Stromleitungen. Dann stürzten sie auf eine der Gruppen. Sie fluchten, was das Zeug hielt, und gaben dann das Fliegen auf.

Schließlich holten wir unsere Hirtenflöten hervor. Ola sang. Nach einer Weile setzten sich zwei Holzfäller aus der Karpatoukraine (Huzulen, die im Saonesch schwarzarbeiteten) mit einer großen Flasche Schnaps und zwei hübschen Einheimischen zu uns. Eine von ihnen, die 15-jährige Ania Podschibjakina, gab mir einen Band ihrer Gedichte mit dem Titel »Funken«. Hier ein Fragment aus einem ihrer Lieder:

»Eine kluge Frau ist
Wie du – rechtschaffen.
Bedeuten denn Worte
Viel im Leben?«

Den Feiertag von Kosmosero beschlossen wir bei uns in Konda.

Doch nun zum Vorwand selber: Alexander Swirski. Die Begegnung mit ihm gehört zu meinen wichtigsten geistigen Abenteuern in Russland. Der Kraft des Heiligen, das heißt seiner Reliquie, gab ich mich im Jahr 1999 hin, sie mit der Nase berührend, als ich mit Wasja auf der Jacht unserer karelischen Fährte folgte. Bis heute erinnere ich mich an den Geruch des Salböls, das von seiner Hand tropfte. Die Hand des Heiligen war entblößt. Ich gab mich ihr hin, um daran zu riechen und sie aus der Nähe zu betrachten. Denn ich bin kurzsichtig.

Sie schien wie aus Holz. Die Papillarlinien wie Masern in einer Bohle – das Salböl zwischen den Fingern sah aus wie Harztropfen. Die Hand war dunkel, beinahe braun (erst später erfuhr ich, dass der heilige Alexander ein Wepse war und kein Russe), mit leicht gekrümmten Fingern. Swirski starb im Schlaf, auf dem Bauch liegend, und ehe die Brüder ihn fanden, war er schon kalt. Sie konnten die Finger nicht mehr gerade richten. Aus der Nähe schimmerte die Hand. Wie eine Ikone.

Alexander Swirski ist einer der größten Heiligen des Nordens. Vielleicht überhaupt der Größte. Und der einzige in Russland, dessen Überreste sich in idealem Zustand bewahrt haben. August Wagner, Kommandeur einer Abteilung von Tschekisten, der im Jahr 1918 die Reliquie des Heiligen »sezierte«, war so verblüfft von dem, was er im Sarg sah, dass er in einem vertraulichen Bericht schrieb, sie hätten eine »Wachspuppe« gefunden. Sie schafften die sterblichen Überreste ins geheime Museum der Akademie für Militärmedizin, um sie dort als »nicht identifiziertes Exponat« zu verstecken. Als Lenin starb und man daranging, seinen Leichnam einzubalsamieren, versuchten die sowjetischen Wissenschaftler das Geheimnis der Überreste von Alexander Swirski zu ergründen. Doch die Forschungen blieben ergebnislos – sie verstanden nichts. In einem Geheimbericht schrieben sie: »Eine natürliche Mumifizierung in einem solchen Grade ist der modernen Wissenschaft unbekannt.«

Während dieser Forschungen kam es zu einem unglücklichen Vorfall. Eine junge Tschekistin im Range eines Leutnants hielt bei Swirskis Leichnam Wache. Eines nachts stellte sie fest, dass der heilige Alexander sie anblickte. Sie ging näher hin … Ja, er sah sie an. Sie schloss ihm gewaltsam die Augen. Sie nahm die Hände weg … Er öffnete wieder die Augen … »Du Luder!« rief sie und drückte ihm die Augen in ihre Höhlen und goss sie mit Gips zu.

»Jetzt wirst du nicht mehr glotzen!«, rief sie noch immer, als man sie am Morgen hinter einem Schrank fand, die Haare vor Entsetzen ergraut.

Es lohnt sich, etwas mehr über Swirski zu sagen. Er begann in Walaam, auf der Heiligen Insel – dort schlug er seine erste Grotte in den Granitfels. Er war der zweite – nach dem biblischen Abraham – Mensch, der die Heilige Dreifaltigkeit auf Erden gesehen hat. Sie zeigte ihm den Platz (einen herrlichen Platz am Roschtschichinski See), wo er das nach Ihr benannte Kloster errichten sollte.

»Dann«, so lesen wir in seiner »Lebensgeschichte«, »sah er oftmals auch Gott, der sich mit ausgebreiteten Flügeln wie auf Beinen über die Erde bewegte, bis er verschwand … und die Mutter Gottes, und die Apostel, und den Antichrist.« Von seinen klösterlichen Aufgaben liebte er am meisten das Holzhacken. Als einmal in der Küche Feuerholz fehlte und der Ökonom den Igumen ersuchte, einen der Inoken auszusenden, die ohnehin müßig gingen, sagte Alexander Swirski: »Ich bin müßig«, und ging zum Schuppen, um Holz zu hacken.

Seine Reliquie besitzt die Kraft, Besessene, Verrückte und Tollwütige verschiedenster Art zu heilen. Sie zogen daher aus ganz Russland zum Kloster von Alexander Swirski. Nach der bolschewistischen Revolution machten sie aus dem Kloster ein Spital für Irre und schwere Alkoholiker. Im Jahr 1999 hatten sie die noch nicht alle weggebracht. Ich sah dort ein Mädchen, das sich halb nackt über den Bretterzaun lehnte und mir aus der Ferne etwas zurief, wobei sie die Hand gegen den Himmel streckte, als wolle sie mir dort etwas zeigen. Vor unseren Augen lief ein Unglücklicher von dort davon. Er kam bis zum nächsten Laden, fünf Werst entfernt. Im Laden fingen sie ihn wieder ein. Doch er hatte es bereits geschafft, sich sinnlos zu betrinken.

Alexander Swirski starb am 30. August 1533. Seine sterblichen Überreste kehrten am 28. Juni 1998 in das Kloster am Roschtschichinski-See zurück.

2. September

Der Altweibersommer im Norden dauert nur kurz, drei bis vier Tage. Die Muschiks sagen, das genüge, damit die Weiber sich ordentlich ausruhen können.

Es ist mir die liebste Jahreszeit im Norden. Es gibt keine Stechmücken mehr, keine Parmaki, das Licht fällt schräg ein, es blendet nicht, sondern spielt und beleuchtet die Welt vor meinem Fenster eher von unten her als von oben. In der Luft wabern Trauer und Spinnfäden. Der Fliegentanz ringsum summt, zittert und erstirbt. Im Haus duftet es nach getrockneten Kräutern – Eisenhut, Frauendistel, Seidelbast – und reifer Braga, selber hergestelltem Bier. Die Herbstblumen – Zinnien, Kapuzinerkresse, Astern und Dahlien – welken im Garten vor sich hin. Das Gras wird gelb, der Sauerampfer am Zaun rötlich (oh, höchste Zeit, die Kartoffel auszugraben), und die Vogelbeere wirft die Blätter ab. Von Zeit zu Zeit ist vom Himmel das Schreien der Kraniche zu hören und zwingt den Kopf, sich nach oben zu recken. Wenn ich ihren Zug sehe, beneide ich sie oft darum, dass sie wegfliegen. Im Wald gibt es Unmengen von Reizkern und Chruschtsche, Pilzen.

3. September

Ich mache mich auf zur Bibliothek in Welikaja Guba, und dort blättert Olga Jegorowna verweint im Katalog. Auf meine Frage, was geschehen sei, sagt sie unter Tränen etwas von einer Schule in Beslan, von nackten Kindern, dass man begonnen habe, die

Schule zu stürmen. Die Jegorowa begreift nicht, dass ich keine Ahnung habe, wovon sie spricht.

»Das sind keine Menschen, keine Menschen, keine Menschen«, sagt sie ein ums andere Mal, tränenüberströmt.

Am Ende kann ich ihrem Schluchzen entnehmen, dass am 1. September (als ich mich in Kosmosero aufhielt, ohne Fernsehen, ohne Zeitungen, ohne Radio), das heißt am Tag des Schulbeginns, tschetschenische Terroristen eine Schule in Nordossetien gestürmt, die Lehrer, Eltern und Schüler in den Turnsaal getrieben hätten, dann hätten sie das Gebäude vermint und in den Fenstern Position bezogen, um mit Scharfschützengewehren auf alles zu feuern, was sich bewegte.

»Kannst du dir vorstellen, diese armen Würmer sitzen dort nackt und ohne Essen schon den dritten Tag.« Olga vergoss neuerlich Ströme von Tränen. »Ich kann mich gar nicht wegreißen vom Fernseher, so schrecklich ist das!«

Es ist wirklich erstaunlich, dass Olga Jegorowna noch nicht vor lauter Schrecken ihr Kind zur Welt gebracht hat, denn sie ist hochschwanger. An dieser Stelle erhebt sich die Frage: Wer übt hier den schlimmeren Terror aus – die unseligen Tschetschenen, die total den Verstand verloren haben, oder die Fernsehjournalisten? Die Terroristen bedrohen ein paar hundert Menschen mit dem Tod und halten dadurch fünfzehn-, vielleicht auch dreißig- oder vierzigtausend Menschen, die direkt mit diesen Ereignissen verbunden sind, in Schach, während das Fernsehen, indem es live zeigt, was dort geschieht, Millionen von Sehern terrorisiert, die sie vor den Bildschirmen festhalten – wie vor Gewehrläufen. Wer sät hier tatsächlich Angst und Schrecken? Wer verbreitet Panik? Und wer bekommt dafür eine Kugel in den Schädel und wer ein Honorar für gute Bilder?

Ich sehe seit langem nicht mehr fern und lebe deshalb gleichsam auf einem anderen Planeten als Menschen, die ihre Gehirne mit diesem Medienbrei speisen. Zum ersten Mal verspürte ich auf Cape Cod, dass die unmittelbar erlebte und die durchs Fernsehen vermittelte Welt grundverschieden sind. Ich wohnte in einem Holzhaus am Atlantik, ohne Fernseher. Die Amerikaner kämpften damals, so wie heute, am Persischen Golf, und der Präsident hieß auch Bush – der Papa des heutigen Präsidenten. Nachdem ich ein paar Wochen lang mit den fetten Möwen der Ostküste, dem Rauschen des Ozeans und den stummen Landschaften von Edward Hopper die Einsamkeit geteilt hatte, fuhr ich für ein paar Tage zu Freunden nach Boston. Ich hatte den Eindruck, ich käme in einen Spielsalon. Alle dort Anwesenden regten sich schrecklich auf über die Kriegsoperation auf dem Bildschirm. Die Operation trug den Namen »desert storm«.

Der Zufall wollte es, dass ich über ein Jahr später tatsächlich in einen Krieg geriet, in Abchasien. Allerdings nicht als Kriegsreporter. Ich wurde dort, ohne es zu wollen, Zeuge, wie sich eine betrunkene georgische Soldateska am Schwarzmeerstrand unterhielt: Sie schossen auf Affen und Menschen, vergewaltigten gemeinsam eine Frau vor den Augen ihres Mannes und skalpierten ihn dann wegen einer Flasche Champagner. Eines Abends sah ich aus dem Augenwinkel im Fernsehen in einem Sanatorium, das in eine Operationsbasis verwandelt worden war, einen Bericht von den Ereignissen am Strand von Suchumi, und plötzlich hatte ich das Gefühl, meine Freunde in Boston vor mir zu sehen: Wie sie sich vor dem Bildschirm fläzten, jeder eine Dose Guinness in der Hand, Nüsse mampfend und darüber streitend, ob CNN das Recht habe, das blutende Geschlecht eines vergewaltigten Mädchens ohne seine Zustimmung zu zeigen?

»Und ihr Gesicht?«

»Warum nicht?«, höre ich Mike sagen, einen Freund von Susan Sontag, »die Kamera, meine Lieben, ist wie ein Reisepass, sie gestattet einem, für andere gesperrte Grenzen zu überschreiten. Ein Mensch mit einer Kamera ist das ›reine Sehen‹, so etwas wie ein Zeuge im Dhjanajoga, ich nehme an, ihr wisst, wovon ich rede. Das Objektiv ist, wie schon sein Name besagt, objektiv …«

»Ich möchte nicht haben, dass man mich in so einem Zustand sieht«, unterbrach ihn Nancy, »das ist schlimmer als Pornographie. Diejenigen, die vor der Kamera vögeln, machen das freiwillig und werden dafür bezahlt. Aber die vor den Augen der Öffentlichkeit sterben, sind sich in der Regel nicht bewusst, dass ihnen jemand dabei zuschaut. Von einem Honorar nicht zu reden. Das Geld für die schmerzverzerrten Gesichter, die abgerissenen Gliedmaßen, die blutigen Gedärme und vor Angst irren Augen stecken die Leute ein, die das zeigen. Sie machen aus dem Tod eine Show. Dabei ist der Tod noch intimer als Sex. Warum fragt also keiner die Leute, die sterben, ob man die Privatheit ihrer Agonie stören darf?«

Seit jenen Gesprächen und jenen Kriegen ist einige Zeit vergangen. Ein neues Jahrhundert ist angebrochen. Es herrschen andere Moden. Die Fernsehtechnik hat sich weiter entwickelt, und die Herzen der Zuseher sind schaler geworden. Wenn man heute jemand aufrütteln möchte, braucht man gewalttätige Szenen: Bei lebendigem Leib abgeschnittene Köpfe, ohne Pardon erschossene Kinder, Flugzeuge, die Wolkenkratzer in Schutt und Asche legen. Was gestern noch als Gipfel der Grausamkeit erschien, schockiert heute keinen mehr. Die demokratische Öffentlichkeit lechzt nach immer stärkerer Erregung. Es ist nicht verwunderlich, dass die Sender im Kampf um Zuschauer ihre Korrespondenten an Orte von Tragödien schicken, damit sie, ohne Rücksicht auf die Opfer dieser Tragödien, möglichst schockierende News bringen, um damit die Konkurrenzkanäle aus dem Feld zu schlagen. Natürlich nützen die Terroristen diesen Drang der demokratischen Öffentlichkeit zu den blutrünstigsten Szenen aus, obwohl man besser von Szenen sprechen sollte, die das lauwarme Blut in den vom Wohlstand verfetteten Adern aufheizen.

Die arme Jegorowa aber leidet. Statt sich zu freuen, dass es nicht ihre Kinder getroffen hat. Aber vielleicht handelt es sich auch um eine emotionelle Überempfindlichkeit, ausgelöst durch ihre Schwangerschaft?

12. September

… und Distanz bewahren, die Welt aus der Perspektive betrachten, die Pascal Quignard wählte, als er schrieb: »Zwei Türme, höher als der Turm zu Babel, stürzten genau so zusammen wie die großen steinernen Buddhastatuen in Bamjan.«

16. September

Die Post brachte mir einen Packen der Warschauer Tageszeitung *Rzeczpospolita* aus den letzten zwei Wochen. Es dominieren Kommentare über die Tragödie in Beslan. Hysterische antirussische Stimmen. Selbst der bisher eher gemäßigte Sławomir Popowski übertreibt diesmal meiner Ansicht nach eindeutig. Je mehr Zeit verstreicht, seit er aus Russland weg ist, umso russophober wird mein Kollege. Ist das der Einfluss der Warschauer Umgebung?

Krystyna Kurczab-Redlich übertrifft mit ihrem Artikel »Nieder mit dem Terrorismus! Es lebe der Terror!« alle anderen. Sie beginnt mit drastischen Details: dem Abschlachten der Kinder, deren Eingeweide Hunden zum Fraß hingeworfen werden, ein kleines Mädchen mit einem Loch im Kopf, in dem das Gehirn pulsiert, bedeckt von einem durchsichtigen Häutchen und so weiter … Natürlich handelt es sich um das Werk russischer Soldaten in Tschetschenien. Erst im Weiteren schreibt sie über Beslan, dass die Kinder dort feierlich starben, weil auf dem Bildschirm. Und dass sie keineswegs von den Tschetschenen ermordet wurden, sondern von irgendwelchen Unbekannten – einem Neger, Arabern, Russen. Denn für Tschetschenen – so die Autorin des genannten Artikels – sind Kinder heilig, fast nie wird ein Kind von seinem Vater geschlagen. Hat sie die Bande Bassajews mit seinen »Dschigiten« vergessen, die eine Geburtsklinik in Budjonowsk überfielen? Oder geht sie davon aus, dass ein Kind, solang es nicht geboren wurde, noch gar nicht existiert? Die »Dschigiten« versteckten sich hinter schwangeren Frauen.

Für Krystyna Kurczab-Redlich gibt es den tschetschenischen Terrorismus erst seit 1999, das heißt, seit ein Haus in Moskau in die Luft flog. Es ist daher nicht weiter verwunderlich, dass sie sich weder an die Taten Schamil Bassajews noch an die anderer Bandenführer erinnern kann, wie etwa des grotesken Generals Salman Radujew. Sie hat vergessen, dass die Enthauptungen schon unter Dschochar Dudajew begannen, und dass man damals nicht Fremden die Köpfe abschnitt – sondern den eigenen Tschetschenen.

Das uralte Problem der Tschetschenen ist der Krieg der Clans, Tejpy genannt. Darüber schrieb schon Lew Tolstoj in »Hadschi-Murat«. Einer meiner russischen Bekannten, Anatol Dospechow, in den siebziger Jahren Dissident, verbarg sich im Kaukasus vor dem KGB. Damals leistete er den Tschetschenen große Hilfe, weshalb er unter ihnen viele Freunde hat. Heute sagt Tola traurig, er könne nicht mehr in den Kaukasus fahren, weil ihm dort keiner garantieren könne, dass er mit dem Leben davonkommt. Er würde von den Feinden seiner Freunde umgebracht werden. Anatol ist ein hervorragender Kenner der Problematik des Kaukasus und stellt die negative Rolle Russlands in dieser Region nicht in Frage, aber er sieht auch keinen Ausweg aus dem Teufelskreis der Blutrache und dem Jahrhunderte alten Hass zwischen den Stämmen. Daher kommentiert er für die Zeitungen die Ereignisse dort nicht, weil er sie selber nicht begreift.

Wie ich schon einmal in der *Rzeczpospolita* schrieb, wundere ich mich darüber, dass sympathische Frauen, die für ein Leben in der stillen Kammer geschaffen scheinen, sich mit dem Krieg beschäftigen. Wie kommt es, dass sich manche von ihnen (in Russland zum Beispiel die Politkowskaja) über makabre Dinge erregen, die so mancher Mann nicht ertragen kann? Ist das eine Frage von Perversion oder mangelnder Adrenaline?

29. September

In der Nacht verirrte sich der Mond in die Zweige der Pappel und goss einen silbernen Strahl auf den schwankenden Onegasee.

Konda leert sich langsam. Unser Nachbar Rasputin ist schon weg, vor ein paar Tagen ist Konstantin Fjodorowitsch abgereist. Zum Abschied brachte er uns ein Glas saurer Gurken und einen riesigen Kürbis. Seine Schwester, Klawdja Fjodorowna, ließ für uns im Garten ein paar Kohlköpfe zurück.

»Je länger sie im Beet bleiben«, sagte sie beim Abfahren, »umso besser.«

30. September

Über den Krieg in Tschetschenien schrieb Wojciech Jagielski ein ehrliches Buch: »Türme aus Stein«. Ein düsterer Bericht über ein erbarmungsloses Spiel, in dem der Mensch nichts weiter ist als eine Spielmarke in unmenschlichen Händen, wenn man ihn nicht freikauft. In den Händen von etwas, was man früher

Fatum oder Mojra nannte, heute hingegen nennt man das ... Das ist es ja, wie nennt man das heute?

Jagielski gibt darauf keine Antwort und auch nicht auf andere Fragen, das unterscheidet ihn von anderen so genannten Spezialisten des Kaukasus der unterschiedlichsten Prägung, deren Zahl sich in Polen zuletzt rasant vermehrt hat und die jeden Zweifel mit immer demselben Mantra vertreiben wollen: Das ist doch ganz einfach, daran sind die Russen schuld.

Jagielski gibt keine Antworten, weil er keine hat. Er berichtet nur darüber, was er in Botlich gesehen hat oder in Tschiri-Jurta, wobei er aufpassen muss, nicht die schmale Grenze zu überschreiten, die das Entsetzen des Zusehers von einem Teilnehmer am Drama trennte, und obwohl er sich dieser dünnen Linie mehrmals näherte, übertrat er sie nie und erfuhr nicht, wie es auf der anderen Seite ist.

»Ich habe nicht überprüft, wie weit die gehörten Erzählungen und die notierten Skizzen der Wahrheit entsprechen«, räumt er ein. »Nicht einmal, ob es sich überhaupt auszahlt, das zu überprüfen.«

Jagielski setzt nicht einmal Fragezeichen. Er beendet seine Fragen mit einem Punkt.

Ein bestimmtes Detail aus »Türmen aus Stein« erinnerte mich an eine selber erlebte Episode vom kaukasischen Kampfplatz. Es geht um Jagielskis Schuhe, die von Leyla geputzt werden, der Frau des Tschetschenen Isa. Als ich das las, sah ich die Augen Julias aus Grosny vor mir, zwei kalte Feuer unter einem schwarzen Tuch, als sie mir vor der Abreise nach Abchasien im Jahr 1992 die Schuhe putzte. Als ich dagegen protestierte, schnitt mir der Tschetschene Said aus der persönlichen Leibwache von Dschochar Dudajew lachend das Wort ab.

»Lass nur, Bruder. Sie macht das, damit es dir Glück bringt.«

4. Oktober

Es ist schwer, sich zu beherrschen, wenn man sich nach allen Richtungen ergießt.
WITOLD GOMBROWICZ

Wenn ich in der *Rzeczpospolita* die ausgefressenen Gesichter polnischer Politiker sehe, unter denen ich manchmal (mit immer größeren Schwierigkeiten) die Gesichter einstiger Kollegen aus der Solidarność erkenne, erinnere ich mich jedes Mal an diese Worte aus den »Besessenen«.

Dann denke ich mir, wenn diese Typen schon Probleme damit haben, sich zu beherrschen, mit welchem Recht greifen sie nach der Macht über andere? Immerhin haben schon die alten Weisen im Osten wie im Westen gelehrt, dass wir Kräfte aus der Entsagung schöpfen, nicht aus der Befriedigung unserer Gelüste. Im »Mahabarata« lese ich: »Wer kein Maß im Essen kennt, wird es auch in anderen Lebenssphären nicht halten können.« Und der von mir am meisten geschätzte Maler des Nordens, Alexander Borisow, meinte nach zwei auf Nowaja Semlja verbrachten Wintern, die echten Eier bei einem Mann steckten im harten, muskulösen Bauch und nicht in jenem faltigen Sack, der unter den Fettwülsten kaum auszumachen ist. Wenn ich daher die in die Breite gegangenen Figuren der polnischen Schleckermäuler und ihre über die Kragen fließenden Hälse betrachte, gebe ich mich keinen Illusionen hin. Wenn es ein Mensch nicht zustande bringt, sich einen Leckerbissen zu versagen, so dass er vor den Augen der Öffentlichkeit Fett ansetzt, warum soll er sich dann bei etwas anderem etwas versagen? Bei etwas, was man ihm nicht ansieht?

Unwillkürlich vergleiche ich die Figuren zweier Politiker, die sich vor nicht so langer Zeit im Kreml trafen: die katzenartige, straffe, gleichsam sprungbereite Figur des russischen Präsidenten Wladimir Putin und die schlabberige, fassförmige Figur des Präsidenten der Polnischen Republik, Aleksander Kwaśniewski. Ich will nicht behaupten, dass die Gestalt des polnischen Politikers meine patriotischen Gefühle beleidigt, weil ich ihn nie als meinen Präsidenten akzeptiert habe (das war der einzige Punkt, in dem ich mich von meinem politischen Mentor, dem Herausgeber der Zeitschrift *Kultura*, Jerzy Giedroyc, unterschied), aber ich gebe gern zu, dass ich Kerlen mit weibischen Figuren keinen Glauben schenke.

Da könnte jetzt jemand sagen: Und was ist mit Churchill und mit Kohl? Die waren doch hervorragende Politiker? Das stimmt, nur dass der Erste uns in Jalta verraten und verkauft, das heißt uns dem schnauzbärtigen Georgier ausgeliefert hat, während der Zweite, wenn mich die Erinnerung nicht trügt, nach seinem Abgang aus dem Kanzleramt ein paar Verhöre wegen finanzieller Machenschaften (heute würde man von Affären sprechen) über sich ergehen lassen musste.

Ich möchte hier nicht suggerieren, dass man sich bei der Wahl eines neuen polnischen Präsidenten ausschließlich von seiner Figur leiten lassen sollte. Wenn ich mir die Gier der Vertreter der so genannten Eliten vor Augen führe, egal ob fette oder schmale Hechte, habe ich überhaupt nicht die Absicht, für einen von ihnen zu stimmen. Ich nehme an, dass Menschen, die sich irgendwann einmal mit fernöstlichen Kampfsportarten beschäftigt oder den wunderbaren Film von Seiichiro Uchikawa, »Judo Saga«, gesehen haben, wissen, worauf ich hinaus will. Judo besteht nämlich nicht nur aus Griffen und darin, den Gegner auf die Matte zu werfen. Es ist vor allem Arbeit an sich selber. Eine Schule der Selbstdisziplin und Konzentration.

14. Oktober

Beim ersten Betrachten einer Ikone lässt man den Blick für gewöhnlich auf der Oberfläche des Brettes verharren. Der Blick erkennt das Bild des Heiligen (manchmal liest man den Titel, um zu verstehen, wer es ist) und schweift dann über die Falten der Kleider, die Details des Hintergrundes, konzentriert sich auf den Ausdruck des Gesichts oder die Zeichen der Hand. Manchmal bleibt er an den Farben hängen. Vor allem, wenn ihre Zusammensetzung ungewöhnlich erscheint. Zum Beispiel eine besondere Verbindung von Rosa und Granat in den Ikonen aus dem Dorf Jesino am Onegasee, wie die himbeerfarbene Spiegelung der Sonne auf der dunklen, bleifarbenen Tafel des Onegasees in weißen Nächten. Das nüchterne Auge erkennt auch die Form des Brettes und die Art seiner Bearbeitung, anhand der geschmiedeten Nägel kann es das Alter der Malerei bestimmen, und nach dem Stil der Zeichnung und der Farbskala die Region, manchmal auch den Autor. Doch die wahre Kontemplation der Ikone beginnt erst, wenn man, wie durch ein Fenster, über sie hinaus in die endlose Weite schaut.

Es kann jedoch auch umgekehrt sein. Als ich heute während der Messe durch das Fenster der Pokrowskaja-Kirche auf den Onegasee sah, hatte ich den Eindruck, in die Augen der Muttergottes zu blicken. Die dunklen Wolken über dem See sahen aus wie ihr Tuch (heute ist Pokrowa, Mariä Schutz), von Zeit zu Zeit wurden sie von den bleichen Strahlen einer späten Herbstsonne durchdrungen, die in die Kirche von Kischi fielen. Hier kreuzten sie sich mit dem Blitzen der Kerzen im Halbdunkel, tanzten über die Gewänder der Ikonen und vermischten sich mit den Wolken von Weihrauch, wodurch der Eindruck entstand, jemand habe aus Rauch und Licht ein Fischernetz geflochten.

Der Feiertag Pokrowa wird weder von den Katholiken noch den Protestanten begangen. Es ist ein rein orthodoxer Feiertag zu Ehren der Muttergottes, die während der Belagerung Konstantinopels durch die Sarazenen die Stadt in Schutz nahm, indem sie sie vor den Ungläubigen durch ihre Pokrowa verhüllte, wie man das lange Tuch nennt, mit dem Frauen im Nahen Osten Kopf und Schultern verhüllen, wenn sie das Haus verlassen. Zum zweiten Mal verhüllte die Mutter Gottes die Gläubigen in Pskow schützend vor dem Ansturm der Polen im Jahr 1581. Das Andenken an dieses Ereignis begeht man in Russland, indem man sich vor der wundertätigen Pokrowskaja-Ikone der Muttergottes aus Pskow verneigt. Heute ist auch ihr Feiertag.

Da stand ich nun, ein Lache, ein Pole (das bin ich nun einmal), im Gedränge der Russen in der Pokrowskaja-Kirche, die einst von meinen Landsleuten mit Feuer und Schwert gebrandschatzt wurde (auf einer Ikone in Kischi ist an der rechten Hand des Erlösers noch die Spur einer polnischen Kugel zu sehen), und denke nach über die Ironie des Schicksals und das schwache Gedächtnis der Polen, die sich ständig aufregen und über die imperialen Gelüste Russlands lamentieren.

Die Pokrowskaja-Kirche schätze ich aus verschiedenen Gründen. Ich liebe das Lichtspiel auf ihrem Altar und den Harzgeruch der Balken, die häusliche Atmosphäre und Lenas Altstimme. Wenn Lena nämlich betet, singt sie so hoch, dass man an ihrer Stimme entlang in den Himmel hinaufklettern könnte. Ich liebe auch den Gottesdienst in der Ausführung von Vater Nikolai (Osolin), die Hingabe, mit der er die Messe liest, wobei er oft die Worte der Gebete durcheinanderbringt, was ihn menschlicher erscheinen lässt als manch anderen Kaplan, der das Gebet automatisch herunterschnurrt. In der Pokrowskaja-Kirche stört mich nicht einmal die ganze rituelle Gymnastik, die in anderen orthodoxen Kirchen so irritierend wirkt: dieses fromme Sichbekreuzigen, das Küssen der Ikonen, das Sichverneigen im dichten Gedränge, das Herumstoßen mit den Kerzen.

Trotzdem fühle ich mich hier nicht wirklich zu Hause. Wie übrigens in keinem anderen Gebäude eines kollektiven Kults, egal ob es sich um eine Kirche, eine Synagoge oder eine Moschee handelt, vielleicht, weil ich nicht »auf den Zehenspitzen« knien kann. Und weil ich jedes Mal, wenn mein Blick dem von Vater Nikolai begegnet, das Gefühl habe, ich sei hier ebenso fremd und anders wie er – etranger. Im Kopf gehen mir die Worte von Klujew aus dem Jahr 1919 um:

»Im Saonesch, im ajourierten Kischi,
wo Rublows Stille vibriert,
zelebriert der schwarzschnäbelige Gast
aus Paris eine schwarze Messe.«

Diesen Vers Klujews zeigte mir im Vorjahr Frau Professor Jelena Iwanowna Markowa aus Petrosawodsk, als sie bei uns in Konda Bereschnaja zu Gast war wegen einer in unserem Haus geplanten wissenschaftlichen Konferenz zum 120. Geburtstag des Autors der »Lieder aus dem Saonesch«. Jelena Iwanowna ist nicht nur weltweit eine der besten Kennerinnen des Werkes Klujews, sie ist auch eine der interessantesten Gestalten in der karelischen Hauptstadt (ich sage hier nur: eine Feministin à la russe). Als sie mir den Vers über den »schwarzschnäbeligen Gast aus Paris« zeigte, in dem Klujew angeblich die Ankunft von Vater Nikolai in Kischi vorhersah, wollte Jelena Iwanowska die Gelegenheit nützen, gleich ein paar Gerüchte über die Popenfrau auszustreuen, was ich mir mit scharfen Worten verbat, indem ich sagte, ich lasse nicht zu, dass man in meiner Anwesenheit schlecht über meine Freunde spricht. Seit damals meidet sie mich.

Aber zum Teufel mit der Markowa. Ihre Abneigung gegenüber Osolin kann ich noch als Ausdruck eines flammenden Feminismus abtun, der keine Orthodoxie erträgt und schon gar keinen Mann im »Rock«, noch dazu in der Rolle des Hausvaters. Schlimmer ist, dass auch andere Vater Nikolai scheel anschauen. In den Kreisen der Petrosawodsker Elite kann man ihm nicht verzeihen, dass er in Paris und New York studiert hat, während sich die lokale Geistlichkeit vor Eifersucht verzehrt, weil er Zugang zu Seiner Heiligkeit hat. Immerhin gelang es ihm dank der politischen Unterstützung des Patriarchen, das Gebäude der Augenklinik auf dem Hauptboulevard von Petrosawodsk mit herrlichem Blick auf den Onegasee zu übernehmen und daraus ein Gästehaus der Kirche zu machen. Die Mitarbeiter des Museums von Kischi wieder schmieden Ränken gegen ihn, weil sie befürchten, er werde sie früher oder später aus den Kirchen von Kischi vertreiben. Dabei schauen sie alle nur hinter seinem Rücken scheel, vor ihm hingegen verneigen sie sich tief und schmeicheln ihm, wie sie nur können. Es ist nicht verwunderlich, dass der Batjuschka, das Väterchen von Kischi, erzogen in den Kreisen weißer Emigranten und nicht gewöhnt an den sowjetischen Zynismus, sich berauscht an der hier herrschenden Freiheit und dem seltsamen, durch den Kopf kreisenden Zustand, den man Vakuum nennt. Die Leere um Vater Nikolai ist in gewisser Weise noch dünner als die Leere, in der sich im Jahr 1937 sein Vorgänger in Kischi, Pop Petuchow, befand.

Es scheint ratsam, hier ein paar Worte über das Schicksal des letzten Popen von Kischi einzufügen, damit man in diesem Kontext die Situation des jetzigen Batjuschka besser verstehen kann.

Alexej Stepanowitsch Petuchow entstammte einer angesehenen Familie von Popen aus der Küstenregion. Seine Frau, die Popin Alexandra Stefanowna (eine geborene Popowa), lernte er im Seminar in Archangelsk kennen. 1910 empfing er die Weihen als Kaplan und wurde mit seiner Frau zur Arbeit als Seelsorger nach Juschkosero in der Provinz Uchtinsk (heute im nördlichen

Karelien) geschickt. Dort erlebten sie die bolschewistische Revolution, und die Petuchows entdeckten plötzlich, für sie selber ganz unerwartet, dass sie als Feinde der Sowjetmacht angesehen wurden. Während des Bürgerkrieges ging die Provinz Uchtinsk mehrmals von einer Hand in die andere über, bis schließlich 1921/1922 die so genannten weißen Finnen endgültig aus dem Gebiet gedrängt werden konnten. Beim Abmarsch nahmen sie, zusammen mit anderen Geiseln, auch Vater Alexej mit. Nach sowjetischen Angaben erfüllte der Pope Petuchow in der finnischen Stadt Kajani »die Funktion eines Pastors der karelischen Renegaten«. Die Popin blieb mit fünf Kindern ohne Mittel für den Lebensunterhalt im roten Russland zurück. Die Ehepartner blieben zwei Jahre lang getrennt.

Nach langem Zögern – die Finnen versprachen Pässe für die ganze Familie und materielle Hilfe, die Frau widersetzte sich jedoch der Emigration, und die Sehnsucht nach der Heimat nagte – kehrte Vater Alexej nach Sowjetrussland zurück. Die Kurie schickte ihn in eine Pfarre in Panosero. Dort begannen sich die Petuchows ein neues Leben aufzubauen: Sie legten einen Garten an, kauften eine Kuh, um Milch für die Kinder zu haben, und zeugten Gala, ihr letztes Kind. Die Jahre 1925 bis 1932, die sie in Panosero verbrachten, waren die ruhigsten in ihrem Leben, obwohl sie zu den so genannten Lischenzy gehörten, den Menschen, denen die Bürgerrechte aberkannt wurden und die von jedermann, der nur wollte, drangsaliert werden konnten. Vor allem die Kinder bekamen das zu spüren. Der zwölfjährige Genja zum Beispiel musste bei der Waldarbeit die Norm eines Erwachsenen leisten, gleichzeitig hatte er jedoch als Sohn eines Popen nicht das Recht, aus dem gemeinsamen Kessel zu essen, und im Winter durfte er nachts nicht in der Erdhütte Unterschlupf suchen. Gar nicht zu reden von Beschimpfungen und Schlägen.

Das wahre Elend begann jedoch mit der Kuh. Die Kuh der Petuchows war gerade trächtig, als die Kurie beschloss, den Popen nach Suna zu versetzen. Die sowjetischen Gesetze verboten, eine trächtige Kuh zu schlachten. Aber wie sollte er den Umzug mit einem trächtigen Tier bewerkstelligen? Der Ausweg bestand darin, dass sich ein Nachbar fand, der seine Krasawka gegen die brave Zorka der Popenfamilie eintauschte. Die Petuchows schlachteten die Krasawka, salzten das Fleisch ein und machten sich auf die Reise. Der Nachbar aber äußerte nun, vom NKWD gehörig unter Druck gesetzt, den Wunsch, den Tausch wieder rückgängig zu machen. Für die illegale Schlachtung wurde Vater Alexej eineinhalb Jahre eingesperrt. Er kam in ein landwirtschaftliches Lager bei Petrosawodsk. Nach der Freilassung ließ er sich mit seiner Familie im Saonesch nieder. In Bojarschtschino nicht weit von Kischi. Dort kam es zum letzten Akt in seinem Drama.

Das Gebiet um den Onegasee war in den dreißiger Jahren des vorigen Jahrhunderts die letzte Bastion der Orthodoxie in Karelien (nach geheimen Angaben des Bundes der Kämpferischen Gottlosen gab es im Saonesch 1936 noch 58 Kapellen, in denen Glocken hingen, und die Dorfbewohner luden Popen zu lokalen Feiern ein, um dort Gottesdienste abzuhalten), die Pfarre von Kischi aber war das wichtigste Bollwerk des Glaubens im Saonesch. Es kann daher nicht verwundern, dass man ein mutiges Referendum in Kischi, in dem sich über tausend Menschen für eine Erhaltung ihrer Kirchen aussprachen, während nur achtzig für ihre Liquidierung stimmten, eine »richtiggehende Revolte gegen die Sowjetmacht« nannte. Das alles geschah, daran sei hier erinnert, zur Zeit der stalinistischen Säuberungen, als man Menschen für weit geringere Vergehen ohne Pardon erschoss. Das war die Situation, in die Petuchow nach seiner Entlassung aus dem Lager geriet.

Die Petuchows brachten nach Bojarschtschino ihre ganze ärmliche Habe mit: einen abgeschabten Koffer, ein Holzbett, einen Samowar und eine alte Nähmaschine, ihre einzige Ernährerin.

Das schreiende Elend, sagte man über sie in der Siedlung.

Für Vater Alexej waren allerdings nicht materielle Güter wichtig. Er war 58 Jahre alt und fühlte, dass er nicht mehr viel Zeit hatte bis zu seinem Tod. Und da hatte ihm der Herrgott am Ende seiner Tage eine schwierige Aufgabe übertragen: die Kirchen in Kischi vor den Gottlosen zu retten.

Die Kirchen in Kischi waren den Gottlosen wahrlich ein Dorn im Auge. Das begann schon mit der Kirche der Verklärung des Herrn.

»Wozu braucht die Pfarre zwei Kirchen«, erregten sich die Eiferer unter ihnen. »Her damit, die Pokrowskaja wollen wir den Mrakobey, den Frömmlern, überlassen, und aus der Pscheobraschenski-Kirche machen wir ein Museum.«

Doch es war nun einmal so, dass man in Kischi immer in zwei Kirchen gebetet hatte: von Ostern bis Pokrowa in der sommerlichen, der Pscheobraschenski-Kirche, der Kirche der Verwandlung des Herrn, und im Winter in der geheizten, der Pokrowskaja. Die sommerliche Kirche, mit 22 Kuppeln der Stolz des gesamten Saonesch (in ganz Russland gibt es keine zweite dieser Art), beschlossen die Behörden zu schließen. Im Herbst des Jahres 1936 nahmen die Behörden des Selsowjet dem Starosten der Kirche gewaltsam den Kirchenschlüssel ab. Den ganzen Winter über schrieb der Pope Petuchow Eingaben an die verschiedenen Stufen der Macht und sammelte Unterschriften für Petitionen an die verschiedensten Instanzen, bis er sich am Ende direkt nach Moskau wandte, von wo im April 1937 die endgültige Entscheidung kam: Die Kirche sei unverzüglich in ein Museum umzuwandeln!

Vater Alexej hatte die Entwicklung vorausgesehen und seine Jüngste, Galka, schon vorher zum Selsowjet gebracht, wo sie unter seiner Anleitung ein Schreiben unterzeichnete, in dem sie sich von ihrem Vater lossagte. Die älteren, erwachsenen Kinder hatten sich längst zerstreut. Die Popenfrau sprach ihrem Mann Mut zu. Nun konnten sie den letzten Kampf aufnehmen.

Entgegen der Entscheidung der Behörden wurde 1937 die Ostermesse in Kischi in der Pscheobraschenski-Kirche gelesen. Und Vater Alexej las den ganzen Sommer über dort die Messe. Am Tag der Verklärung Christi (am 19. August) verkündete er die letzte Predigt:

»Ihr müsst wissen, meine Liebsten, dass die Arche Christi, die orthodoxe Kirche, sich gegenwärtig in einem schrecklichen Sturm, in außergewöhnlicher Gefahr befindet. Seit Tausenden Jahren, seit dem Bestehen der orthodoxen Kirche in Russland, war sie noch nie in einer derartig schwierigen Lage wie heute. Die Feinde des Christentums schlafen nicht, sondern sammeln ihre Kräfte, um die heilige Arche Christi zu versenken und den orthodoxen Glauben zu vernichten.«

Sie verhafteten ihn genau zu Pokrowa. Er ließ zwei Verhöre über sich ergehen, in denen er die unsinnigen Anschuldigungen zurückwies. Im dritten »bekannte er sich dazu«, einer konterrevolutionären Organisation angehört und für die »weißen Finnen« spioniert zu haben. Er wurde am 20. November 1937 um zwei Uhr morgens erschossen.

Die beiden Kirchen von Kischi wurden dem Museum übergeben. Von damals bis 1991, als Vater Nikolai von Paris in den Saonesch kam, wurde in Kischi keine Messe mehr gelesen.

26. Oktober

Wie kam es, dass im Verlauf von ein paar Jahrzehnten die Orthodoxie im Saonesch völlig verschwand? Dass alle Kinder von Vater Alexej als Gottlose aufwuchsen? Lässt sich das wirklich allein durch die Angst erklären? Vielleicht war die »natürliche Religiosität« der früheren Russen (und der Menschen überhaupt), von der seinerzeit der Philosoph Solowjow schrieb, ihrer Natur nach, wie die neuen Russen sagen würden, ein Schwindel auf tönernen Beinen?

Vater Nikolai hegt zwar insgeheim immer noch die Hoffnung, er könne mit hartnäckigen Gebeten den Pfad zur Kirche austreten, so dass sich die Gotteshäuser in Kischi wieder mit Massen von Gläubigen füllen, doch meines Erachtens werden das eher Massen von Besuchern sein, auch wenn die Frauen Kopftücher aufsetzen, die Männer die Kappen abnehmen und alle Kerzen anzünden, sich ständig mit weit ausholenden Bewegungen bekreuzen, die Ikonen bespeicheln und sich bis zur Erde verneigen.

Bis dato wurde keine der Kirchen von Kischi der Gemeinschaft der Gläubigen zurückgegeben, weil es eine solche Gemeinschaft der Gläubigen auf Kischi nicht gibt. Vater Nikolai wohnt im Winter in Petrosawodsk und liest dort die Messe, und im Sommer verschwindet die Handvoll seiner Gläubigen in den Massen der Ausflügler, die sich täglich über die Insel wälzen, und es ist schon als Erfolg anzusehen, dass die Museumsleitung endlich einwilligte, während der Messe in der Pokrowskaja Kirche keine Führungen abhalten zu lassen. Über die Kirche der Verwandlung des Herrn wird einstweilen noch nicht einmal geredet, man unterhält sich nur darüber, wie man verhindern könnte, dass sie während der Renovierung in sich zusammenstürzt.

Wenn ein Außenstehender zufällig in die gestrige Messe geraten wäre, hätte ihn die Menge der Gläubigen in die Irre führen (oder auch mit Hoffnung erfüllen) können. Denn woher sollte er wissen, dass Vater Nikolai zusätzliche Fahrten von Petrosawodsk und Welikaja Guba bezahlt hat, um Bereitwillige zu Pokrowa gratis mit dem »Kometen« zu holen. Bereitwillige gab es natürlich mehr als Plätze auf dem Schiff, vor allem weil das Gerücht umging, nach der Messe gebe es gratis ein Festmahl. Noch vor einem Jahr hatte es weder einen kostenlosen Kometen noch ein Gratisessen gegeben, und ich hatte selber in der Pokrowa-Prozession die Schale mit Weihwasser hinter Vater Nikolai hergetragen. Weil da sonst keiner war.

Petrosawodsk, 2. November

Im Museum für bildende Kunst gibt es eine Ausstellung anlässlich des siebzigsten Geburtstags von Mjudo Metschew. In drei kleinen Sälen im Parterre zeigt Metsch, wie er genannt wird, Hundert neue Arbeiten, darunter eine Auswahl aus dem bereits legendären Zyklus von Meditiationen mit Pinsel und Tusche über biblische Themen, denen er die letzten fünfzehn Jahre seines Leben widmete, einige karelische Landschaften und ein paar Skizzen aus der Natur (besonders begeisterte mich »Polarlicht durch fallenden Schnee«, eine kleine Gouache aus dem Jahr 1997), zahlreiche malerische Impressionen von Auslandsreisen (Ansichten von Rom, vom Vatikan, Venedig, Florenz, Paris und London), ein paar Winkel in Moskau und ein Porträt Olgas mit dem Bleistift. Ein reiches Schaffen insgesamt, wenn man in Betracht zieht, dass sich Metsch für jedes Thema viel Zeit nimmt. Er kontempliert eher, als dass er schafft.

Dem »Kalevala« widmete er sechzehn Jahre seines Lebens: acht in Gouache und Tusch und weitere acht in Gravur. 1948 gewann er in Moskau einen allsowjetischen Wettbewerb für die Illustration der hundertjährigen Jubiläumsausgabe des »Kalevala«. Damit hat alles begonnen. Zuerst wollte er das Epos realistisch betrachten und nicht wie die anderen. Daher reiste er nach Karelien. Er flüchtete vor den sozrealistischen Klischees in den Norden, auf der Suche nach Materialien für das »Kalevala«, doch in Wahrheit wollte er sich einfach von der Hauptstadt fernhalten. Er dachte an das, was mit seinem Vater geschehen war, dem Maler Konstantin Pantelejew-Kiriew, den sie im Jahr 1937 von zu Hause abgeholt hatten.

Hier, in Karelien, im Weiler Solomennoje, begegnete Metschew dem Batjuschka Alexander Jermolajew, dem Popen der örtlichen Kirche, seinem späteren geistigen Vater, den er als Väinämöinen malte. In dieser ersten Serie von Gouachen erkennt man deutlich den Einfluss der nördlichen Moderne, vor allem ihrer führenden Gestalt, Akseli Gallen-Kallela. Dieselbe nördliche Natur, dieselbe getuschte Palette (Silber, Grau und Bronze), die Zeichnung des Lichts.

»Metsch hat sich in Karelien selber gefunden«, sagt auf dem Bildschirm des Monitors Olga Chopinowa, seine Frau. Im letzten Saal des Museums wird während der Dauer der Ausstellung ein Film des karelischen Fernsehens über Metsch gezeigt.

Metschew fertigte für sein erstes »Kalevala« über zweihundert Arbeiten an. In die Jubiläumsausgabe von 1956 wurden 117 aufgenommen. Doch sie erreichten nicht das Niveau des »Kalevala« von Akseli Gallen-Kallela, das zuletzt 1983 in Mailand erschien.

Metsch unternahm einen neuerlichen Versuch, diesmal in Gravur. Wieder acht Jahre und mehr als dreihundert Arbeiten. Damit wurde die nächste sowjetische Ausgabe des »Kalevala« illustriert, anlässlich des hundertjährigen Jubiläums des Erscheines der ersten vollständigen Ausgabe des Epos in russischer Sprache: 1888 bis 1988. Metschew erscheint hier als kontemplativer Künstler.

Das nächste große Thema von Mjudo Marianowitsch (der Vorname leitet sich von einer Abkürzung her: Meschdunarodnyj Junoschejskij Den, Internationaler Jugendtag, während den Vaternamen seine Mutter aus ihrem Vornamen Maria schuf, da sie eine rote Feministin war und nicht wollte, dass ihn der Name mit seinem repressiven Papa verband), also das nächste große Thema von Mjudo Marianowitsch war die »Nestorchronik«. Das Buch, von der die Rus' ihre Anfänge herleitet. Das große russische Epos. Er fertigte es im Stil alter Miniaturen.

Am Rande sei angemerkt, dass auch die altrussische Miniatur ein weites Feld darstellt. Einst dachte ich schon daran … Aber das wäre so, als wolle ich die Welt der einstigen Rus' durchs Prisma eines mittelalterlichen Comic betrachten. Gold wurde dort mit Gold gemalt, nicht mit Eidotter.

Die sowjetische »Nestorchronik« aus dem Jahr 1991 und die finnische Ausgabe von 1994 illustrierte Metsch mit altrussischen Gravuren. Diese Meditationen über die Quellen des handschriftlichen Buches nahmen sechzehn Jahre in Anspruch.

Und so gelangte Metsch am Ende zur Bibel, zum heiligen Epos der Christen. Jetzt versucht er auf dem Grat des Unaussprechlichen zu stehen, um zu schauen, was sich auf der anderen Seite befindet, ohne sich dabei zu verraten. Bis anhin gelang ihm das in einigen Gouachen, unter anderem im »Geheimen Abendmahl«:

»Auf dem Tisch Licht
Und Brotlaibe
Wie Hände.

Silhouetten der Menschen
Im rostfarbenen Schatten.«

Im November 1993 bekam Metsch in der päpstlichen Bibliothek im Vatikan von Papst Johannes Paul II. die silberne Medaille für Humanismus und künstlerische Leistungen überreicht.

Konda, 3. November

Während des Rückwegs von Petrosawodsk nach Welikaja Guba nieselte feiner Regen auf den ausgestorbenen Saonesch nieder: auf die stummen Seen, die Moränenhügel und den Wald, unablässig. Die Landschaft vor dem Autobusfenster hatte etwas von der wunderbaren Bolota-Ballade im Kopfhörer meines Walkmans an sich. Vielleicht korrespondiert die düstere Kraft des rauen Gesangs von Bajryschew mit dieser Landschaft, vielleicht war es der Geist des Altai-Schamanen selber, der auf die Saonescher Landschaft nieselte? Von Zeit zu Zeit war hinter der angelaufenen Scheibe der Lichtschein eines Weilers auszumachen – krumme Hütten, schwarz vor Feuchtigkeit, betrunkene Fressen in Mützen mit Ohrenklappen vor dem Magazin mit Wodka, und Schlamm, so weit das Auge reichte. Gleich darauf verwischte sich das Bild wieder in den schmutzigen Streifen auf dem Glas. Schon im 16. Jahrhundert hatte ein ausländischer Reisender festgestellt, dass der schlammige Brei das fünfte Element Russlands ausmacht.

Jedes Mal wenn ich im Norden auf die Spuren von Menschen stoße – Haufen von Abfällen, sich lichtende Wälder, Löcher vom Uranabbau –, durchzuckt mich derselbe Gedanke, der übrigens keineswegs neu ist: dass der Mensch ein Krebsgeschwür der Natur ist. Eine bösartige Geschwulst. Krankes Gewebe.

Vielleicht hatten also die Skrytniki recht, die Mitglieder einer Sekte des alten Ritus, auch Bieguni genannt, wenn sie sich in die menschenleere Einöde und Sümpfe flüchteten, weil sie meinten, der Tod sei nicht weit. Warum also Spuren hinterlassen: Kurhane, Denkmäler, Kreuze? Ist es nicht besser, dass der Leichnam im Torf verfault und sich im Schlamm zu Stickstoff zersetzt?

4. November

Ein Tagebuch ist eine Form des Sichverbergens, eine Schule der Selbstdisziplin und des ständigen Achtgebens, nicht aus sich selber zu fallen und die Distanz zu verlieren. Im Roman ist das etwas anderes, dort kann man sich entblößen und je nach Laune die verborgensten Seiten seiner Persönlichkeit unter der Maske dieses oder jenes Helden vorführen. Die Fiktion gestattet dem Autor die erregendsten Ansichten, die er erfundenen Gestalten in den Mund legen kann. Das Tagebuch hingegen – es handelt sich hier um die literarische Gattung und nicht um intime Aufzeichnungen, die nicht für den Druck gedacht sind – erlegt uns Mäßigung auf.

(Anlässlich der Lektüre der »Tagebücher« von Sandor Marai.)

Klim Nos, 6. bis 8. November

»Putina« nennt man im Saonesch die Zeit des Fischfangs. Den Zeitraum, in dem die Fische ihre Laichplätze aufsuchen. Die herrliche kleine Maräne vom Onegasee (Coregonus albula) laicht von Pokrowa bis zum ersten Frost. In Klim Nos beginnt man mit dem Fang, wenn sich die Ufer erstmals mit Reif bedecken. Wie ein Sprichwort der Region besagt: »Sabeleli berega, rjapuschka pojdjot.« (Wenn die Ufer weiß werden, kommt die kleine Maräne.)

Zur Putina fuhren wir zu Felix Romanow, Fischer seit vielen Generationen. Heute ist er hier der einzige richtige Fischer, das heißt mit Lizenz. Felix Nikolajewitsch versucht mit seiner Frau

Antonina von der Viehzucht zu leben. Sie züchten schon seit ein paar Jahren Kühe. Dabei hat man ihnen schon fünf Mal die Wirtschaft angesteckt – zwei Mal neidische Nachbarn und drei Mal betrunkene Knechte –, und bestohlen werden sie ständig. Doch das Blut der Romanows und ihr Stolz gestatten ihnen nicht aufzugeben. Felix hat seit kurzem ein Stück Wald gepachtet, die einzige reale Einkommensquelle in der Gegend. Er fischt nur zur Zeit der Putina. Gerade so viel, dass es für die Familie reicht und für die Nahrung für das Gesinde. Und für die Katzen und Hunde. Wobei die Katzen und Hunde um nichts schlechter essen als das Gesinde.

Knechte hat er fünf: vier hiesige Alkoholiker – Jura, Sanka, Wowka und Kola – und den fragwürdigen Mönch Andrej. Andrej tauchte im Spätherbst in Klim Nos auf. Er kam zu Fuß vom Muromski Kloster und bat Felix, ihn über den Winter aufzunehmen.

Im Frühling möchte er sich auf Paleostrow niederlassen, um dort das Kloster wieder aufzubauen. Felix glaubt ihm nicht, weil Andrej raucht und Tätowierungen an den Händen hat. Obendrein haben vor gar nicht langer Zeit in Wodloschersch zwei falsche Novizen in der Ilinski-Einsiedelei Vater Nil erschlagen. Sie schlugen dem Batjuschka mit einem Spaten den Kopf ein, wegen nicht einmal sechshundert Rubel (zirka zwanzig Dollar). Zwar hat man sie schon gefunden, in einem moldawischen Kloster, aber es können noch andere, ähnliche Typen auftauchen. Aus diesem Grund hat Felix Andrej nur probeweise aufgenommen.

Felix' Vater, Nikolai Tichonowitsch, hat seinerzeit Felix Dscherschinskij verehrt, den Begründer der Tschreswytschajka, bekannt als Tscheka, der Geheimpolizei. Ihm zu Ehren benannte er seinen Sohn. Das Blut der Romanows hingegen fließt seit Jahrhunderten in ihren Adern. Denn hierher, in die Gegend von Tolwuja, verbannte Zar Boris Godunow die Mutter des ersten Romanow, Zar Michail Fjodorowitsch, Sohn des Patriarchen Filaret. Die gottesfürchtige Xenia Iwanowna lebte im Saonesch als Nonne Marfa. Später, zur Zeit des Raskol und der Smuta, der Spaltung und der Wirren, sagten ihr böse Zungen jedoch nach, sie habe mit lokalen Fischern gesündigt. So kam es zur krummen Saonescher Linie der Romanows.

Das wichtigste Ereignis im Leben von Felix Romanow fiel in die Ära Boris Jelzins. Es war tatsächlich ein Schicksalsschlag. Er stürzte von einem Heuhaufen und wurde gepackt. Anfangs vollständig: Er konnte weder Arme noch Beine rühren. Nach einiger Zeit ließ es ein wenig nach. Jetzt packt es ihn einmal, dann läßt es wieder nach. So geht das schon seit acht Jahren. Die Ärzte meinen, es habe einen wichtigen Nerv in den Leisten eingeklemmt, aber sie wissen nicht, was sie machen sollen. Wenn es ihn packt, brüllt Felix jedes Mal vor Schmerz und krümmt sich, bis es vorbeigeht. Es ist gefährlich, im Auto mit ihm zu fahren, weil er bei einem Anfall das Lenkrad auslässt und mit den Füßen weiter lenkt. Am meisten fürchtet Slawa diese Anfälle.

»Und was ist«, fragt er, »wenn wir gegen ein Baum fliegen?«

Wenn man nach Klim Nos fährt, biegt man kurz vor Tolwuja von der Saonescher Straße nach rechts ab (wenn man von Welikaja Guba kommt). Von dort sind es nur mehr ein paar Werst nach Nordosten.

»Schaut nur, lauter Harschkuppen rund um den Onega«, sagt Natalia, »der See sieht aus wie ein Spiegel in einem silbernen Rahmen.«

Der Wintereinbruch im Saonesch kommt in der Regel Anfang November. Heuer hat er sich um eine Woche verspätet. Daher erfolgte auch die Putina später, als ich geplant hatte. Doch Pläne in Verbindung mit der Zeit haben es nun einmal an sich, dass sie sich hin und wieder ändern, manchmal belügt man sich bei den täglichen Daten sogar selber.

Nach Klim Nos fuhren wir wegen der Seesaiblinge (zwei bis drei Ellen roter Fisch für den Winter) und wegen der Eindrücke (sich in die Wirklichkeit hineinzudrücken, ist eine Art der Erfahrung), und auch, um frische Luft zu schnappen, weil wir ohnehin den ganzen Winter auf dem Ofen hocken.

Der Seesaibling ist einer der geheimnisvollsten Fische des Onegasees, und obwohl ich faktisch alles über die Fische des Sees gelesen habe, darunter die Arbeiten von Kessler, Danilewski, Puschkarjew, Koschin und Nowikow, habe ich über den Seesaibling aus diesen Büchern nicht viel mehr erfahren, als was ich selber in Erfahrung brachte. Die Erfahrung hat mich schon oft etwas begreifen gelehrt, wo andere, ohne Erfahrung, Märchen erzählen.

Den Seesaibling hat Karl Kessler in die Wissenschaft eingeführt. Professor Kessler kann man überhaupt als Pionier der Ichtyologie im Saonesch bezeichnen. Vor ihm hat keiner über die Fische dieser Region geschrieben. In der hervorragenden »Zoographia rosso-asiatica« von Peter Simon Pallas fand ich nur eine kurze Erwähnung der Fische in der Newa, über den Ladoga- und Onegasee kein Wort.

Kessler kam im Jahr 1866 an den Onegasee. Die Expedition dauerte zwei Monate. Darauf schrieb er einen umfangreichen Band unter dem Titel »Materialien zur Erkenntnis des Onegasees und des Obonescher Landes«. Er legte darin in vielerlei Hinsicht ein wissenschaftliches Fundament, wobei ihm allerdings auch kuriose Fehler unterliefen (so stellt er zum Beispiel fest, dass der graue Saibling beim Laichen nicht aufsteigt, was andere später getreu wiederholten). Er hörte als erster von den Fischern vom Seesaibling, den er lateinisch »Salmo salvelinus« benannte.

Der Seesaibling ist ein Raubfisch, besonders gierig nach dem Fleisch der kleinen Maräne. Die Maräne legt jedoch ihre Eier in einer Tiefe von fünfundzwanzig bis dreißig Metern in unterirdischen Spalten (Rutschaje genannt) ab, weil die Wassertemperatur im See auf plus acht Grad fällt. Während der Laichzeit fallen riesige Scharen von Kleinen Maränen Räubern zum Opfer – Lachsen, Forellen, Hechten, Zandern, Aalquappen und Renken. Es ist wie beim großen Fressen im Film von Marco Ferreri.

Der Gürtel der Unterwasserfelsen von Klim Nos bis Kusoranda ist der größte Laichplatz des Seesaiblings im Onegasee.

Der Onegasee hat seit jeher die an seinen Ufern wohnenden Menschen ernährt. Um dieses Thema erschöpfend zu behandeln, müsste man bis in die Steinzeit zurückgehen. Vom Mesolithikum überdauerten bis in unsere Zeit Haken und Pfeilspitzen für Harpunen aus Rentierknochen und Gewichte für Netze aus Quarzbrocken. Das Fehlen von Netzen in den Gräbern von Oleni Ostrow erklärt Professor Gurin mit dem Glauben der Nomaden, die den Verstorbenen auf den Weg in die jenseitige Welt nur individuelle Jagdgeräte ins Grab mitgaben. Aus dem Neolithikum sind Fische in den Felszeichnungen von Bjesow Nos überliefert: die berühmte Zeichnung der großen Aalquappe oder ein Lachs, aufgespießt auf einem Ostroga, eine einfache Harpune. Ein charakteristisches Ornament, mit dem primitive nördliche Töpfer ihre Produkte schmückten, indem sie in den frischen Ton das Rückgrat von Fischen drückten, gestattete den Archäologen die Separierung der so genannten Sperrings-Kultur (V. bis VI. Jahrtausend vor unserer Ära). So war der Fisch des Onegasees seit dem Anbeginn nicht nur Nahrung für die Einheimischen, sondern auch Objekt ihres Kultes und Quelle künstlerischer Inspiration.

Mehr konkrete Daten über den Fischfang im Onegasee kann man in den »Piszowe knigi« finden, den Urbarialbüchern, den ältesten schriftlichen Geschichtsquellen des nördlichen Dorfes. Diese sind eigentlich Bücher der Steuern und Abgaben, welche die örtlichen Bauern den Herren aus Nowgorod und Moskau abliefern mussten. Die Abgaben, Obrobek genannt – das Äquivalent berechneten sie in Dengi (eine alte monetäre Einheit, der späteren Halbkopeke entsprechend) –, wurden von den Diakonen und ihren Schreibern eingesammelt. Sie verfassten auch die Steuerbücher.

Die meisten Daten über den Fischfang findet man im Steuerbuch des Diakon Andrej Lichatschew aus Nowgorod und seines Schreibers Lapun Dobrynin aus dem Jahr 1563. Dobrynin führte darin gesondert die Arten der Fischereigeräte auf und beschrieb die Orte des Fischfangs, er notierte die Namen der Fischer und die Höhe der Abgabe. Daher wissen wir, dass die kleine Maräne mit Zugnetzen von einer Länge von neunzig Ellen gefangen wurde, und dass sie im ganzen Gebiet des Saonesch zweiundfünfzig Zugnetze besaßen, für die jeweils sieben Dengi Abgabe bezahlt wurden. Lachs und Saibling wurden mit Gawry gefangen, eine Art von Netz, bis zu vierzig Ellen lang. Davon gab es neunundzwanzig für je sechs Dengi.

Die Namen der Fischereigeräte – Kjerdaga, Maselga, Gawra, Kibra –, die nur auf den großen Seen Kareliens verwendet wurden, sind baltisch-finnischen Ursprungs (auf den kleineren Seen fischten die Nowgoroder schon früher), was nach Ansicht mancher Wissenschaftler beweist, dass die russischen Siedler das Fischen auf dem Onega von einheimischen Stämmen lernten, von Samen, Karelen und Wepsen, und dass sie von ihnen auch die Gerätschaften übernahmen, die in den Steuerbüchern aufgelistet sind. Andere wieder meinen, zur Herstellung der in den Büchern erwähnten Netze sei Hanf (Cannabis sativa) verwendet worden. Dieser ist allerdings erst mit den Nowgoroder Bauern in den Saonesch gekommen. So kann man am Beispiel der Kjerdaga oder Kibra den Streit über die Genese der Rus' weiterführen.

Im Verlauf der Jahrhunderte bildete sich langsam der von Landwirtschaft und Fischfang geprägte Charakter des Saonesch heraus. Laut einer Statistik vom Anfang des 20. Jahrhunderts betrieb über die Hälfte der Bauern im Gebiet des Onegasees neben der Landwirtschaft auch Fischfang. Natürlich fand die Beschäftigung der Einheimischen auch ihren Ausdruck in der Form ihrer Organisation (sie arbeiteten in »Artelen«, später in Kolchosenbrigaden), in ihrer geistig-materiellen Kultur (während dem Einholen der Netze wurden Bylinen gesungen), in ihrem Glauben (die wichtigste Rolle in den Mythen der Region am Onegasee spielt bis heute der Wodjanoj, der mächtige Wassergeist) und auch im Schnitt ihrer Kleidung und der Zusammensetzung ihrer Ernährung. Wir wollen nur festhalten, dass eine Familie durchschnittlich zwölf Pud, das sind ungefähr zweihundert Kilogramm, Fisch jährlich verzehrte.

Nach der Revolution änderte sich nicht viel: Die Dörfer wurden zu Kolchosen gemacht (jedes Dorf eine Kolchose) und neu benannt. So wurde das Dorf Kriwonogowo auf Klim Nos umbenannt in die Kolchose Put' wperjod.

»Der eine hört da ein ›Dao à la russe‹ heraus, und ein anderer denkt dabei an Putin«, meinte Slawa. Wir erreichen unser Ziel.

Im Dorf Lebeschtschino stehen ein paar Häuser, doch nur in einem wird gewirtschaftet, im Haus der Romanows. In Kriwonogowo auf der Spitze von Klim Nos überwintert seit drei Jahren niemand mehr. Nur im Sommer kommen Menschen zum Fischen. Heuer wird auch Saguba leerstehen. Großmütterchen

Nastja ist im Mai gestorben. So ist es in allen Dörfern auf Klim Nos. Dabei muss man sich vorstellen, dass hier einst viele Menschen lebten. Unter Stalin gab es sechs Kolchosen, darunter eine »Millionärin« – die Fischerei-Kolchose Put' wperjod. Heute hingegen fischt hier nur mehr Romanow, und er ist auch der Einzige, der das Land zu bebauen versucht. Ganz krumm vor Schmerz.

Über die Knechte will er lieber gar nicht reden. Sie sind Sklaven, die plötzlich die Freiheit erlangt haben. Sie machen am liebsten das, was ihnen gefällt, das heißt, nichts, und sie vertrinken bloß fremdes Eigentum, weil sie selber nichts mehr haben und nie mehr etwas haben werden.

Kaum sind wir gekommen, da beginnt Felix zu brüllen. Diesmal allerdings nicht vor Schmerzen, sondern vor Wut. Während er weg war, um uns abzuholen, vertranken Wowka und Kola einen ganzen Anhänger voll Holz. Dabei logen sie ihm noch ins Gesicht und sagten, sie seien stocknüchtern und hätten keinen einzigen Schluck getrunken, sie seien nur wegen dem Katzenjammer ein wenig unsicher auf den Beinen.

»Gesindel, versoffene Fressen. Verlasst mein Haus!«

So kam es, dass wir Gäste, eben erst angekommen, die Netze ausklauben mussten, weil sonst der Fisch bis morgen verderben würde. Fünfzehn Netze, jedes 75 Meter lang. Oder, umgerechnet in Saiblinge: zehn Kisten mit je zwanzig Kilogramm. Sieben Stunden ununterbrochene Arbeit in einem kalten, dunklen Gang, glitschig vom Fischschleim. Wir leerten die Netze zu viert, ich mit Natalia auf der einen Seite, und Tonja mit Slawa auf der anderen. In der Banja arbeitete inzwischen eine zweite Vierergruppe: Kurka und Sanka und zwei Enkelinnen von Felix, Anjuta und Katja, die in den Herbstferien zum Großvater gekommen sind, um ihm bei der Putina zu helfen. Felix streifte inzwischen durchs Dorf, um nach Andrej zu suchen.

Beim Säubern der Netze erzählte mir Tonja ein wenig über ihr Leben, wobei sie gleich darauf hinwies, dass das Leben der Farmer des Saonesch in der Zeit von Jelzin und Putin ein Thema für ein Buch mindestens vom Umfang der »Forsythe Saga« wäre.

Es fängt damit an, dass Tonja eine begeisterte Anastasijka ist, eine Anhängerin der Anastasia-Sekte, einer der neuen religiösen Sekten Russlands. Der Name stammt von einem Mädel aus der Taiga, der schönen Anastasia, die der Tambower Schriftsteller Wladimir Megre erfand. Die Anhänger der Sekte glauben an die Reinkarnation und den Vegetarianismus, sie propagieren eine Rückkehr zur Natur und die Wunderkraft des Zedernbalsams (ich habe ihn versucht – er heilt wirklich). Außer mit Balsam und Gras heilt Tonja auch durch Berührung, Energie und Akupunktur. Sie macht auch Joga und Tai chi. Eine regelrechte Raskolniza des Saonesch.

Felix und sie lernten sich an der Universität in Petrosawodsk kennen, wohin man sie direkt von der Kolchose geschickt hatte, so wie sie waren, in Filzstiefeln und wattierter Jacke. Sie brauchten Studenten aus dem Dorf, um die Statistik aufzubessern, dass so und so viele Jugendliche aus sowjetischen Kolchosen eine höhere Bildung haben. Felix war im Auftrag der Partei für das Budget der Universität verantwortlich. Er verführte sie im Turnsaal, während dieser renoviert wurde. Sie bekam seinen eisernen Griff aus der Nähe zu sehen.

»Man sagt, die Fische hätten keine Stimme, doch diese Saiblinge piepsen ohne Unterlass«, unterbrach Slawa Tonjas Monolog.

Und sie piepsten wirklich. Wir klaubten Werste kleinmaschiger Netze aus, wobei wir die Nylonschnüre aus den Kiemen handtellergroßer Saiblinge lösten. Tonja war seit ihrer Kindheit an Armut gewöhnt. Sie wurde nicht weit von hier geboren, in

Kusaranda, südlich von Klim Nos. Ihr Vater war Pferdeknecht. Er ertrank während einer Putina, als Tonja fünf Jahre alt war. Ihre Mama gewöhnte sie von klein auf an die Arbeit. Bei Mama in der Kolchose namens »Mletschnij put« (Milchweg) molk Tonja stundenlang Kühe. Sie hat Hände wie geschaffen für eine Melkerin – kräftig und warm. Sie kann mit ihnen heilen …

»Was ist das für ein Fisch?«, unterbrach sie Slawa neuerlich.

»Ein Kaulbarsch, siehst du«, Tonja zeigte es, »was er für Stacheln hat? Die Hände bluten davon eine Woche lang, und oft beginnen sie zu eitern.«

1993 bekam sie den Finger Gottes zu spüren. Felix führte Planken von der Universität weg und fuhr unterwegs einen Menschen zu Tode. Das heißt, der Mensch war ihm unter die Räder gelaufen, doch offenbar hatte jemand geschmiert, so dass Felix eingesperrt wurde. Dazu kam, dass er angeblich betrunken war. Er saß ein paar Jahre. Nach seiner Entlassung kamen sie wieder irgendwie auf die Beine, und alles wäre gut gewesen, wenn sie ihn nicht aus der Partei geschmissen hätten. Daran zerbrach er. Welch eine Schande. Er fuhr ins Dorf, um seinem Sohn zur Hand zu gehen, betrank sich und stürzte während der Heuernte von einem Haufen. Nun war er gelähmt.

Sie fuhren mit ihm von einem Spital und einem Arzt zum nächsten, zu alten Weibern und zu Spezialisten für Akupunktur. Bis sich schließlich Tonja selber ans Heilen machte, der Sekte beitrat, ein paar Kurse besuchte und tibetanisches Joga lernte. Natürlich war das nicht gratis, also machten sie Schulden, nahmen mehrmals Kredite auf. Und sie brachten die Farm in Tschelna in Schwung.

Dann begann es erst richtig. Dort steckten ihnen betrunkene Knechte zweimal den Hof an. Einer verbrannte dabei selber lebendigen Leibes, doch die medizinische Expertise zeigte, dass es sich um ein altes, sinnlos betrunkenes Weib gehandelt hatte. In

Tschelna, wo sie mit der Landwirtschaft begonnen hatten, war ihnen nur ein Gatter und ein halber, aus Hohlziegeln gebauter Stall geblieben. Hier sind sie auch schon dreimal abgebrannt. Einmal total, bis ans lebendige Fleisch der Stiere, die entsetzlich brüllten, als sie im Feuer brieten.

»Ach, wenn ich das Los eines Farmers in allen Einzelheiten schildern würde, würde mir das keiner glauben. Wer glaubt heute schon an das, was er sieht?«

Felix Romanow glaubt nur mehr an die Heiligen von Paleostrow. Etwas sagt ihm, er werde gesund werden, wenn er das Kloster und die Kirche auf der nahen Insel wieder aufbaut. Aber wie soll er ein riesiges Gebäude aus alten Ziegeln wieder errichten, wenn man hier nicht einmal jemand finden kann, der sich darauf versteht, eine ordentliche Banja zu bauen? Von Zeit zu Zeit erscheinen bei Felix fragwürdige Typen, wie zuletzt dieser Andrej. Er hat angeblich vor, Paleostrow wiederzubeleben, aber wer weiß, ob das stimmt. Es gibt genügend Satanisten, die sich im Sanoesch herumtreiben.

»Was redet Tonja denn da daher«, ruft Andrej in diesem Moment von der Schwelle her.

Ich hatte Gelegenheit, ihn näher in Augenschein zu nehmen. Romanow hatte mich darum gebeten. Seit den Solowjezki-Inseln habe ich für solche wie ihn einen Blick.

»Klosterabschaum, das sieht man gleich«, sagte ich später zu Felix. »Einer von denen, die von Kloster zu Kloster ziehen, nirgends warm werden. Devotion, Deviation und oft auch Verbrechen.«

Bis zum Morgen pressten wir Rogen aus den Saiblingen in einen Eimer, bis uns die Fischeier über die Hände flossen. Vier Eimer voll pressten wir heraus.

Am nächsten Tag war der Tag der Oktoberrevolution. Also arbeitsfrei, und abends in die Banja. Feiern gehen wir ins Dorf Kriwonogowo, zu Baba Ania, einer ehemaligen Partorga (das heißt Parteiorganisatorin), Felix' Tante. Sie ist die Älteste aus dem Zweig der Romanows von der Onega-Region.

Auf der über Klim Nos führenden Straße gelangen wir zur Spitze der Halbinsel. Weiter ist dann Saloostrow. Auf der Karte sieht die Insel aus wie ein Tropfen von Klim Nos. Noch vor nicht allzu langer Zeit, unter Breschnew, standen dort Holzhäuser, und zur Putina kamen Leute aus dem ganzen Gebiet zusammen. Manchmal an die tausend. Hin und wieder brachten sie ein Kino auf einem Boot mit. Felix erzählt, damals hätte es Lärm und Getöse gegeben. Heute rauschen nur mehr die Kiefern. Vermutlich aus Freude darüber, dass man sie noch nicht umgeschnitten hat.

Wir streiften im grauen Nieselregen durch Klim Nos. Es tropfte vom Himmel, als nähte jemand – so rasch, dass die Tropfen zu Fäden zusammenflossen, die sich wie Tüll über den dunklen Wald legten. Hier und da blitzte Wasser – in einer Rinne oder einer Lambuschka (ein kleiner Waldsee). Natalia lobte ständig den Weg, den die Finnen 1941 gebaut hatten, und verglich ihn mit den erst kürzlich asphaltierten Straßen.

»Das ist wie Tag und Nacht. Über einen finnischen Waldweg kann man mit einem Ei auf einem Löffel fahren, während einem auf der Hauptstraße nach Medgora die Zähne klappern, weil es so rüttelt.«

Die Finnen bauten ihren Weg in der Okkupationszeit, während sie sich gleichzeitig verschanzten und von sowjetischen Partisanen beschossen wurden, die die Region von der anderen Seite des Sees (aus der Richtung von Tschelmuschi, über die Insel Hed) her angriffen. Die Russen hingegen legten den Asphalt in den ruhigen Zeiten der Stagnation unter Breschnew.

»Stell dir einmal vor, wie es hier heute aussehen würde, wenn die Tschud', die finno-ugrischen Urbewohner, über die Rus' gesiegt hätten?«

Außer den Wegen haben die Finnen auf Klim Nos noch ein paar Schützengräben in der Hochebene aus Moos und Steinen hinterlassen: verfaulte Balken unter einer Erddecke, Schanzen aus Moränenfelsen. Hier war einst eine heidnische Kultstätte. Die Heiden hatten es von hier nicht weit in den Himmel, und die finnischen Scharfschützen hatten die Russen wie auf dem Präsentierteller. Angeblich kam die Jugend aus der Kolchose vor dem Krieg in den weißen Nächten hierher zum Tanz. Jetzt gehört dieses Gebiet einem Jagdverein, und die neuen Russen kommen hierher, um Wildschweine zu jagen. Jedem das Seine.

»Sdrastwujte!« Baba Anja gefällt mir auf Anhieb. Eine resolute grauhaarige Alte mit frischem Geist und hellblauen Augen von der Farbe des Onegasees. Sie setzt uns ein schmackhaftes Saiblingsgericht auf karelische Art (der Fisch wird mit Kartoffeln und Zwiebeln gedünstet) sowie gebratenen Rogen vor, wobei sie ständig fragt, ob sie nicht Roten nachschenken soll, doch es war ihr anzusehen, dass sie etwas beschäftigte. Schließlich konnte sie nicht mehr an sich halten und legte los:

»Was meinen Sie, gibt es Sinn, den Tag der Oktoberrevolution in den Tag der Vertreibung der Lachen, der Polen, umzubenennen?«

»Das kann ich nicht sagen.«

Baba Anja erzählte von der finnischen Okkupation, wie sie die Dorfhäuser zerlegten und daraus Deckwände für die Schützengräben im Wald machten, und wie sie unter Stalin gefischt hatten. Das war kein Fischfang, sondern das reinste Märchen. Obwohl die Flüsse schon damals von Sägespänen und Totholz verschmutzt waren und die Brassen nicht mehr aufstiegen. Dafür war der Onegasee ein wahres Paradies. Man brauchte nichts zu pflanzen, nichts zu säen, es genügte, die Fische aus dem Wasser zu ziehen. Baba Anja war die geborene Fischerin, die Tochter von Nikolai Romanow, dem obersten Brigadisten der Kolchose Put'wperjod. Sie begleitete ihren Vater von Kindesbeinen an zum Fischfang. Sie erinnert sich noch, wie er sie in einen Kahn setzte, damit sie beim Ufer planschte, dann flüchteten die Saiblinge hinaus ins tiefe Wasser, und dort standen schon die Gawry, die Netze. Als sie größer wurde, arbeitete sie in der Brigade: zwei Mädchen und ein Junge. Sie legten auf einmal siebzig Netze mit einer Länge von je siebzig Metern aus. Manchmal zogen sie auf einen Schlag eine Tonne Fisch heraus. Zwei, drei Tage lang saßen sie in den Kähnen, beim scheußlichsten Wetter und Sturm. Später schloss sie sich der Forschungsbrigade MRS (Maschinno-Rybolownaja Stanzja, Maschinelle Fischfangstation) an, als Obertelegrafistin, und von dort wurde sie nach Louchi (im nördlichen Karelien) zur Parteiarbeit delegiert. Sie erreichte die Position eines Ersten Sekretärs der Schujsker Saizew-Sowchose, der ältesten Sowchose Kareliens. Heute ist diese eine Aktiengesellschaft, benannt nach Saizew, halb agrarisch, halb kriminell. Baba Anja aber ist längst in Pension und kommt jedes Jahr nach Kriwonogowo, von wo sie stammt, und bleibt hier bis zur Putina. Sie fischt ein wenig, zur Erinnerung an alte Zeiten, und in der Freizeit zeichnet sie den Familienstammbaum der Familie Romanow aus dem Saonesch. Zum Abschied gab sie mir das Buch »Sine pole« von Wera Babitsch. Ein Produktionsepos aus den fünfziger Jahren. Ein Roman über die Fischer des Saonesch.

»Das ist über uns, die Romanows, und unser Dorf. Die Babitschowa hat nur den Namen Kriwonogowo zu Tscherjomuski geändert. Mir gefällt der sogar besser. Er riecht nach Tscheremcha, nach Traubenkirschen. Meinen Vater hat sie so belassen, wie er war, Nikolai Romanow, und aus mir und Nastja hat sie ihre Nastka geformt, die Heldin des Buches.«

»Mit einem Wort, ein Roman über die Fischer von Put'wperjod?«

»Wie aus dem Leben genommen ... Also sagen Sie mir«, fragte sie, als ich schon in der Tür stand, »was würden Sie lieber feiern: unsere Revolution oder eure Vertreibung?«

»Das eine wie das andere, meine Liebe«, ich senkte das Haupt und zog die Mütze. Draußen nieselte es noch immer.

Die Menschen im Saonesch sagen »pochaschat sjet«. Übersetzt heißt das ungefähr: »mit dem Netz spazieren gehen.« Wir begannen am frühen Morgen im dichten Nebel. Es war so still, dass ich meinte, hier habe sich seit Tausenden Jahren nichts verändert. Immer dieselben Fischgründe zwischen den kleinen Inseln und das Licht der Morgendämmerung, dieselben Schleifen, Untiefen und sumpfigen Stellen, und dieselben Düfte beim Morgengrauen.

Nur an manchen Stellen drang durch den Nebel ein Geräusch wie das Tuckern der »Antura« bis zu uns. Bilder tauchten aus dem Gedächtnis: Ein heißer Borschtsch nach einem Bad in der Bucht von Paleostrow, die kleinen Inseln vor Klim Nos, die Oleni Inseln um halb vier, ein Grabmal aus dem Mesolithikum, am Morgen Stechfliegen.

Am Nachmittag wird der Blick auf den Onegasee klarer, als hätte jemand die Schärfe des Fernglases eingestellt. Sogar das Wasser wird durchsichtiger. Aus der Tiefe tauchten, ins Netz verfangen, graulila Saiblinge. Wie Brocken nassen Granits mit silbrigen Einsprengseln. Diesen Anblick vergisst man nicht. Ein Fischzug, um den mich Hemingway beneiden würde.

Konda, 18. November

Endlich setzte der richtige Winter ein. Nach vielen Wochen feuchten und dunklen Vorwinters, in dem es so wehte, als wollte es einem den Verstand aus dem Kopf blasen und aus diesem ein ausgeblasenes Ei machen, um es dann hochzuheben und gegen den nächsten Felsen zu schmettern, bis am Ende der Schiwerik, ein scharfer Wind, den Himmel von den schweren Wolken säuberte und das Sonnenlicht hervorsprühte.

Seit dem Morgen schimmert es draußen strahlend. Dass die Augen schmerzen und der Atem in der Brust stockt. Schnee gibt es noch keinen, dafür hat der Frost die Welt in Glas verwandelt. Jeder Grashalm blitzt einzeln, jeder Pappelzweig glänzt wie ein Degen, die Steine am Ufer blinken, mit Eis überzogen, und die Eiszapfen vom Steg blitzen, wie mit Quecksilber übergossen. Als ich das Wasser mit dem Treibeis in den Eimer schöpfte, flimmerte es im Eimer.

Als ich mit Eimern voll Licht nach Hause ging, hörte ich plötzlich unter meinem Schuh etwas knirschen, als hätte ich den Chitinpanzer eines Insekts zertreten. Es war eine vom Frost steife Ringelblume (Calendula), auf die ich unvorsichtig getreten war – sie war tot.

1. Dezember

Am Fenster die Agonie eines Schmetterlings. Ich weiß weder, woher er kam, noch wann er ausschlüpfte. Vielleicht weckte ihn ein Sonnenstrahl auf der Scheibe aus seiner winterlichen Lethargie (fallen Schmetterlinge in einen Winterschlaf?), oder vielleicht nahm er auch die Eisblumen auf dem Glas für echte Blumen? Er erinnert übrigens selber an eine spätherbstliche Blume: dunkelbordeauxfarben, mit einem Streifen verbrämt, mit smaragdfarbenen und grauen Augen, die schwarze Nadel des Rückens mit dichtem Flaum bedeckt. Er stirbt, als würde er tanzen, schon den dritten Tag. Ein Pas mit den Flügeln, ein zweiter Pas, sterbend fällt er aufs Fensterbrett, wieder ein Pas, und wieder fällt er, diesmal auf den Kopf, noch ein Pas, auf die Seite, auf den linken Flügel (dieser zittert vor Anstrengung), er sinkt herab, neigt sich, fällt und beginnt von neuem.

Ich betrachte ihn und denke mir: Vielleicht ist es gar kein Schmetterling, der stirbt, sondern Zhuangzi, der erwacht?

8. Dezember

Wenn ich über den Norden schreibe, schöpfe ich aus verschiedenen Quellen (oft sind das muffige, seit vielen Jahren nicht mehr gelesene Bücher) und zitiere gern andere Autoren, Gelehrte, Verbannte, Herumtreiber, deren Namen völlig unbekannt sind und die auch in Russland kaum mehr jemandem etwas sagen. Daher widme ich immer wieder Abschnitte meinen verehrten Vorläufern, die die nördlichen Gebiete Russlands erforschten, in der Hoffnung, mit der Zeit in diesem Tagebuch eine ganze Galerie geschätzter Typen zu versammeln, so dass jeder, der während meiner Abwesenheit hineinschaut, mühelos den jeweiligen Menschen erkennt. Heute möchte ich den Leser gern mit dem Akademiemitglied Oserezkowskij bekannt machen, Autor des ersten Werkes über Karelien. Unsere Wege haben sich bereits gekreuzt.

Nikolai Jakowlewitsch Oserezkowskij war nicht nur einer der Pioniere der russischen Geographie (gemeinsam mit Krascheninnikow, Autor der Beschreibung des Landes Kamtschatka, und Lepechin, Herausgeber der ersten Karte der Solowjezki-Inseln, schuf er die Grundlagen dieser Wissenschaft in Russland), sondern auch Mitherausgeber des Wörterbuchs der Russischen Akademie. »Man muss nämlich«, so notierte er in seinem Tagebuch, »das russische Wort lobpreisen, indem man es in seiner Gesamtheit sammelt, seine Verbreitung aufzeigt, seine Fülle und auch Schönheit, indem man die für es geltenden unantastbaren Gesetze aufzeigt, die Knappheit und Trefflichkeit seiner Sentenzen, seine Wurzeln ergründet und enthüllt.« Mit einem Wort, Oserezkowskij reiste in alle Richtungen durchs Russische Imperium und vertiefte sich gleichzeitig in die russische Sprache.

Er wurde im Jahr 1750 in der Familie eines Dorfpopen im Weiler Oserezko in der Nähe von Moskau geboren, daher sein Name. In den Jahren 1757 bis 1767 lernte er im Seminar der Troize-Sergijewa-Lawra, des Dreifaltigkeitsklosters. 1767 war er in einer Gruppe von sechzehn Seminaristen, die auf Bitten der Russischen Akademie der Wissenschaften ausgesucht worden waren, um an einer großen wissenschaftlichen Expedition teilzunehmen; ihr Ziel war die astronomisch-geographische Beschreibung des Russischen Imperiums. Der Initiator des Unternehmens, Michail Lomonossow, empfahl, »die nördlichen Gebiete des Imperiums zu erforschen, wo zahlreiche wertvolle Bodenschätze in der Tiefe des Bodens verborgen sind«. Oserezkowskij kam in die Orenburger Abteilung des Akademiemitglieds Iwan Lepechin, mit dem er drei Jahre in Powolscha arbeitete, im Ural und in der Astrachaner Steppe. Offenbar fand Lepechin Gefallen an dem jungen Wissenschaftler, denn im Jahr 1771 schickte er ihn auf eine selbständige Expedition ins Küstenland, um Vögel, Fische und andere Produkte des Weißen Meeres zu sammeln. Von Archangelsk fuhr er die Küste entlang von Murmansk nach Kola, dort befasste er sich über ein Jahr lang mit der Geschichte des Landes, mit Ethnographie, dem Fischfang sowie der Flora und Fauna der Barentsee. Resultat dieser Forschungen war die hervorragende Beschreibung der Kola-Halbinsel, bis heute eine der besten Arbeiten über diese

Region. Auf der Rückreise durchquerte Oserezkowskij die Kola-Halbinsel in Richtung Kandalakscha und gelangte, an der Küste entlang, über den Onegasee nach Archangelsk.

Ein Jahr später kam er wieder nach Archangelsk, um im Juni allein zur Mündung des Mesen aufzubrechen und über Kanin Nos zur Indiga-Bucht vorzudringen. »Vom Fluss Indiga«, schrieb er in sein Reisenotizbuch, »marschierte ich die Küste entlang nach Swjatoj Nos, von dessen Ende ich mit unbeschreiblicher Befriedigung auf die unermesslichen Weiten des Eismeeres schaute, wobei ich den Blick nach Nowaja Semlja richtete, weil ich dorthin gelangen wollte. Da ich leider kein geeignetes Boot für eine solche Reise besaß und die scharfen Stürme über dem Meer sah, verzichtete ich auf meine Träume.« Auf dem Rückweg, am Fluss Nesa, traf Nikolai Jakowlewitsch seinen Mentor, Iwan Lepechin, und gemeinsam reisten sie über Archangelsk, Kargopol, Pudosch und das südliche Ufer des Ladogasees nach Sankt Petersburg.

Im Jahr 1774 scheiterte Oserezkowskij infolge von Intrigen innerhalb der Akademie der Wissenschaften bei der Prüfung in Naturgeschichte, und er hatte es nur der Protektion von Lepechin und auch Laxman zu verdanken, dass er seine Studien an den Universitäten von Lepizig und Straßburg fortsetzen konnte, wo er 1778 den Titel eines Doktors der Medizin erwarb. Nach der Rückkehr nach Russland wurde er (einstimmig) zum Adjunkten der Naturwissenschaften ernannt und im Jahr 1782 zum Akademiemitglied. Er reiste neuerlich nach Europa, diesmal als Erzieher des jungen Bobschinskij, eines Zöglings des Grafen Orlow, doch er wurde mit dem kapriziösen Jüngling nicht fertig und wanderte zu Fuß von Paris nach Moskau zurück. Ein Jahr später wurde Nikolai Jakowlewitsch ins Redaktionskomitee des »Wörterbuches der Russischen Akademie« aufgenommen.

Im Sommer 1785 absolvierte Oserezkowskij die wichtigste Expedition seines Lebens – eine Reise über die großen Seen Kareliens, den Ladoga- und den Onegasee (hier kreuzten sich unsere Wege, aber darüber schreibe ich an anderer Stelle). Die Aufzeichnungen von dieser Reise erschienen wenig später in Fortsetzungen in einem wissenschaftlichen Journal und wurden 1792 unter dem Titel »Reise über den Ladoga- und den Onegasee« herausgegeben, für die Nikolai Jakowlewitsch den Orden des heiligen Wladimir IV. Klasse erhielt.

Doch damit gab sich Oserezkowskij nicht zufrieden. 1805 brach er zum Ilmensee auf und 1814 zu den Quellen der Wolga und zum Seligersee. Beide Expeditionen resultierten in weiteren Büchern. Zur selben Zeit beteiligte er sich an der Arbeit am »Wörterbuch« und gab den vierten Band der »Täglichen Aufzeichnungen« der Expedition von Professor Lepechin heraus. Obwohl als Wissenschaftler anerkannt, blieb Nikolai Jakowlewitsch doch bis an sein Lebensende arm, wie sein Ersuchen um finanzielle Unterstützung beweist: »Während ich viele Jahre lang im Rahmen wissenschaftlicher Forschungen kreuz und quer durch Russland reiste, habe ich 1771 meine Habe im Eismeer verloren, ein Jahr später verschlang in Welikij Luki ein Feuer meinen Besitz, und 1814 gingen im Ilmensee die Reste dessen, was mir verblieben war, unter.«

Kurz vor seinem Tod traf Nikolai Jakowlowitsch einen seiner Schüler und sagte ihm Folgendes:

»Ich habe gehört, mein Bruder, dass du viel arbeitest. Das ist gut so.«

»Natürlich, aber Verdienst hat man nur wenig davon.«

»Sorge dich nicht um den Verdienst, mein Bruder, denn nicht derjenige ist ehrlich tätig, der für Geld arbeitet, sondern derjenige, dem das Geld zur weiteren Arbeit dient.«

Oserezkowskij starb am 28. Februar 1827 in Armut. Kurz vor

seinem Tod bat er um eine Karte der nördlichen Ränder Russlands und ließ lange seinen verlöschenden Blick über die alten Fährten gleiten.

12. Dezember

Von Zeit zu Zeit dringen Stimmen zu mir (unter anderem von den Seiten der *Rzeczpospolita*), ich hätte mich in der Tiefe der russischen Provinz, zwischen Fischern des Saonesch und Gärtnern, vergraben und verliere langsam den Kontakt mit der Welt und obendrein auch noch meine guten Manieren. Ich aber habe, so wahr ich hier sitze, völlig andere Gefühle. Womit ich vermutlich diese Stimmen bestätige.

Da ich am letzten Zipfel der Welt (ich habe schon einmal geschrieben, warum das ein Zipfel ist) sitze und von hier aus die Ereignisse betrachte, über die man sich in polnischen Zeitungen aufregt, wie etwa die orange Revolution in der Ukraine, fühle ich mich wie Marco Polo von Bouvier, »der, als er aus seiner globalen Perspektive einen Streit zwischen Genua und Venedig betrachtete, den Eindruck hatte, er habe es mit einem Rivalitätsstreit zweier Vorstädte um ein paar Quintal Pfeffer zu tun«. Oder diese Affären, diese endlosen Affären. Man möchte geradezu rufen: »Terus, pfui!«, wie die Gräfin Ticonderoga ihrem Foxel zurief, als er an einem Hundehaufen schnüffelte.

23. Dezember

Jetzt brechen die kürzesten und dunkelsten Tage an. Gegen drei Uhr nachmittags floss aus einem Spalt zwischen dem Himmel und der Erde auf der anderen Seite der Großen Bucht, in der Region von Wigowo, ein dünner Strahl hellroten Lichtes. Das dauerte nur einen Moment. Ehe wir es richtig wahrnehmen konnten, waren das Licht und der Spalt schon wieder verschwunden.

»Vor dem Fenster weiß,
als habe jemand ein Bild zusammengerollt
Und von hier weggetragen.

Es blieb nur eine trockene Distel
Im Schnee zurück.«

(Hieroglyphe der Einöde)

1. Jänner 2005

Die wunderbare Kraft und herrliche Praxis
– Wasser zu schöpfen und Holz zu hacken!
PANG YUN

Das neue Jahr beginnt man am besten mit Holzhacken. Wenn man nachts getrunken hat, macht sich der Kater mit dem Schweiß davon, wenn man jedoch das neue Jahr nüchtern begrüßt hat, presst man wenigstens Wasser aus den Muskeln. Und es ist immer nützlich, einen Überfluss an Feuchtigkeit aus dem Körper loszuwerden.

Ein Meister im Holzhacken war einer meiner liebsten Reiseschriftsteller, der Schweizer Nicolas Bouvier. In »Routes et déroutes« erzählt er Iréne Lichtenstein-Fall, wie er in seinem Landhaus in Cologny eineinhalb Jahre lang alte Ulmen zerhackte. Er arbeitete damals am »Skorpionsfisch«, und wenn ihm die richtigen Worte fehlten, ging er für eine Stunde hinaus, um Holz zu hacken. »Dank dieser Übung«, so sagte er, »bewahre ich das Gleichgewicht zwischen der inneren und äußeren Welt, indem ich ein paar Knorren in mir selber und in diesem Stoß zerhaue.«

Ich denke an diese Worte Bouviers, weil ich selber seit vielen Wochen mit einem schweren Kolun, eine Art Axt, die Balken eines alten Hauses aus Welikaja Guba zerhacke. Die Balken sind trocken, behauen, oft verkeilt. Sie geben einem zwar nicht denselben Genuss beim Hacken wie gefrorene Kloben im Wald, Erle und Birke, die geradezu singen, wenn sie unter der Hand in Scheiter zerspringen, dafür hat jeder Balken einer alten Stube in vielen Jahren so viel menschliches Elend in sich aufgesogen, dass er unter den Schlägen der Axt etwas zu erzählen weiß. Während man ihren Geschichten zuhört, kann man sich dem Rhythmus der Schläge anpassen und sich verlieren. Nicht mehr ich hacke das Holz, sondern das Holz hackt sich. Die Axt fällt ein ums andere Mal nieder, genau auf die richtige Stelle. Ohne zu zielen.

Holzhacken erinnert an Bogenschießen. Eine Beschäftigung, würdig der Feder eines Eugen Herrigel.

6. Jänner

Seit langem sammle ich alles, was mit Wölfen verbunden ist. Meine Bekannten kennen diese Marotte und schicken mir die kuriosesten Dinge: die Ohren einer Wölfin aus dem Altai, das Foto eines Rüden aus den Złote Góry, den Goldenen Bergen, bei Kłodzko, oder einen getrockneten Hoden eines weißen Bosch in einem phantastischen Amulett tschetschenischer Kämpfer. Bosch heißt der Wolf auf Tschetschenisch. Ich bekomme auch Postkarten mit Wölfen, Bücher über Wölfe, Bilder, Illustrationen … Monika aus Krakau hat mir sogar ein Buch von Leszek Słupecki mit dem Titel »Das Wesen der Werwölfe« geschickt.

Zu Weihnachten bekam ich von Freunden aus Petrosawodsk den neuen Roman von Wiktor Pelewin mit dem Titel »Das heilige Buch der Werwölfe«. Pelewin hat sich wie üblich selber übertroffen. Die Freunde aus Petrosawodsk schrieben zu der Sendung: »Es soll dir dienen, Tschuwak, Alter. Spüre den Geist!« Es ist interessant, dass sie sich an das Weihnachtslied erinnerten und daran, dass zwischen Weihnachten und Dreikönige Vollmond herrscht – die beste Zeit für Verwandlungen. Gerade das richtige Geschenk für Weihnachten,

Das war nicht die erste Auseinandersetzung Pelewins mit dem Thema des Werwolfs. Ende der neunziger Jahre des vorigen Jahrhunderts schrieb er die unterhaltsame Erzählung »Problem des Werwolk im mittleren Gürtel«. Den Neologismus Werwolk,

wolk bedeutet Wolf auf Russisch, schlägt Wiktor Olegowitsch als Ersatz für »oboroten«, das russische Wort für Werwolf, vor, was so viel wie Abtrünniger, Überläufer bedeutet. »Das Wort ›werwolk‹«, so schreibt er dort, »ist das russische Äquivalent, das auf die Herkunft des Phänomens verweist, während der lateinische Ansatz ihn in den allgemein europäischen kulturellen Kontext stellt.« Er machte sich dabei ordentlich über die Vertreter der Sicherheitskräfte lustig, die man im Volksmund »Werwölfe im Schafpelz« nennt, weil sie angeblich am Tag die Ordnung hüten und in der Nacht mit den Wölfen herumstreunen. Die Handlung spielt im Dorf Kankowo bei Moskau, wo erstmals bei Pelewin Sascha Schary auftaucht, jetzt, im »Heiligen Buch des Werwolfs«, der Generalmajor des FSB, des Föderalen Sicherheitsdienstes, Alexander Lebjadkin. Auch der Hund Pisdez.

Pelewin kehrte zum russischen Begriff »oboroten« zurück, weil er mehr umfasst als seine europäische Analogie, und einen Menschen bezeichnet, der sich in ein Tier im Allgemeinen verwandeln kann, während das englische »werewolf«, das deutsche Werwolf oder das polnische »wilkołak« auf den Wolf verweisen, in den sich der Mensch verwandelt, obwohl man zum Beispiel in der chinesischen Folklore den Verwandelten eher mit einer Füchsin assoziiert. Im Übrigen gibt es hier keine radikalen Unterschiede, weil sowohl Füchse als auch Wölfe zur Familie der Hunde gehören.

Held von Pelewins neuem Roman ist die Füchsin A. Hula, eine chinesische Kurtisane, die vor zweitausend Jahren verwandelt wurde und sich nach zahlreichen hurösen Inkarnationen, unter anderem lag sie unter Lenin, jetzt als virtuelle Prostituierte in Moskau betätigt. Wir lernen sie in einer Bar des Hotels Nacional kennen.

Ich will hier natürlich nicht die Geschichte von Wiktor Pelewins Roman zusammenfassen. Seine Geschichten lassen sich gar nicht zusammenfassen, weil sich das Wichtigste zwischen den Worten abspielt, in der Berührung der Worte, in Wortspielen, und auch im Prä-, im Sub- und Metatext. Mit einem Wort, eine Unterhaltung auf vielen unterschiedlichen Ebenen. Man muss das selber lesen, am besten ein paar Mal. Wenn sich jemand bei der Lektüre nicht nur für die Aktion interessiert, ist es vielleicht ratsam, in der klassischen chinesischen Literatur zu schmökern. Zum Beispiel im »Sou-shen-ki« (Erzählungen über Geister) oder auch in der »Reise nach Westen« von Wu Zheng. Das ist sehr nützlich bei der Lektüre von Pelewin. Und natürlich das Werk über das Sexualleben im alten China von Robert van Gulik. In dem Buch des holländischen Sinologen kann man zahlreiche amüsante Details finden. So erfuhr ich von ihm unter anderem, dass die Menschen in Nordchina bis heute an die große Lebenskraft von Werfüchsen glauben.

Pelewin macht sich, wie sich das für einen russischen Guru aus Korea geziemt, grausam lustig. Doch das ist nur selten in andere Sprachen übertragbar. Sowohl Wiktor Pelewin als auch Andrej Platonow liest man besser im Original.

An »Das heilige Buch der Werwölfe« sollte man also mit besonderer Sorgfalt herangehen, weil heilige Bücher ihre besondere, eigene und unwiederholbare heilige Sprache haben.

Pelewin und Öde

… es ist eine Kunst, in der du mit Kunst nichts ausrichten kannst.

EUGEN HERRIGEL

Pelewin ist ein Zeichen seiner Zeit. Wie einst Alexander Sergejewitsch Puschkin. Die russische Kritik hat schon vor einiger Zeit festgestellt, dass »Puschkin unser Ein und Alles war, während Pelewin unser Nichts ist«. Vorder- und Rückseite derselben Münze. Oder zwei Köpfe an einem Adler.

Fjodor Dostojewski hat in seiner Rede zu Ehren Puschkins das Fundament gelegt für die »russische Idee« – den Gedanken der allweltlichen Resonanzfähigkeit des russischen Volkes. Puschkin hat diese angeblich in Worte gegossen. Daher seine spanisch-katholische Einfühlsamkeit im »Steinernen Gast« und der englische düstere Puritanismus in »Das Fest während der Pest«, daher die protestantische Auflehnung in »Mozart und Salieri« und die russische Demut in »Die Geschichten des verstorbenen Iwan Petrowitsch Belkin«. Denn nach Meinung Dostojewskis konnte sich die Seele Puschkins in die Seele jeder anderen größeren Nation Westeuropas versetzen. Alexander Sergejewitsch verstand es, sich in ihre Resonanzfähigkeit einzufühlen.

Pelewin hingegen ist Russland mit dem Gesicht nach Osten gewandt. Als hätte Wiktor Olegowitsch die Worte des titulierten Geheimrates Wsewolod Witaljewitsch Doron befolgt: »Unser zweites Unglück, Fandorin, besteht darin, dass sich Mütterchen Russland mit dem Gesicht dem Westen zuwandte und mit dem Rücken zum Osten. Dem Westen stecken wir die Nase in den Hintern, obwohl er uns anspuckt, und unser Hinterteil stecken wir nach Osten und werden erleben, wie sich die scharfen japanischen Zähne in unsere weichen, schutzlosen Schenkel graben.«

Pelewin beißt nicht nach Osten, Pelewin lernt viel vom Osten.

Zum ersten Mal kreuzten sich unsere Wege auf den Solowjezki-Inseln. Dort kam es zu einer witzigen Anekdote. Die Direktorin der Solowjezker Schule, Ira Schabunina, ersuchte mich, mit der neunten Klasse die letzte Lektion in russischer Literatur zu machen. Alle auf der Insel wussten, dass ich aus Moskau neue Bücher und »dicke Journale« bekam, während die Solowjezker Schule seit zehn Jahren nichts Neues bekommt, und die Literaturlehrerin keine Ahnung von den neuen Trends in der russischen Prosa hatte. Daher vertraute Ira die letzten beiden Fünfjahrespläne der russischen Literatur des 20. Jahrhunderts mir an. Ich schlug Pelewin vor. Die Jugend nahm das begeistert an.

Wir arbeiteten »Generation P« vor den Augen einer erstaunten Öffentlichkeit durch, weil die ganze Lehrerschaft in meine Stunde gelaufen kam. Die Schüler lasen laut ein paar Fragmente, ein paar von den stärksten, dann zerlegten wir eines. Das vom brennenden Busch.

Babilen Tatarski hat LSD und viel Wodka intus und geht ins Bad, um zu erbrechen. Dort sieht er in der Wanne den brennenden Busch. Aus dem Busch streckt sich ihm eine Faust entgegen. Babilen wäre beinahe in die Wanne gekippt. Da öffnet sich die Faust und hält ihm auf der Hand eine Gurke hin. Babilen trinkt dazu ein bisschen Wodka, und da fällt ihm ein Clip ein (Babilen arbeitet in der Reklame):

»Lange weiße Limousine vor der Erlöserkirche. Die hintere Tür ist geöffnet, Lichtkegel von drinnen. In ihm erscheint eine Sandale, die knapp vor dem Asphalt haltmacht, dazu eine Hand auf dem Türgriff. Kein Gesicht zu sehen. Nur das Licht, das Auto, die Hand und der Fuß in der Sandale, Slogan:

Ein solider Herr für solide Herren.«

Wir verglichen die Erzählung vom brennenden Busch aus der Bibel mit der Version Pelewins. Die Jungen waren einstimmig für Olegowitsch, während die Mädchen unterschiedlicher Meinung waren, die einen waren für Mosche Lewi, andere plädierten für Babilen Tatarski.

Nach dieser Stunde kühlten meine Beziehungen zum Kloster merklich ab. Einer der Lehrer musste mich bei Vater Josef angeschwärzt haben. Die Kinder hingegen nahmen Pelewin begeistert auf. Die Aserbaidschanerin Alsu D. sagte Nadeschda Alexandrowna in der Bibliothek, mit Schriftstellern wie Wiktor Pelewin und Mariusz Wilk könne sie sich unausgesetzt mit Literatur befassen.

Dann fiel mir das nächste Buch Pelewins in die Hände, mit dem seltsamen Titel »DPP (NN), Dialektik der Übergangszeit vom Nirgendwoher zum Nirgendwohin«. Das heißt, zuerst stach mir der vom Autor selber entworfene Umschlag ins Auge, auf dem ein Mädchen in dunklen Brillen à la Pelewin mit Pfirsichen von Surikow von hinten den Dämon Wrubels umarmt.

Pelewin publizierte »DPP (NN)« nach fünf Jahren Schweigen und Isolation. Was er in dieser Zeit machte, weiß keiner genau, obwohl verschiedene Versionen kursieren. Er selber äußert sich nur selten zu diesem Thema. Er fuhr ein wenig mit dem Rad, eine Tour durch Tibet und Nepal, hielt sich in Japan auf, meditierte in Klöstern in Südkorea und Bhutan. Dem *Playboy* sagte er:

»Weit entfernt von kollektiven Ideen lebe ich wie Rambo: Day by Day.«

»Und wie halten sie es mit Putin?«

»Wsjo putjom, das heißt ok.«

Ich wandte mich wieder seinen alten Sachen zu. Ich sah noch einmal »Tschapajew und der Leichtsinn« durch, »Omon hinterm Mond« und das »Leben der Insekten«, die Erzählungen aus dem »Gelben Pfeil«, Interviews und Essays. Eine Handvoll Kritiken über ihn. Interessant fand ich die weithin vernehmbare Stimme von Alexander Genis aus Amerika in der Auseinandersetzung über die Sprache Pelewins. Genis meint, sein Russisch habe die stilistische Klarheit eines Telefonbuchs erreicht – er könne sich keinen Irrtum erlauben, weil man sonst nicht anrufen kann. Pelewin aber ruft mit jedem neuen Buch Millionen von Lesern an – innerhalb kurzer Zeit. In über einem Dutzend Sprachen. Er ist der wichtigste russische Schriftsteller in den Vereinigten Staaten und in Japan. Man nennt ihn dort den Fjodor Dostojewski des 21. Jahrhunderts.

Das ist mir ein schöner Vergleich. Ich würde ihn eher unter Gogols Mantel suchen, wenn ich ihn nicht vorher im Busen Alexander Puschkins gefunden hätte.

Pelewin verkörpert für mich den Norden, das heißt die große russische Einsamkeit. Das, wovon der Osten immer geträumt und was der Westen noch nicht erdacht hat. Pelewin beherrscht den englischen Slang und japanische Schriftzeichen, er ist vertraut mit der Etikette des Postmodernismus und dem Kodex Bushido. Beide Traditionen steckt er auf die Achse seines eigenen Geistes. Den Geist erklärt Wiktor Olegowitsch zum Ziel seiner Kontemplation. Wie der Bogen von Herrigel.

»Russland«, so sagte er dem *Playboy,* »ist eine Form des Geistes, die sich in mir formuliert hat. Daher kann ich von hier nur wegfahren, wenn ich schlafe, ohne zu träumen. Und wenn ich nicht denke.«

Es ist also nicht verwunderlich, dass er, wenn er von Russland hört, antwortet – Geist.

Pelewin kann man auf verschiedene Weise lesen: Man kann nur der Handlung folgen oder nur den Worten, oder man kann zwischen dem einen und dem anderen herumstreifen. Seine Romane kann man auflösen wie Charaden, wie die Kriminalrätsel von Boris Akunin, oder man kann versuchen, ihren kulturellen Kontext zu erraten, wenn man die nötigen Angaben dazu besitzt (zumindest eine, die erste), obwohl man dafür manchmal das Wissen eines Grigori Tschchartischwili besitzen müsste. Vor allem wenn es sich um einen japanischen Kontext handelt. So wird man sich vergeblich fragen, warum Herr Kawabata in »Tschapajew und die Leere« sagte, dass »Aketo Miccichude, unser nationalen Maler, sich mit einem Fugu vergiftete«, so lange man nicht auf die Novelle »Die Theorie der Katastrophen« von Masahiko Shimada stößt, falls man das Glück hat. Denn dort lädt Herr Tojetomi Herrn Miccichude in ein elegantes Restaurant ein, dessen Spezialität der Fugu, der Kugelfisch, ist.

Noch komplizierter ist Pelewins Meditation über das Thema des Todes von Yukio Mishima unter dem Titel »Ein Gast zum Bon-Feiertag«. Dieser wenig bekannte Text Pelewins ist eine der quasi-biografischen Novellen aus dem Zyklus »Leben berühmter Menschen« (die zweite ist das Leben Laozis in »Aufzeichnungen eines Windsuchers«). Um sie völlig zu verstehen und übersetzen zu können, musste ich nicht nur den autobiografischen Roman von Mishima, »Geständnis einer Maske« lesen (ins Russische übersetzt von Tschchartischwili), sondern auch das »Hagakure«, das berühmte Werk des Samurai Tsunemoto Yamamoto, der nach dem Tod seines Herrn ein buddhistischer Mönch wurde.

Mit einem Wort, die Lektüre Pelewins führt einen weit.

Nach der Lektüre von »Tschapajew und die Leere« fragte mich Slawa, ob die Welt tatsächlich ein Gedanke des Herrn Kotowski sei, und ob Herr Kotowski Pole sei? Wenn dem nämlich so sei, dann dürfe es einen nicht wundern, wenn die Russen in dieser Welt wie in der Hölle leben. Slawa meint auch, in Pelewin müsse man »hineinfahren«, um ein richtiges High zu erleben.

Ich lasse den Blick vom Computerbildschirm zum Fenster gleiten. Der Onegasee taucht aus dem bleifarbenen Halbdunkel der winterlichen Dämmerung. Derselbe weiße, nicht beschriebene Fleck.

Leere …

16. Jänner

Heute erfuhr ich von dem Tsunami in Asien. Drei Wochen nach dem Ereignis. Deshalb ging diese Welle von Aufregungen über die Zahlen der Opfer des Zyklons, die sich in den letzten drei Wochen durch die Medien wälzte, völlig an mir vorüber.

Über den Tsunami berichtete mir Klawa aus Ust-Jandoma. In letzter Zeit zankte sie sich mit Witia über die Lage des Orion, das heißt des »Schwertes Väinämöinens«, wie er hier in Karelien genannt wird. Klawa meinte, es habe sich am Firmament bewegt.

»Schau«, sagte sie, »das Schwert des Vaino hing Ende Dezember immer über unserem Pferd, und jetzt leuchtet es über der Kapelle.«

Als die Denisenkos im Radio vom Tsunami hörten, kamen sie gleich zu uns gefahren. Um zu berichten, dass Klawa recht hatte.

19. Jänner

Ich bin fünfzig geworden … Ungläubig schaue ich in diesen Brunnen. Ist das wirklich mein Spiegelbild im Auge des Wassers, das mir aus der Tiefe des Brunnens zublinzelt?

29. Jänner

Seit einer Woche treibt ein wütender Sapad (Westwind) unablässig Schnee vor sich her. Während ich diese Worte schreibe, scheint es mir, ich jagte in großer Geschwindigkeit mit dem Auto dahin, während mir aus dem Dunkel Wolken bleicher Plättchen entgegenfliegen, in rasendem Tempo wirbelnd wie Schwärme von Faltern, die für einen Augenblick in den Lichtkreis der Tischlampe geraten und dann im Halbdunkel verschwinden. Dieser Eindruck ist völlig absurd, da wir total eingeschneit sind, und von einem Auto keine Rede sein kann. Der Weg ist so hoch verweht, dass man nicht einmal mit einem Traktor nach Konda durchkommt. Auf zum See hin offenen Wegstücken sind die Verwehungen bis zu zweieinhalb Meter hoch. Vom Wind zusammengepresst, hart wie Gips.

Wir sind also völlig von der Welt abgeschnitten. Man kann nur auf Schiern bis zu uns stapfen, aber wer möchte sich schon bei so einem Sturm die fünf Werst bis zu uns abmühen? Die härtesten Fischer sitzen lieber auf dem Ofen und stecken die Nase nicht vor die Tür. Von zufälligen Touristen und Gästen aus der Stadt gar nicht zu reden. Für mich ist das besser, denn wenn man jemand, der die Einsamkeit nicht gewöhnt ist, unter solchen Bedingungen beherbergt, heißt das, sich einen Dieb der eigenen Zeit ins Haus zu holen. Und wer kann das schon brauchen?

Problematisch könnte nur ein plötzlicher Unglücksfall werden, ein Feuer oder ein Herzanfall, weil weder die Feuerwehr noch die Ambulanz durch die Schneeverwehungen zu uns gelangen könnten. Da genügt schon eine banale Blinddarmentzündung, um sich vom Leben zu verabschieden, ja bereits ein einfaches Furunkel kann schlimme Komplikationen heraufbeschwören. Unwillkürlich erinnere ich mich an unser erstes Neujahr im Saonesch. So etwas vergisst man sein Leben lang nicht.

Ende November setzte scharfer Frost ein. Den alten Wasiljew, der am winterlichen Nikolai-Tag starb, ohne sich von seinem herbstlichen Besäufnis erholt zu haben, gruben wir im harten Boden ein. Ein schwarzer Vogel hatte beinahe die Scheibe zertrümmert, als er an diesem Morgen durchs geschlossene Fenster zu fliegen versuchte. Mitte Dezember sank die Quecksilbersäule auf minus vierzig Grad und rührte sich nicht mehr. Der Kampf ums Überleben (Holzhacken, Wasserholen aus dem Eisloch, Schneeräumen und so weiter) machte mich so fertig, dass ich anfangs einer kleinen Eiterung an meinem rechten Ellbogen keine große Beachtung schenkte. Dann versuchte ich sie auszudrücken, und dadurch kam es offenbar zu einer Entzündung. Der Unterarm schwoll so an, dass ich zu Silvester die Hand in keinen Handschuh mehr stecken konnte. Das Fieber und der Silvesterchampagner taten ein Übriges. Nach Mitternacht riss mir der Film. Und am Morgen fiel im ganzen Saonesch der Strom aus. Die Muschiks im Elektrizitätswerk von Medweschegorsk hatten sich besoffen.

Als ich erwachte, betrug der Unterschied zwischen meiner Körpertemperatur und der Temperatur im Freien mehr als achtzig Grad Celsius. Ich hatte über vierzig Grad Fieber, und draußen herrschten zweiundvierzig Grad minus. Die rechte Hand schwebte neben mir wie ein Neujahrsballon in Gestalt einer großen, regenbogenfarbenen Wurst. Slawa lief auf Schiern nach Welikaja Guba, um Hilfe zu holen.

Zum Glück war der Weg befahrbar. Die Ambulanz aus dem Spital in Welikaja Guba kam, oh Wunder!, für einen Silvestermorgen sehr rasch. Zwar hatte sie keinen Arzt dabei, nur die diensthabende Schwester, aber dafür war der Chauffeur völlig nüchtern. Das Ambulanzauto ließen sie am Rande von Konda stehen, weil die Einfahrt zum Dorf nicht geräumt wird (Konda gilt als »nicht belebt«), und so kamen sie im lockeren Schnee auf Schiern nur mit Mühe bis zu uns. Tamara Walentinowa quietschte beinahe vor Aufregung, als sie meinen Ballon sah, und prophezeite ohne langes Nachdenken, dass man mich zum Chirugen bringen und schneiden müsse.

»Schneiden oder nicht schneiden«, Lew Matwejewitsch kratzte sich am Kopf, »aber für einen Transport nach Medgora reicht das Benzin nicht.«

»Dann soll er bei uns im Spital übernachten.«

»Wird er dort nicht erfrieren?«

Langsam wurde mir der Ernst der Lage bewusst. Schwester Tamara bestand darauf, mir könne nur mit dem Skalpell geholfen werden, und da es in Welikaja Guba keinen Chirurgen gab, müsse man mich nach Medweschegorsk ins Spital bringen. Aber wie sollte man mich hinbringen, wenn Matwejewitschs kein Benzin mehr hatte und vorerst kein neues erwartete? Einstweilen wollten sie mich also ins Spital in Welikaja Guba legen. Nur dass es dort kalt war wie in einer Hundehütte, weil in der Nacht der Strom ausgefallen und die Rohre der Zentralheizung geborsten waren. Im Nu war ihnen noch in der Silvesternacht ein Kranker gestorben, zwei weitere lagen im Sterben. Die übrigen hatten sie nach Hause geschickt.

»Vielleicht ist es besser, wenn unser Kranker zu Hause auf den Transport nach Medgora wartet«, sagte Natalia.

»Ausgeschlossen«, meinte Matwejewitsch, »ich habe es schon heute nur mit Mühe bis hierher geschafft, wenn es in der Nacht schneit, wie sie vorhersagen, kommen wir morgen überhaupt nicht mehr bis zu euch durch.«

Ich hatte das letzte Wort. Ich verzichtete auf ihre Hilfe und dankte ihnen fürs Kommen. Besser zu Hause auf dem warmen Ofen sterben als in einer eiskalten Klinik. Wer je in einem postsowjetischen Spital war, wird mich sicher verstehen. Tamara Walentinowa wollte sich widersetzen, als sie jedoch meine Entschlossenheit sah, legte sie mir einen Verband mit einer Ichthiolsalbe an und verabreichte mir Antibiotika. Die nahm ich vier Tage lang, um die Entzündung zu bekämpfen. Das Ichthiol zog den Eiter heraus. Das Fieber fiel. Ich unterbrach die Kur und ging in den Hungerstreik. Nachdem ich eine Woche nichts gegessen hatte, nahm die Hand wieder ihre normale Gestalt an. Es war noch einmal vorbeigegangen.

Was den Weg betraf, hatte Matwejewitsch recht gehabt. Kurz nach ihrer Abfahrt begann es zu schneien.

3. Februar

In der *Rzeczpospolita* gibt es einen neuen Tsunami. Diesmal handelt es sich um die Liste Wildsteins mit den Namen angeblicher Mitarbeiter des kommunistischen Geheimdienstes. Eine Viertelmillion »Opfer«.

Ich erinnere mich an Bronek Wildstein aus den fröhlichen Zeiten der späten siebziger Jahre. Ich glaube, es war im Herbst 1979, dass wir bei mir in der Przestrzenna in Wrocław feierten, zwischen einem Zusammenstoß mit der Staatssicherheit und dem nächsten. Leszek Maleszka war nicht dabei, dafür waren Andrzej und Wojtek vom Krakauer SKS da und noch ein paar Burschen aus Wrocław. Ich würde gern wissen, ob sich einer von ihnen auf Broneks Liste befindet?

Im Übrigen ist mir das schnurzegal. Oder besser, die allgemeine polnische Panik erstaunt mich ein wenig. Diese »Hysterie«, die einem seit ein paar Tagen aus den Seiten der *Rzeczpospolita* engegenschlägt. Plötzlich haben sie damit begonnen, einander zu überprüfen. Die einen die anderen, die anderen sich selber (als hätten sie das früher nicht gewusst), wieder andere – ihre Nächsten. »Viele werden jetzt Flecken auf ihrer Ehre wegscheuern und Namen verbergen, wie gestohlene Gräber, und die Erinnerung an ein paar Verstorbene wird zu Staub zerfallen.« Fragt sich nur, worüber man sich da so aufregen soll?

Sicherlich würde ich den Namen des einen oder anderen Bekannten auf Broneks Liste finden. Aber was hätte das zu bedeuten? Das Gestern ist vorbei und kehrt nicht wieder, und heute lässt mich das völlig kalt. Diese papierene Kasuistik ist eher unterhaltsam: Wer hat sich wie weit zur Hure gemacht? Die Trennung der Zuträger in diejenigen, die für Geld verrieten, und diejenigen, die das aus Angst machten, ändert an der Sache als solcher gar nichts – die einen wie die anderen haben ihren Arsch hingehalten. Sogar wenn sie das nur mündlich machten.

Manche stellen die Tatsachen auf den Kopf und lamentieren, das System und die Beamten der Staatssicherheit seien schuld, die müsse man verfolgen, anprangern und bestrafen, die Zuträger waren nur unglückliche Opfer. Für mich waren die Leute der Staatssicherheit Gegner (und das haben sie nie verborgen), ein Kumpel hingegen, der mir als Leszek die Hand gab und als Ketman über mich berichtete, der war, offen gesagt, ein Hundesohn. So ist das.

Nur eines beschäftigt mich allen Ernstes. Ergibt es überhaupt Sinn, solche Sensationen in einem Tagebuch niederzuschreiben? Ist das nicht eher so, als würde man geflügelte Insekten aus der Familie der »Ephemeridae« mit einer Nadel auf ein Stück Papier spießen?

6. Februar

Die Tage werden eindeutig länger. Es ist erst acht Uhr dreißig, doch draußen zeigt der Tag schon sein bleiches Gesicht. Eine bleifarbene, aufgeblasene Wolke über Wigowo, darunter der dunkle Streifen des Waldes und ein sprachloser weißer Fleck – über den ganzen Bildschirm.

Der Buddha auf meiner Tischplatte tauchte ebenfalls aus der Dunkelheit. Das von draußen hereinfallende Licht holt seine rechte Schulter, einen Schenkel und einen Zipfel seines Kopfes in weichen, silbriggrauen Umrissen aus dem Halbdunkel. Diesen kleinen Buddha aus Lack hat mir vor vielen Jahren Onkel Winio aus Japan mitgebracht, er war seinerzeit ein hervorragender polnischer Soziologe, unter anderem Autor der »Planenden Gesellschaft«. Zum Erscheinen der japanischen Übersetzung des Buches wurde er ins Land der Kirschblüten eingeladen. Heute träumte ich von ihm.

»Kannst du dir vorstellen«, sagte er im Traum lachend wie

damals, als er aus Kyoto zurückkehrte, die »Planende Gesellschaft« in Hieroglyphen? Da könnte man auf der Stelle Harakiri begehen.«

22. Februar

Das Schneegefängnis, in dem wir seit längerer Zeit sitzen, weil sie die Straßen nicht räumen, erinnert mich an »Schneeland« von Yasunari Kawabata, diesen wunderbaren Roman des japanischen Nobelpreisträgers aus dem Jahr 1968. Das erste Mal las ich das Buch wohl vor dreißig Jahren. Besonders im Gedächtnis haften blieb das Weben von Krepp. Wenn die Region durch den Schnee von der übrigen Welt abgeschnitten wurde, webten die Frauen tagelang weißen Krepp aus Leinen. Sie begannen Ende Oktober zu weben, kaum dass der erste Flaum gefallen war, und beendeten die Arbeit Mitte Februar mit dem Bleichen des fertigen Stoffes, den sie auf den Feldern und Gärten, bedeckt vom in der Sonne glänzenden Frühjahrsfirn, ausbreiteten. Schon in alten Büchern stand geschrieben, das Gewebe existiere, weil es den Schnee gibt. Daher nannten sie den Schnee den Vater des Stoffes. Bleichen musste man ihn so, dass der Leinenkrepp aussah, als wäre er aus Schneefäden gewebt. Ein im Frost gesponnenes Leinen kühlt gut in der sommerlichen Hitze und liegt angenehm auf dem Körper. Das Ende des Bleichens des Krepps in »Schneeland« signalisierte den Beginn des Frühlings.

Die Schneeisolation nützend, griff ich nach anderen Werken des japanischen Meisters in der hervorragenden russischen Übersetzung. Ich las »Die Tänzerin von Izu«, »Kyoto« und »Tausend Kraniche« (ein Roman, aufgebaut auf dem »Chado«, das heißt dem Teeweg), »Die schlafenden Schönen« und die »Stimme des Berges«, Miniaturen aus dem Zyklus »Handtellergeschichten« und Essays, in denen Kawabata frühe japanische

»Zuihitsus« ziselierte (»dem Pinsel folgend«), eine Gattung der literarischen Prosa, geschaffen in der Heian-Zeit (vor tausend Jahren). Mit fortschreitender Lektüre stellte ich fest, dass ich immer tiefer in die subtile Prosa Kawabatas eindrang und seine Welt mir näher rückte (und der Kern dieser Welt, der außerhalb der Worte liegt), bis ich plötzlich begriff, dass wir im Grunde vom selben reden. Endlich hatte ich einen Schriftsteller gefunden, der in seiner Kunst den Geist des Nordens wiedergibt.

Nun könnte jemand einwenden: Was hat ein Japaner mit dem russischen Norden zu tun? Gibt es nicht genug russische Schriftsteller? Ich will dazu nur sagen, dass der Norden und Russland zwei verschiedene Begriffe sind, obwohl sie sich an manchen Stellen überschneiden mögen. Die Russen sind verhältnismäßig spät im Norden erschienen, und aus meinen Beobachtungen geht hervor, dass sie bald wieder von hier verschwinden werden, so wie früher die Völker der Samen oder der Tschuden von hier verschwanden, während der Norden als Raum (ein leeres, weites Gebiet) schon vor den Gletschern existierte. Wie ich schon mehrmals sagte, befähigt mich mein vieljähriger Aufenthalt im Norden nur zu der Feststellung, dass ich in Russland ungefähr so lebe wie jemand, der im 19. Jahrhundert in Kalisz lebte. Nach diesem Einschub wende ich mich wieder Kawabata zu.

Vor allem ist es eine Frage des ähnlichen Klimas und, damit verbunden, der besonderen Einfühlsamkeit für atmosphärische Erscheinungen. Das Leben auf den japanischen Inseln, in einer Region Tausender Tsunamis und Erdbeben, erfordert eine erhöhte Aufmerksamkeit für das Verhalten der Vögel, die Stimme des Windes, die Farbe des Himmels, die Form der Wellen ... Ähnlich ist es im Norden, wo ein plötzlicher Schneesturm, lang dauernder Frost oder das dumpfe Dröhnen des Eises über Leben oder Tod entscheiden können. Der Mensch lernt, auf solche

Bedingungen zu achten. Er spürt die Bodenlosigkeit unter seinen Füßen.

Mit dem Klima sind die Rhythmen der Natur verbunden, die in der japanischen Literatur so präzise dargestellt werden, vom berühmten »Kopfkissenbuch« von Sei Shonagon, bei der Kawabata die ersten Stillektionen »dem Pinsel folgend« lernte, bis zum weniger bekannten Vers von Dogen, mit dem er seinen eigenen »Zuihitsu« begann – eine Rede mit dem Titel: »Die Schönheit Japans hat mich geboren«, die er in der Schwedischen Akademie bei der Entgegennahme des Nobelpreises hielt:

»Im Frühling – Blumen.
Im Sommer – ruft der Kuckuck.
Im Herbst – der Mond.
Im Winter – fällt leise der Schnee
So rein und kühl.«

Als er im Dezember 1968 in Stockholm die höchste literarische Auszeichnung entgegennahm, verneigte sich Kawabata vor einer ganzen Plejade großer Zen-Meister, Mönche und Dichter, für die die Meditation über die Natur des Nordens gleichzeitig eine Meditation über die Leere darstellte. Gleichsam in Vollendung des Verses von Dogen zitiert er ein Waka des Meisters Ryokana, der sein ganzes Leben im Norden Japans verbrachte (beschrieben in »Schneeland«), von wo »über das Japanische Meer die kalten Winde aus Sibirien wehen«, und kurz vor seinem Tod eine Erleuchtung erfuhr und die Abschiedsstrophe schrieb:

»Was bleibt
Nach meinem Weggehen?
Blumen – im Frühling.

Das Rufen des Kuckucks – in den Bergen,
Im Herbst – Ahornblätter.«

Kawabata erinnerte auch an den Meister Moye, indem er drei seiner dem Mond gewidmeten Gedichte zitierte (als ich sie las, hatte ich die große orange Scheibe vor Augen, die über der Hütte Fjodoritschs aufstieg), und den Meister Ikkuyu und seine Strophen über das Brausen des Windes in den Zweigen der Kiefer auf dem Bild (leere Stellen bedeuten mehr als beschriebene), und zum Abschluß seiner Stockholmer Rede wiederholte er, was der Meister Saigyo (ein Krieger, der im Jahr 1149 ein buddhistischer Mönch wurde, der größte Dichter der Heian-Zeit) über die Dichtung sagte, als er bei seinem Freund, dem Meister Moye, nach der Rückkehr von einer weiteren Wanderung nach Norden zu Gast war:

»Wenn du über Blumen sprichst, denkst du nicht, dass es sich um wirkliche Blumen handelt. Und wenn du vom Mond singst, denkst du nicht, dass es der wirkliche Mond ist. Du nützt einfach den Moment der Eingebung und setzt Worte zusammen. Da erschien ein Regenbogen, und der Himmel erstrahlte in herrlichen Farben. Oder die Sonne ging auf, und der Himmel wurde hell. Dabei ist der Himmel in Wahrheit leer, und für sich selber leuchtet er nicht und wird nicht hell …

So malen auch wir, Seelen ähnlich dem Himmel, verschiedene Dinge in den verschiedensten Farben, ohne Spuren zu hinterlassen.«

In den Worten von Saigyo, so kommentierte Kawabata, ist die japanische, oder präziser die nördliche Idee der Leere enthalten. Dieselbe Idee fanden die Kritiker in seinen eigenen Werken. Doch der Autor der »Stimmen des Bambus und der Pfirsichblüte« wandte sich ab vom westlichen Nihilismus. Er war der Ansicht, der östliche Begriff der Leere sei etwas ganz anderes als die westliche Kategorie des Nichts. Es sei nicht ein Fehlen jeglichen Seins, sondern im Gegenteil eine Fülle des Seins. Wenn sich unser Geist aus dem engen Käfig des »Ich« befreit und zum Himmel wird. Dann umfasst er alles.

27. Februar

Aa!

YASUNARI KAWABATA

Es verging einige Zeit, ehe ich begriff, was die Zen-Meister im Norden suchten, dann wusste ich, dass es die Leere war. Ich sehe einmal ab vom Fehlen jeglicher dauerhafter Spuren des Menschen (darüber habe ich bereits geschrieben), denn es geht mir hier nicht um die Zivilisation. Ich denke eher an die Leere, von der Saigyo und auch Kawabata sprachen. Und an die Ästhetik im Norden.

Man braucht nur mit dem Helikopter über die nördliche Tundra zu fliegen und die seltsame Landschaft unter einem zu betrachten – Splitter vom Himmel in einem Labyrinth von Wasser –, um zu verstehen, was ich meine. Oder durch die Sümpfe des Urwalds zu wandern, über einen Boden, der eher an Moosblasen als an feste Erde erinnert: Wenn man auf der einen Seite draufdrückt, hebt sich auf der anderen etwas. Nicht zu reden von den nördlichen Trugbildern, die uns auf unseren sommerlichen Streifzügen mit der Jacht übers Weiße Meer so oft in die Irre führten, oder von Polarlichtern, die nichts anderes sind als ein Spiel farbiger Lichter auf dem dunklen Hintergrund des nächtlichen Himmels, oder auch von jenen Eisschlössern, die jedes Frühjahr am Onegasee schmelzen.

Die verzerrten Linien des Lichtes, die Reflexionen des Wassers, die Metamorphosen des Eises, der Windhieroglyphen. Jeden Augenblick andere leere Formen. Ein Schreiben in der Luft.

Dafür ein Beispiel. Es war im Juni 1994. Zum ersten Mal überquerte ich mit Wasyl auf der »Antura« den Polarkreis. Eine weiße Nacht, die Sonne ging nicht am Horizont unter. Wir fuhren an Kanin Nos entlang, ungefähr dreihundert, vielleicht dreihundertfünfzig Meter vom Ufer entfernt. Das Licht fiel schräg ein, es sah aus, als zerschneide es den Raum. Das Land strahlte und veränderte sich von weitem wie ein Märchenland aus Quecksilber und zerschnittenem Glas. Die Augen schmerzten. Wir näherten uns dem Land, verzaubert vom Vibrieren des Lichts, da änderte sich die Landschaft wieder. Nun sahen wir Wasserfälle, auf felsigen Streifen flimmernde Bergteiche, Bänder und Bergstürze wie in den Alpen vor uns, doch als wir ans Ufer kamen, stellte sich heraus, dass das keine Felsen waren, sondern bloß Haufen von Njascha, schwarzem Ton, in den wir mit den Beinen einsanken, und der dem Anker keinen Halt gab. Wir versuchten die nächste Anhöhe zu erklimmen, doch vergeblich. Der Brei saugte uns fest.

Auch jetzt gab es dieses Weiß vor dem Fenster. Schneeschwaden, vom Wind über die weiße Wüste des Onega getrieben, in einem fahlen Licht, von dem man nicht wusste, von wo es einfiel. Bleiche, unscheinbare Schatten.

Kawabata sagt, Weiß sei die intensivste Farbe und gleichzeitig ein Fehlen von Farbe. Auf Weiß malt und schreibt man. Im Norden bedeutet die weiße Farbe den Tod. Weißer Krepp … Hinter der Wand ist das Klappern des Webstuhls zu hören.

2. März

Die Begriffe Zuihitsu und Waka haben in keiner anderen Sprache eine Entsprechung. Es handelt sich um japanische Bezeichnungen literarischer Genres, wie Essay oder Sonett. Um Spezialitäten des Landes der Kirschblüte, ähnlich wie Sushi, Jiu-Jitsu oder Harakiri. Welchem Europäer kommt wohl in den Sinn, dass ein Samurai, wenn er sich den Bauch aufschlitzt, zusammen mit seinen Eingeweiden auch die Seele, die Lebensenergie, ausströmen lässt, die nach der Lehre des Zen eben dort, im unteren Teil des Bauches, ihren Sitz hat? Es erscheint mir daher angebracht, diesen Genres ein paar Absätze zu widmen, weil die Japaner darin auf ihre Sprache ebenso paradox (aus dem Blickpunkt des Westens) eingehen wie auf ihre Seele.

Nehmen wir das Zuihitsu. Wörtlich heißt das so viel wie »dem Pinsel folgend«. Es handelt sich um ein Schreiben, bei dem man den Gedanken freien Lauf lässt, während der Pinsel, der in Japan die Feder vertrat, den Duktus des Schreibens bestimmt. Mit anderen Worten, nicht der Pinsel registriert die Arbeit des Denkens, sondern das Denken folgt dem Pinsel. Der Mensch schafft nicht etwas in der europäischen Bedeutung des Wortes, indem er etwas vollbringt, so wie Gott unsere Welt geschaffen hat, sondern durch Nicht-Schaffen (Wu-Wei), wie das Tao. Quelle der schöpferischen Tätigkeit ist also nicht das Ich, sondern das Nicht-Ich. Habe ich mich verständlich ausgedrückt?

Dieses Genre geht zurück auf Sei Shonagon (966 bis 1017), eine Dame am Hof der Kaiserin Sadako, Tochter des Dichters Kiyohara Motosuke. Wie sie im Nachwort ihres Werkes anmerkt, bekam sie zufällig von jemand einen ansehnlichen Vorrat an schönem Papier geschenkt, weshalb sie mit den Aufzeichnungen begann, ohne besondere Ordnung: über interessante Menschen und Gedichte, über Bäume und Wiesen, über Vögel, Insekten und die Jahreszeiten. Bis das Papier aufgebraucht war.

Der Titel der Aufzeichnungen, »Makura no soshi«, kann unterschiedlich übersetzt werden, einmal als »Persönliche Notizen« oder auch als »Kopfkissenbuch«. Denn »Makura« bedeutet Kopfkissen, aber auch Kopflehne, den Moment vor dem Einschlafen sowie den Augenblick vor dem Erwachen, und das, was intim, nicht zum Vorzeigen bestimmt ist, und, übertragen, »Überschrift«, mit der jeder folgende Abschnitt beginnt. Mit einem Wort, das Genre von Sei Shonagon ist so etwas wie ein Schwärzen des Papiers, bei dem alle Kunstgriffe erlaubt sind, mit Ausnahme des Zuviel an Worten. Denn in den Augen der japanischen Hofdame aus dem elften Jahrhundert bedeutet schön – wortkarg.

Die nächsten Zuihitsu entstammten den Pinseln buddhistischer Mönche, die in den stürmischen Zeiten der Samurai-Kriege in der Kamakura-Epoche lebten. Es sind die »Aufzeichnungen aus meiner Hütte« von Kamo-no Chomei (1153 bis 1216) und die »Betrachtungen aus der Stille« von Kenko (1283 bis 1350). Der erste war Musiker und Hofdichter und kehrte erst im Alter von über fünfzig Jahren, des weltlichen Getöses überdrüssig, der Palastkamarilla den Rücken, um sich in einer Einsiedelei in den Bergen niederzulassen. Der zweite glänzte ebenfalls anfangs am Hof als Dichter. Er wurde einer der »vier himmlischen Genies des Waka« genannt, doch auch er entschied sich am Ende seines Lebens für die Einsamkeit in den Bergen. Ihre Aufzeichnungen bilden, zusammen mit dem »Kopfkissenbuch« von Shonagon, den Kanon des genannten Genres, den man in Japan San Dai Zuihitsu nennt oder »Die drei großen Zuihitsus«. In Russland wurden sie übrigens alle drei in einem Band in der hervorragenden Serie »Der goldene Fundus der japanischen Literatur« herausgegeben, deren leitender Redakteur Grigorij Tschchartischwili ist, das ist Boris Akunin.

Was verband die buddhistischen Mönche mit einer Hofdame, die aus Langeweile Papier schwärzt? Vor allem die Kontemplation der Jahreszeiten. Frühling, Sommer, Herbst und Winter – alle drei schrieben penibel darüber. Sei Shonagon beginnt die Aufzeichnungen mit der Beschreibung des frühlingshaften Morgenrots, das den Himmel rosa färbt, dann begeistert sie sich für die Schönheit des sommerlichen Mondes und die Bahnen nächtlicher Glühwürmchen, für die Kette wilder Gänse im Herbst und für eine einzelne Krähe auf einem Zweig, für einen winterlichen Morgen nach einer schlaflosen Nacht, für den Rauhreif und das Feuer im Ofen. Kamo-no Chomei stimmt die anmutige Vergänglichkeit der Jahreszeiten traurig, weil sie ihn an die mangelnde Dauerhaftigkeit des eigenen Lebens erinnert: Im Frühling blühen die Glyzinien, lilienfarbene Wolken fließen nach Westen, in Richtung Tod, im Sommer sagt der Kuckuck mit seinem Ruf voraus, wie viel Zeit uns noch bleibt bis zur Begegnung mit der jenseitigen Welt, und im Winter fällt der Schnee und schmilzt wie ein sündiger Mensch. Kenko hingegen findet den sich ständig wiederholenden Rhythmus der Natur, sowohl in der Natur selber wie auch in den Werken seiner Vorgänger, unterhaltsam. Zweifellos traf dieser gut gelaunte Mönch den Kern der Sache, wenn er feststellt, dass »denjenigen, den nichts mehr mit der Welt verbindet, nur mehr der Wechsel der Jahreszeiten interessiert«.

Gibt es etwas Lehrreicheres als die Kontemplation der Natur? Konzentriert auf ihren Rhythmus zu horchen, ihn in einem selber zu finden. Der Körper als Resonanzraum.

Für die Kontemplation der Natur braucht es Zeit. Man muss bewegungslos stehen bleiben und zulassen, dass sich die Welt vom Fleck bewegt. Im Grunde ist die Kontemplation der Natur nichts anderes als eine Meditation der Zeit. Unter der Voraussetzung, dass man genügend Zeit hat. Dass man ein Meister seiner Zeit ist. Seiner ganzen Zeit und nicht bloß jener wenigen freien Momente, in denen man »die Zeit totschlägt«, weil man nicht weiß, was man damit anfangen soll. Nach Meinung Kawabatas beschreibt der Rhythmus der Natur, gleichzeitig sich wiederholend und vergehend, am besten die Genese und Poetik des Genres. Das Zuihitsu, so der Autor von »Schneeland«, wurde aus der Leere geboren, das heißt aus der Freiheit des an nichts gebundenen Denkens.

Und noch etwas. Nicht zufällig begann ich diesen Dan (ein Abschnitt im Zuihitsu) mit dem Harakiri. In gewissem Sinn erinnert der Pinsel hier an das Schwert, man braucht nur Meister Kenko zu zitieren: »Wenn man nicht ausspricht, was man denkt, ist es so, als würde man mit aufgeblasenem Leben herumstolzieren. Manchmal muss man sich vom Pinsel leiten lassen und diesem leeren Spiel hingeben, um dann alles zu zerreißen und wegzuwerfen.« Mit einem Wort, Seppuku auf Papier verüben.

8. März

Morgendämmerung ... Der Himmel ist lilienfarben und hochrot. Die Linie des Waldes hinter dem Dorf wird deutlicher, sie beginnt zu glänzen. Die Sonne! Mehr kann man nach dem langen Dunkel einer Winternacht nicht erwarten. Es erstaunt nicht, dass man die Sonne in frühesten Zeiten verehrte und sich jeden Morgen, beim Verlassen der Höhle, vor ihr verneigte.

»Wie ein Schmetterling
Jeden Morgen
Sammle ich das Licht

Staubkörner der Sonne
In Eiszapfen.«

10. März

Noch deutlicher erscheint der Zusammenhang zwischen Schwert und Pinsel in der japanischen Dichtung. Vor allem in den Gedichtformen Waka und Haiku. Einer der größten Meister des Waka war Norikiyo Sato (1118 bis 1190), der am Ende der Heian-Zeit lebte. In seiner Jugend diente Sato als Samurai in der Leibgarde von Exkaiser Go-Toba. Im Alter von zwanzig Jahren schied er aus dem Militärdienst am Hof aus, wurde buddhistischer Mönch und nahm den Namen Saigyo an. Er war allerdings mit keiner Sekte und keinem Kloster verbunden, sondern wählte das freie Herumziehen. Die Orthodoxen betrachteten ihn daher nicht als Mönch, und der hochehrwürdige Mongaku, Vorsteher der Shingon-Sekte, schwor sogar, er würde Saigyo, wenn der in seinem Kloster auftauche, mit dem Prügel davonjagen. Wie groß war das Erstaunen der Schüler Mongakus, als sie sahen, wie ihr Lehrer Saigyo nicht nur erlaubte, im Kloster zu übernachten, sondern auch, wie er um ihn herumscharwenzelte.

»Dummköpfe«, sagte er, als Saigyo das Kloster wieder verlassen hatte, »ich brauchte ihm nur in die Augen zu schauen. Er hätte mir das Fell gegerbt, wenn ich ihn nur scheel angeschaut hätte.«

Fünfzig Jahre zog Saigyo durch die unwegsamen Gegenden Japans, auf seinem Weg Verse austretend. In die Literatur ging vor allem seine Reise nach Norden ein, durch die Saya-no-Nakayama-Berge, ein. Ein schwieriges und gefährliches Unterfangen. Er legte den Weg mehrmals zurück, das letzte Mal im Alter von siebzig Jahren, und schrieb darüber seine besten Verse, enthalten in den »Gedichten einer Berghütte«. Wie etwa dieser:

»Hätte ich je gedacht,
Dass ich noch einmal diese Berge
Im Alter überqueren werde?

Die Gipfel meines Lebens –
Saya-no Nakayama.«

Schon der Titel der Sammlung spricht für sich. Auf seinen Wanderungen übernachtete Saigyo manchmal in provisorischen, mit Gras gedeckten Berghütten, doch sein aus Versen erbautes Haus steht seit achthundert Jahren, und sein Lebenspfad fand zahlreiche Nachahmer, darunter den Dichter Matsuo Basho (1644 bis 1694). Eines Tages kam der Meister des Haiku ins Dorf Asimo im Norden, wo vierhundert Jahre zuvor im Schatten einer alten Salweide der vom Weg ermüdete Saigyo ausgeruht hatte, wobei er die Reis pflanzenden Bauern beobachtete und notierte:

»Im kühlen Schatten der Weide
Am reinen Wasser des Teiches
Nicht weit vom Weg.
Ließ ich mich nieder, für nicht lange,
Und nun – kann ich nicht weggehen …«

Basho erinnert an den Vers des alten Wanderers, vielleicht spürte er auch seinen Geist, und schrieb in den Reisenotizen »Oku-no Hosomichi«:

»Wurde schon im ganzen Feld
Reis gepflanzt,
Es ist Zeit zu gehen, Weide, mach's gut!«

Das Waka unterscheidet sich vom Haiku durch seinen Umfang. Das Waka hat fünf Verse, bestehend aus einer bestimmten Anzahl von Silben: 5, 7, 5, 7 und 7. Das Haiku hingegen ist wie die ersten drei Verse des Waka: 5, 7, 5. Diese Konzentration lässt uns den Sinn der beiden Verse wie in einem Bild erahnen. Die Zeit, die man gewöhnlich für die Lektüre eines Textes benötigt, erfährt hier eine Erweiterung oder sie wird angehalten. Waka und auch Haiku werden im Raum aufgenommen, nicht in der Zeit, das heißt, sie unterliegen nicht der in Europa üblichen Trennung in räumlich und zeitlich. Gleichzeitig wird das Wichtigste bis zuletzt nicht ausgesprochen. Als würde man den Pinsel im entscheidenden Moment anhalten. Aus diesem Grund habe ich ihn mit einem Schwert verglichen.

Das Wort bushid, wie man den Verhaltenskodex der Samurai nennt, setzt sich aus drei Schriftzeichen zusammen. Im ersten, bu, kann man die Schlüsselbedeutung des Zeichens »anhalten« und die verkürzte Variante des Ideogramms »Kopie« unterscheiden. Nach dem alten chinesischen Wörterbuch »Szu Wen« (die Kampfkunst kam von China nach Japan) bedeutet wu die Fähigkeit, die Waffe so zu verwenden, dass man imstande ist, den Schlag im richtigen Moment abzuwehren. Andere Quellen erweitern diese Auslegung und weisen darauf hin, dass das Schriftzeichen bu das Zeichen bun enthält, das heißt, es bezieht sich nicht allein auf die Kampfkunst, sondern auch auf die Kalligrafie, Literatur und andere nichtkriegerische Künste. Das Schriftzeichen shi, das im modernen Japanisch einen Krieger bezeichnet, bedeutete im alten China einen Meister überhaupt, egal in welcher Kunst: sei es der des Pinsels oder des Tees oder auch des Schwertes. Do wiederum bedeutet den Pfad.

19. März

Als ich auf den Solowjezki-Inseln lebte, stritt ich mehr als einmal mit Vater German darüber, was besser sei: die Zelle des hochwürdigen Mongaku oder der Pfad Saigyos? German beharrte auf der Zelle, ich hingegen plädierte für den Pfad. Einmal warf der Solowjezker Mönch so nebenbei ins Gespräch ein, man könne schließlich auch durch die Welt schweifen, ohne seine Zelle zu verlassen. Darauf antwortete ich, es sei auch möglich, seine Zelle nicht zu verlassen, während man gleichzeitig hier und da herumstreift. In der Folge blieb er auf den Inseln, während ich weiterzog. An diese Auseinandersetzung denke ich jetzt zurück, weil es genügte, dass uns der Schnee für ein paar Wochen von der übrigen Welt abschnitt, und schon trug es mich bis ins Land der Kirschblüten. Doch nun ist es Zeit, wieder zum Haus am Onegasee zurückzukehren. Sie haben nämlich endlich begonnen, den Weg von Welikaja Guba nach Ust-Jandoma vom Schnee freizumachen.

20. März

Es geht ihnen um den Abtransport des Holzes, nicht etwa darum, dass sie sich Sorgen um die Menschen machten. Die Menschen, die im Schnee förmlich versinken, kümmern hier keinen. Weder wir in Konda Bereschnaja noch Jura mit Wala in Sibowo, noch Witja mit Klawa in Ust-Jandoma. Diese Weiler wurden längst aus dem Register der »lebenden Dörfer« gestrichen, das heißt, die für die Dörfer zuständigen Behörden brauchen sich nicht mehr um sie zu kümmern, sie brauchen keine Wege zu räumen, keine Abfälle wegzuschaffen, keinen Autobus für die Schulkinder zu schicken, keine Post hinzubringen. Dass dort noch wer lebt, ist nicht ihr Problem. Mit dem Wald ist das etwas anderes.

Der Wald bedeutet bares Geld. Geld, das von selber wächst. Man braucht ihn nur zu fällen, abzutransportieren und zu verkaufen. So denken die Menschen hier seit Jahrhunderten. Seit wann konkret? Nach Nikolai Krylow seit der Christianisierung Kareliens. In seinem Werk »Die ökonomische Bedeutung des

Weißmeerkanals«, für das er 1889 die Goldmedaille der Allrussischen Meeresgesellschaft erhielt, schrieb er: »Schon damals führten die gotländischen Kaufleute von hier Holz, Glimmer und Eisenerz weg und brachten allen erdenklichen Schund, den sie bei den Karelen und Wepsen gegen Fisch und wertvolle Felle eintauschten.«

Bei der Lektüre von Krylow habe ich den Eindruck, in dem Märchen zu leben, in dem sich das Tischlein ständig von selber deckt. Denn auch heute holzen sie hier den Wald ab und führen den Schungit weg, und sie bereiten den Abbau von Vanadium und Uran vor (voriges Jahr wurde sogar ein Diamantvorkommen entdeckt), und gleichzeitig überschwemmen sie die Einheimischen mit allem möglichen Plunder und gießen sie voll mit gefälschtem Spiritus. Der einzige Unterschied besteht darin, dass der Wald im Saonesch jetzt von den neuen Russen abgeholzt wird, mit Hilfe ukrainischer Gastarbeiter, weil es entweder an Einheimischen mangelt oder deren Hände zu sehr zittern, und die billigen Kleider werden von Weißrussen aus Minsk gebracht, die sie direkt vom Auto aus verscherbeln.

Wie lange wird die Natur diesen Raubbau noch ertragen? Heute verfügen die Menschen über viel größere Zerstörungskräfte als früher. Unvergleichlich größere. Der Wald schrumpft bereits. Die neuen technischen Mittel (elektrische Sägen, Spezialfahrzeuge mit Kränen, um die Stämme zu heben, schweres Gerät, um die Wege im Winter freizumachen und die Waldwege zu ebnen) ermöglichen die Zerstörung riesiger Flächen Urwaldes. Gleichzeitig nimmt der Raubritterkapitalismus, der über Russland hereinbrach wie eine mongolische Horde, auf nichts Rücksicht, was nicht nach Geld riecht. Die neuen Russen denken weder daran aufzuforsten noch alten Baumbestand zu bewahren. Ihre Sprösslinge werden nie hier leben. Nicht umsonst kaufen sie Häuser in London. Für die neuen Russen sind die Gebiete im Norden nichts anderes als ein Territorium zur hemmungslosen Ausbeutung. Wie in früheren Zeiten die Gebiete Schwarzafrikas für die Weißen.

Auf die Aborigines, diese seltsame slawo-finno-ugrische Mischung, mit samischen Spuren, kann man auch nicht zählen. Erstens können sie sich vor lauter Wodka kaum mehr rühren. Zweitens sind sie auf den Wald genauso gierig wie die anderen, nur dass bei ihnen »die Därme dünner sind«, wie man sagt, das heißt, sie haben nicht dieselben Möglichkeiten wie die neuen Russen, aber auch so schleppen sie so viel Holz wie nur möglich weg, oder sie lassen es verrotten. Und drittens: Ich lebe jetzt seit drei Jahren unter ihnen, aber mir ist noch nie aufgefallen, dass sie sich um die Umwelt sorgten und wenigstens hin und wieder den Dreck wegräumten, den sie selber machen. Im Gegenteil, sie betrachten den Wald als eine einzige riesige Halde für ihren Abfall, den sie direkt vom Traktoranhänger in den Wald schmeißen, wo es ihnen gerade passt. Sogar die Lichtungen, auf denen sie so gern »frische Luft schnappen«, erinnern eher an Sammelplätze für leere Flaschen und verrostete Dosen als an den grünen Schoß der Natur, und wenn man sich ins Gebüsch begibt, muss man darauf achten, nicht in menschliche Ausscheidungen zu treten.

Ich weiß noch, was für ein Schock die erste Begegnung mit diesem Vandalismus für mich war. Wir waren eben erst nach Konda gekommen und hatten begonnen, das Haus zu säubern. In den beiden großen Räumen im Parterre, die sich zum Überwintern eigneten, hatte der ehemalige Besitzer alle möglichen Abfälle angesammelt. Wir schleppten Packen von Pappe und gebrannte Ziegel hinaus, Bleche, leere Ölfässer, Gasflaschen und eine Menge anderes Eisenzeug, darunter einen kaputten eisernen Ofen mit weißen Emailverzierungen. Wir mussten einem Typen aus Welikaja Guba eine hohe Summe bezahlen, damit er alles mit seinem Traktor zum nächsten Müllabladeplatz brachte.

Als wir das Haus einigermaßen in Ordnung gebracht hatten, gingen wir zum ersten Mal in den Wald, um Erdbeeren zu sammeln. Zuerst nach Süden, in Richtung Sibow, dann den ersten Waldweg links, in Richtung Jandmosero. Plötzlich war Ölgeruch in der Luft. Auf einer sonnigen Lichtung leuchtete uns unter verotteten Himbeerstauden unser eiserner Ofen entgegen, ringsum lag der übrige Unrat aus unserem Haus verstreut. Mich traf beinahe der Schlag.

Drei Jahre später haben die Himbeeren das Gerümpel überwuchert, so dass man es kaum mehr sieht im Dickicht. Irgendwann wird es der Rost zerfressen. Ich würde gerne wissen, was eher von dieser Erde verschwindet, dieses Öfchen oder ich?

21. März

Heute ist Tag- und Nachtgleiche. Es ist wie mit dem Glas: Ein Unzufriedener sagt, der Tag sei noch halb dunkel, während der Optimist meint, er sei schon zur Hälfte mit Licht erfüllt.

23. März

Endlich haben sie sich auch bis zu uns durchgewühlt. Und gleich kam der Petrosawodsker Maler Boris Akbulatow zu Besuch. Über den Winter ist er noch weiter abgemagert, sein Gesicht ist eingefallen, die Nase ragt heraus wie ein Schnabel. Der erste Gänserich des Frühlings, der seine stumpfen Augen aufreißt und in die Welt guckt.

Boris hat zuletzt aufgehört zu malen, weil ihn die Fotografie in ihren Bann schlug. Seit er mit Galina in Fojmaguba ein Jahr nach uns ein Haus gekauft hat, fährt er mit seinem klapprigen Schiguli durch die Gegend und nimmt auf, was ihm vor die Linse kommt: alte Frauen in Schürzen, Nasswiesen in der Dämmerung, Porträts von Rotznasen, Heuhaufen im Licht, alte Boote bei der Anlegestelle, das Gebälk von Häusern und Kirchen in aussterbenden Dörfern. Wenn er zu uns kommt, knipst er jedes Mal denselben Blick aus meinem Fenster und das Stillleben am Fensterbrett. Akbulatow ist ein kontemplativer Typ. Ganz anders seine Frau, die quirlige Galina Skworzowa. Obwohl sie als Leiterin der Rezensionsabteilung der Monatszeitschrift *Sewer* arbeitet, hat sie es geschafft, sieben Prosabände und zwei Dramen zu schreiben, die in Petrosawodsk und Helsinki aufgeführt wurden, außerdem hat sie ein halbes Dutzend Projekte mit ausländischen Geldern auf den Weg gebracht. Für eines mit dem Titel »Die Onega-Region durch das Prisma des schwarzen Quadrats« haben sie das Haus in Fojmaguba gekauft, um dort die erste Dorfgalerie in Russland einzurichten. Das Projekt ist Teil eines größeren Unternehmens mit dem Namen »Dorf. Ökologie und Leben im 21. Jahrhundert«, mit dem die Skworzowa die byki, die Stiere, wie man die neuen Russen hier nennt, herausfordert, die sich die Vorkommen von Vanadium und Uran unter den Nagel reißen möchten. Ziel des Projekts ist die Wiederbelebung der traditionellen dörflichen Kultur in der Region und die Entwicklung eines ökologischen Tourismus, um auf diese Weise der ausbeuterischen Industrie Einhalt zu gebieten. Mit anderen Worten: die grüne Galina gegen die Byki.

Man könnte nun fragen, was ein Kultbild der russischen Avangarde mit der dörflichen Onega-Region gemeinsam hat? Galina Skworzowa meint, sehr viel. Jedenfalls hat Kazimir Malewitsch sein Quadrat mit Tscherniadsch gemalt, einer schwarzen Farbe, gewonnen aus dem Schungit der Region. Malewitsch war nicht nur Agronom, von der Ausbildung her, sondern auch Mystiker. Er glaubte an das russische Land. Er nannte sein schwarzes Quadrat eine Ikone. Und tatsächlich ist es eine Ikone der Erdmutter und gleichzeitig das geistige Testament des großen Künstlers. Am Beispiel des Saonesch sieht man, was aus der russischen Glubinka, der entlegenen ländlichen Region, wurde: Von 586 Dörfern, die man hier zu Beginn des zwanzigsten Jahrhunderts registrierte, gibt es heute noch fünfzig. Auch mehr als achtzig Prozent der Kirchen und Kapellen wurden vernichtet. Steppengras und Quecke überwuchern die Felder, und die Menschen sterben am Wodka. Wenn wir diesen Niedergang nicht aufhalten, so ruft die Autorin des Projekts, werden die russischen Byki gemeinsam mit den Japanern (angeblich haben sie einander schon beschnüffelt) hier Uran abbauen, und wenn man die Gleichgültigkeit der lokalen Behörden in Betracht zieht, kann man sich leicht vorstellen, dass der radioaktive Schlamm in den Onegasee gerät und weiter über den Swir, den Ladogasee und die Newa in die Ostsee. Außerdem ist die Gegend ein wahres Pulverfass (seismisch ist sie die empfindlichste Region in ganz Europa), bereits die geringste Verletzung der Erdkruste kann dazu führen, dass der ganze Kontinent in die Luft fliegt. Die Europäische Union sollte sich daher ebenfalls für Galinas Unternehmen interessieren und ihr Gelder zumessen.

Seit der Publikation des Projekts »Die Onega-Region im Prisma des schwarzen Quadrats« in der Zeitschrift *Sewer* sind zwei Jahre vergangen. In dieser Zeit haben sich Akbulatow und die Skworzowa mit der Renovierung des Hauses in Fojmaguba herumgeschlagen, das heißt, sie haben am eigenen Leib zu spüren bekommen, was der russische Muschik zustande bringt, und sie haben dabei viele Illusionen eingebüßt. Weil sie aber in der Stadt wohnen, haben sie diese Folklore nicht bis zur Neige ausgekostet, denn wenn man zwei oder drei Monate im Jahr im Dorf wohnt (ach, der Altweibersommer, der Duft von Minze, goldene Trauer), ist das nicht dasselbe, wie wenn man ständig hier lebt, in Schlamm und Schlechtwetter, bei Schneesturm und Frost. Gala hat bald den Braten gerochen und sich neuen Dingen zugewandt. Und sie hat es Boris überlassen, sich mit den Muschiks herumzuraufen und ihnen zu erklären, wo der Grund endet, der keinem gehört, und wo der Besitz des Künstlers beginnt, und warum der nicht will, dass man auf seinem Grund fremde Hütten errichtet, die ihm den Blick auf den See versperren, und dass er lieber allein sein möchte, als ständig besoffene Nachbarn vor seinem Fenster auf und ab marschieren zu sehen, die krakeelen, sie seien hier immer schon gegangen. Daher machte er sich noch vor Beginn der Sommersaison auf nach Welikaja Guba, um im Dorfsowjet ein für allemal die Grenzen seines Besitzes feststellen zu lassen. Bei dieser Gelegenheit wollte er in Fojmaguba Nachschau halten, wie die Hütte den Winter überstand, ob sie nicht zufällig jemand niedergebrannt hat. Schließlich war er seit dem Herbst nicht mehr dort. Doch der Weg war verschneit. Daher kamen sie zu uns zum Tee.

»Ich möchte wissen, wo die Schönheit hingekommen ist«, sagte er nach langem Schweigen, wie immer aus dem Fenster blickend.

»Von welcher Schönheit sprichst du«, fragte ich, »genügt dir die vor dem Fenster nicht?«

»Ich rede nicht von der Natur, sondern von den Menschen. Früher lebte hier ein stattliches Volk, saubere Mädchen, prächtige Burschen. Auf alten Fotografien kann man das sehen. Wenn man sich heute umschaut, sieht man nur mehr Degenerierte. Das sind keine Gesichter, sondern Fressen. Debile.«

»Wundert dich das? Im Zentrum von Welikaja Guba steht ein Internat für Dumme, wie man sie hier nennt, ein Haus mit zwei kleinen Türmen, am Hauptplatz, gegenüber dem Denkmal für die Gefallenen …«

»Im Stil der Moderne des Saonesch?«

»Genau so. Das hat ein Kaufmann namens Karelski für sich gebaut, derselbe, der unsere Kapelle errichtete. Bis zur Revolution stand das Haus in Wigowa, direkt am Wasser. Kannst du dir vorstellen, wie es sich im See spiegelte?«

»Ha!«

»Nach der Revolution floh Karelski in die Mandschurei und starb dort, die Bolschewiki aber schafften sein Haus nach Welikaja Guba und richteten sich darin ein. Während des Transports litt die Holzkonstruktion, sie wurde krumm und schief, aber für die Bolschewiki war es immer noch ein Palast, obwohl sie ihn ›hinschissen‹ und mit den Bildern ihrer Führer behängten. Auf einem alten Foto, aufgenommen an irgendeinem Feiertag, sah ich die Fresse Lenins über die ganze Front, von einem Türmchen zum anderen.«

»Wo ist diese Fotografie?«

»In der städtischen Bibliothek. Dort findest du übrigens noch genug anderes Material zu Welikaja Guba. Ich sage ja immer, dass die ländlichen Bibliotheken den letzten Hoffnungsschimmer in der russischen Glubinka darstellen. Wenn die nicht mehr sind, was wird dann sein? Die Jugend wird sich mit Bier besaufen und aufs Parkett im Kulturklub speiben, und für die Alten wird's ›Palonka‹ im Schoß der Natur geben oder Sonnenblumenkerne. In der Zwischenzeit geben Stiftungen wie die von Soros eine Menge Geld aus für verschiedene Unsinnigkeiten, während die ländlichen Bibliotheken nicht einmal genug für Zeitungsabonnements haben, vom Ankauf von Büchern gar nicht zu reden.«

»Was war weiter mit diesem Haus?« Boris wechselte wieder zum Thema der Narren, als hätte er nicht verstanden, dass ich auf ihre Galerie anspielte.

»Unter Jelzin haben sie das lokale Parteikomitee von dort ausquartiert und im Haus von Karelski ein Internat für geistig Behinderte eingerichtet. Sie haben sie aus der ganzen Region von Medweschogorsk zusammengeholt. Weil die Behinderten nicht gefährlich sind, lässt man sie frei herumlaufen. Also ziehen die unglücklichen Opfer des Alkoholismus ihrer Eltern ziellos und wirr vor sich hin brabbelnd über die Dörfer. Manchmal schreien sie auch. Oft weiß man nicht, kann man es nicht vom Gesicht ablesen, zum Beispiel in einem Laden oder auf der Post, ob jemand in der Schlange völlig ohne Verstand ist oder ob er noch einen Rest davon besitzt. Besonders pikant wird das durch die Tatsache, dass Welikaja Guba eigentlich von den Debilen lebt. Die einen bringen den von ihnen gefangenen Fisch ins Internat, andere Gemüse aus dem eigenen Garten, jemand putzt dort, eine andere wäscht, wieder eine kocht. Du kannst dir ja vorstellen, was das beim allgemeinen Mangel an Arbeitsplätzen für die Menschen bedeutet.«

»Jaaa! Andrej Kontaschalowski mit seinem ›Haus der Narren‹ kann sich demgegenüber verstecken!«

Wir tranken eine Zeitlang schweigend unseren Tee und wälzten dabei Gedanken über die Wirklichkeit, die bessere Geschichten ersinnt als der findigste Filmemacher. Obendrein braucht man da gar kein Drehbuch zu erfinden, man muss nur auf den Platz der Siedlung hinausgehen, sich auf die Bank vor dem Denkmal der Gefallenen setzen und beobachten. Aufmerksam beobachten.

»Du sagst, es gibt in der Onega-Region keine Arbeit«, fuhr Boris nach einer Weile fort, »ich hingegen kann keine Leute finden, die mir meinen Zaun flicken. An Muschiks mangelt es nicht im Dorf, die treiben sich vom Morgen bis zum Abend ziellos herum, aber wenn ich einem eine konkrete Arbeit vorschlage, dann stellt sich heraus, dass er keine Zeit hat, weil die Fische gerade beißen oder weil jemand eingegraben wird.«

»Darin liegt ja das ganze Problem, dass die Menschen hier verlernt haben zu arbeiten. Was ich mich in diesen drei Jahren abgemüht habe mit den Muschiks, weiß der Herrgott allein. Das lässt sich in keinem Buch beschreiben. Anfangs träumten wir davon, unser Haus im alten Stil des Saonesch zu restaurieren und im Sommer Bekannte einzuladen – Musiker, Maler, Schriftsteller. Wir wollten so etwas wie einen Künstlertreffpunkt schaffen, einen Ort der Begegnung für polnische und russische Künstler. Als wir uns mit den Muschiks einließen, sind leider alle Träume geplatzt. Es stellte sich heraus, dass es in der ganzen Region von Welikaja Guba keine Brigade von Zimmerleuten gibt, die bereit wäre, ordentlich zu arbeiten. Dasselbe gilt für Ofensetzer. Am Ende fanden wir heraus, dass hier überhaupt keiner arbeiten will. Sie sagen, das sei unbequem, es sei besser, mit dem Arbeitslosenzuschuss herumzuhocken. Wie können sie auch arbeiten, wenn sie entweder ständig saufen oder vom Katzenjammer gebeutelt werden?«

»Für solche bräuchte es einen Stalin! Der würde sie auf der Stelle zur Arbeit jagen. Und sei es ins Lager.«

»Sag das einmal laut, dann gibt es gleich ein Geschrei, dass du dein eigenes Wort nicht mehr verstehst. Sie schimpfen ohnehin schon in Polen und im Westen, dass Wladimir Wladimirowitsch den Stalinkult wiedererrichtet. Und da träumst du von Lagern.«

»Und was denkst du? Warum lächelst du?«

»Weil du mich in die Enge getrieben hast. Ich bin der Ansicht, dass Sklaven, das heißt Menschen mit einer Mentalität von Sklaven, Sklavenarbeit verrichten sollten.«

»Ajajaj! Ich kann mir lebhaft vorstellen, was sie über dich in Polen sagen, wenn sie unser Gespräch zu lesen bekommen.«

»Deshalb mein Lächeln. Ich bin vor fünfzehn Jahren nach Russland gekommen als Anhänger der Demokratie und allgemeiner bürgerlichen Freiheiten, und ich werde sicher von hier wegfahren als Verkünder der Sklaverei und von Arbeitslagern. Man könnte sagen, mir ist in Russland ein Abenteuer im Stil des Marquis de Custine begegnet, nur à rebours.«

»Du bist nicht der Einzige. Dein Landsmann Feliks Dzierżyński ist auch voller hochfliegender Träume und Ideale zu uns gekommen, und als er die russische Realität sah, war das Erste, was er in Angriff nahm, die Organisation von Arbeitsschulen, das heißt Lagern. Obwohl manche Publizisten meinen, die Lager hätten umgekehrt einen negativen Einfluss auf die Einstellung der Muschiks zur Arbeit gehabt, weil Sklavenarbeit demoralisiert.«

»Die sollen zuerst einmal ›Die Bauern‹ von Tschechow lesen oder ›Das Dorf‹ von Bunin. Und vor allem ›Die Briefe aus dem Dorfe‹ von Engelgardt. Laut Pipes, einem amerikanischen Kenner Russlands, ist Engelgardts Buch der Schlüssel für das Verständnis des russischen Dorfes im 19. Jahrhundert. Ähnlicher Ansicht waren Marx und Lenin.«

»Aber diese Werke beschäftigen sich mit anderen geographischen Breiten und berichten von einem russischen Dorf, in dem bis zum Jahr 1861 das Krepostnoje Prawo herrschte, die Leibeigenschaft, was zweifellos die Einstellung der Muschiks zur Arbeit beeinflusste. Wir beide aber jammern über die Bauern im Norden. Die haben nie die Leibeigenschaft gekannt, woher stammt also hier diese Sklavenmentalität?«

»Du darfst nicht vergessen, dass die Leibeigenschaft in Russland zwei Jahre vor der Sklaverei in den Vereinigten Staaten aufgehoben wurde. Wenn man dann noch Beschreibungen karelischer Dörfer im 19. Jahrhundert liest, wird man feststellen, dass sie sich nicht grundlegend von solchen in den Bezirken Orlowsk oder Smolensk unterscheiden. Lies einmal die Berichte von Nikolai Leskow über seine Reise durchs Gouvernement Olonezk im Jahr 1893. Er lernte dort den russischen Muschik mit seinem ›trägen Gang‹ kennen. Gestatte, dass ich zitiere: ›Als ich ein finnisches Haus betrat, war ich angenehm überrascht von der Sauberkeit, Ordnung und dem Wohlstand, von dem unsere ständig schmutzigen, ewig betrunkenen und halbverhungerten Landsleute keine Ahnung haben.‹ Solche Sätze könnte ich dir viele vorlesen.«

»Ich weiß, und ich will nicht widersprechen. Aber ich frage dich als Ausländer, das heißt als jemand, der das von außen betrachtet, wie erklärst du dir den Zustand des russischen Dorfes?«

»Ich will mich hier nicht über das russische Dorf im Allgemeinen verbreitern, das ist ein weites Thema, und ich kenne andere Gebiete zu wenig. Ich habe nur den Norden einigermaßen kennengelernt. Je länger ich hier lebe, umso fester bin ich überzeugt, dass sich der Norden nicht für eine dauerhafte dörfliche Besiedlung eignet. Hier kann man nur als Nomade leben.«

»Wie meinst du das? Und die bäuerlichen Traditionen im Saonesch?«

»Die sind Zufall, Ausnahmen, die die Regel bestätigen. Wenden wir uns zunächst einmal der Frage zu, wann die Landwirtschaft im Norden auftauchte und warum? Wenn wir vergleichen, wie alt in anderen Regionen der Welt die Traditionen der Bodenbearbeitung sind, erkennen wir, dass die Landwirtschaft im Norden lediglich eine Episode darstellt, eine Episode, die ein paar Jahrhunderte währte, während die ersten Menschen hier gleich nach dem Rückzug der Gletscher erschienen, das heißt ungefähr vor zehntausend Jahren. Die Aborigines des Nordens kannten keine Bodenbearbeitung. Auch nicht die Siedler aus Nowgorod, die so genannten Ukschujnizy. Sie kamen wegen dem Fisch hierher und wegen der Häute der Pelztiere. Die Landwirtschaft im Norden wurde erst von den frühesten Siedlern eingeführt, das heißt von orthodoxen Mönchen, und weiter entwickelt haben sie die Raskolniki. Es ist ihr Verdienst, dass diese Region zu einem ländlichen Zentrum des Nordens wurde, denn das hier war der Urboden des alten Glaubens.«

»Willst du damit sagen, dass der Glaube an den Himmel keinen Widerspruch zur Arbeit auf der Erde darstellte?«

»Ohne den Glauben an die Arbeit auf Erden als Weg zur Erlösung und die Verfolgung der Raskolniki in den zentralen Regionen Russlands hätte es hier keine solche Entwicklung der agrarischen Kultur gegeben, das steht außer Frage. Die natürlichen Bedingungen sind hier nicht gerade günstig für die Landwirtschaft. Die kurze Vegetationsperiode, häufige Fröste sogar im Sommer, die steinigen Böden. Man braucht nur das Buch ›Im Land der ungestörten Vögel. Skizzen aus der Wyg-Gegend‹ von Prischwin zu lesen, und man greift sich an den Kopf, was das für eine Mühe war. Ein wahres Fegefeuer auf Erden, es ist daher wenig erstaunlich, dass sie glaubten, nach einem solchen Leben kämen sie direkt in den Himmel.«

»Vereinfachst du das nicht ein wenig?«

»Ich arbeite eher die allgemeine Tendenz heraus. Natürlich haben hier nicht nur die Raskolniki das Land bebaut. Die Menschen sind vor den Tataren oder vor der Leibeigenschaft nach Norden geflohen, manche wurden auch hierher verbannt, und alle mussten sie irgendwie überleben. Das heißt, sie mussten sich ernähren. Dabei halfen das Wasser und der Wald, denn vom Boden allein konnte man sich nicht ernähren. Statt Mehl aßen sie in vielen Fällen Birkenrinde. Später gingen die Muschiks dann oft zur Saisonarbeit in die Städte und überließen es den Weibern, im Boden zu wühlen. Und wenn sich die Gelegenheit bot, ließen sie sich für immer in der Stadt nieder. So wie heute. Die Bolschewiki stoppten diese Migration für einige Zeit, indem sie den Muschiks die Pässe wegnahmen und sie damit an die Kolchosen banden. Heute lässt sich der Prozess der Entvölkerung der Dörfer nicht mehr aufhalten. Der freie Markt diktiert die Regeln. Eine von ihnen besagt, dass die Bearbeitung des Bodens im Norden ökonomisch keinen Sinn ergibt. Wer ordentlich leben und nicht nur überleben möchte, nimmt die Beine in die Hand und macht sich von hier auf und davon. Die Debilen und die Alkoholiker aber sterben am Ende von selber aus, so dass im Norden wieder Leere herrscht.«

»Da gibt es noch die Naturschätze, zum Beispiel den Wald. Die wird jemand fördern.«

»Erstens braucht es dafür keine Ansiedler. Überall sonst im Norden arbeiten sie nach dem System von Arbeitscamps. Wozu soll man eine ganze Infrastruktur errichten, Kinderkrippen, Kindergärten, Schulen, Spitäler und so weiter, wenn man die Leute für ein paar Wochen zur Arbeit hinschaffen kann, um sie dann gegen die nächste Mannschaft auszutauschen? Das ist auch eine Form des Nomadentums. Und zweitens ...«

»Warum sagst du nichts mehr?«

»Ich denke nach, ob ich mich auf das Gebiet der Mystik vorwagen soll. Vor nicht zu langer Zeit las ich Überlegungen japanischer Zen-Meister zum Thema der Leere, und da begann ich die buddhistische Leere mit dem Norden zu assoziieren. Über die Leere kann man kontemplieren, das heißt, mit dem Verstand darin herumstreifen, während alle Versuche, sie zu füllen, stets mit einem Verlust von Energie enden. Betrachte einmal den Norden durch diese Metapher. Wie viel menschlichen Schweiß der gekostet hat. Wo sind die Schienenstränge, die dort von Heerscharen von Lagerhäftlingen gelegt wurden. Wo sind die Städte, errichtet auf dem Permafrostboden? Wo die Siedlungen, Straßen und Felder? Sie sind verschwunden, als wären sie in ein kosmisches schwarzes Loch gestürzt. Das ist die Ikone von Malewitsch, ›Das schwarze Quadrat‹. Das ist nicht die Erdmutter, sondern die Mutter der Leere. Was übrigens die Präzision angeht: Der wichtigste Vorzug der Fullerene, die zum Bestandteil des hiesigen Schungit gehören, mit dem Malewitsch angeblich sein schwarzes Quadrat malte, ist die Leere.

Ein Wort über den Schungit. Es ist eines der geheimnisvollsten Minerale der Welt. Als Erster erwähnte den »schwarzen Schiefer« im Jahr 1792 Oserezkowskij in seiner »Reise über den Ladoga- und Onegasee«. Die heimische Bevölkerung zerstieß den Schiefer und verwendete ihn als Tinte. Sie nannten ihn Tscherniadsch. Es war seit langem bekannt, dass die Erde dort, wo sie Schungit enthält, sehr fruchtbar ist.

Wie in Russland üblich, interessierte sich als Erstes die Rüstungsindustrie für das neue Mineral. 1812 wurden in der Alexandrowsker Kanonenfabrik in Petrosawodsk Kanonen für den Krieg gegen Napoleon mit Tscherniadsch, aus Schungit erzeugter Farbe, gestrichen. Dann stellte sich heraus, dass die Farbe wie Rostschutz wirkte, weshalb man sie auch für Schiffsrümpfe zu verwenden begann. Wenig später fand sie in der Gussindustrie Verwendung, weil sie hitzebeständig war, und in der Typografie. Mit schwarzem Schiefer wollte man auch den Marmor beim Bau der Kathedrale des heiligen Isaak in Sankt Petersburg ersetzen.

Nach einiger Zeit wurden Gerüchte laut, der schwarze Schiefer aus dem Saonesch ähnle dem Anthrazit. Auch diesmal hatten die Interessen der Armee Vorrang. Russland bereitete sich gerade auf den Krieg gegen die Türkei vor und benötigte dringend Brennstoff für die Kriegsschiffe; Brennstoff, der die englische Kohle ersetzen konnte. Und so tauchten an allen Ausfahrten des Saonescher Anthrazit auf einmal Pflöcke mit dem Staatswappen auf, während man auf den Kriegsschiffen unter Anleitung von Ingenieur Meschtscherin versuchsweise den neuen Brennstoff zu verwenden begann. Die Zeitungen machten, wie immer in solchen Fällen, einen großen Wirbel und fragten, wer dahinterstehe und wie viel er daran verdiene. Die Gerüchte und Spekulationen nahmen kein Ende. Über die Resultate von Meschtscherins Versuchen wurden wahre Märchen berichtet. Dabei glühten und schwelten die Brocken des Saonescher Anthrazits in den Kesseln der Kriegsschiffe vor sich hin, aber sie brannten nicht.

Man rief Professor Inostranzew aus Petersburg zu Hilfe, damals der hervorragendste Geologe Russlands. Nachdem er eine Reihe von Analysen durchgeführt hatte, stellte er fest, es handle sich um eine neue, amorphe Art von Kohle (verwandt mit Grafit und Diamant), und er nannte sie Schungit, von der Siedlung Schunga, wo man sie gefunden hatte.

Leider wusste keiner in Russland, was man mit diesem Schungit anfangen sollte. Ingenieur Meschtscherin gab nicht auf und führte seine Experimente noch einige Zeit fort. Er gründete sogar eine Aktiengesellschaft und begann Briketts aus einer Mischung von Schungit, englischer Kohle und hartem Gasteer zu erzeugen, doch er ging bald pleite. Und der Schungit geriet für lange Zeit in Vergessenheit.

Erst dreißig Jahre später, bei Ausbruch des Ersten Weltkriegs, erinnerte man sich wieder an ihn. Wieder gab es ein Brennstoffproblem, und wieder brachten die Versuche mit Schungit kein Ergebnis. Nach der Revolution übernahmen die Kommunisten die Stafette und versuchten nun ihrerseits den Schungit auf verschiedene Art zu nützen (unter anderem füllten sie damit Mikrophone). Bei dieser Gelegenheit fand man in der Schungitasche große Anteile von Vanadium und Molybdän. Das löste eine neuerliche geologische Suche aus. So fand man am Ende des vorigen Jahrhunderts im Saonesch bedeutende Vorkommen von Vanadium und Uran. Nach manchen Schätzungen handelt es sich um die fünftgrößte Lagerstätte von Vanadium weltweit.

Eine echte Sensation gab es in Verbindung mit Schungit im Jahr 1992, als der russische Geologe Semen Zibulski in die Vereinigten Staaten emigrierte, wobei er heimlich ein paar Proben des Minerals mitnahm. An der Universität von Arizona entdeckte man mit Hilfe eines außergewöhnlich starken Elektronenmikroskops im Schungit Fulleren – ein Material des 21. Jahrhunderts. Vorher war Fulleren theoretisch entdeckt worden, das heißt, Chemiker berechneten, dass so etwas in der Natur existieren könnte, etwas später entdeckten Astronomen die Spektrallinien des Fulleren im Kosmos – in der Atmosphäre mancher Kohlenstoffsterne – und zum Erstaunen seiner Entdecker, die dafür den Nobelpreis bekamen, stellte sich heraus, dass das Fulleren seit ungefähr zweieinhalb Milliarden Jahren seelenruhig nicht weit von der Siedlung Schungen im Saonesch in der Erde schlummert.

Die wichtigste Eigenschaft des Fulleren ist die Leere seiner Moleküle, die an einen Fußball erinnert, der aus sechzig reinen Kohlenstoffatomen »genäht« wurde und im Inneren leer ist. Dank dieser Eigenschaft kann man es mit Atomen anderer Elemente füllen und auf diese Weise neue Strukturen für unterschiedlichste Zwecke herstellen: Fulleren findet Verwendung in der Elektronik und Raketentechnologie, bei Computern und im Kampf gegen Krebs. Man kann sich vorstellen, was das in den Gehirnen auslöste.

Die Wissenschaftler entwickelten sogar die Hypothese, der Gehalt von Fulleren im Schungit im Saonesch könne auf die Existenz von Diamantenvorkommen in der Nähe hindeuten. Und tatsächlich hat man vor einem Jahr hier die ersten Diamantenlagerstätten gefunden.

Damit nicht genug. Zuletzt setzte in Karelien ein regelrechter Run auf Schungit ein, wegen seiner heilenden Kräfte. Plötzlich erinnerte man sich, dass schon Xenia Iwanowna ihre Unfruchtbarkeit geheilt hatte, indem sie in der Verbannung im Saonesch Wasser aus einer Quelle trank, die aus einem Schungitvorkommen entsprang. Immerhin begründete sie die Dynastie der Romanows (obwohl ich hier daran erinnern möchte, dass böse

Zungen dieses Wunder der Lendenkraft lokaler Muschiks zuschrieben). Man wusste auch seit jeher, dass das Wasser aus Tolwuja die am meisten verbreitete russische Krankheit heilte – den Katzenjammer. Zuletzt umfasste die Liste der durch Schungit heilbaren Leiden auch Knochen- und Muskelerkrankungen, Leberzirrhose, Nervenzerrüttung, Darm- und Magenkatarrh, Herzschwäche, Bronchitis, Gicht und verschiedene Formen der Lungenschwäche.

Schungit wird wegen seiner adsorptiven Eigenschaft der Stein des reinen Wassers genannt. Nicht zufällig gehört der Onegasee zu den saubersten Seen in der Welt, er ist sauberer als der Baikalsee. Nach Ansicht von Experten bewahrt uns ein Schutzpanzer aus Lagerstätten von Schungit vor Uranstrahlen. Daher protestieren sie lautstark gegen deren Abbau. In letzter Zeit werden verschiedene Pyramiden aus Schungit zum Verkauf angeboten, die angeblich gegen die Strahlung von Bildschirmen schützen sollen, und auch Plättchen aus Schungit für Mobiltelefone, um deren Benützer gegen die Alzheimer- und Parkinsonkrankheit zu schützen. In der Tat ein magischer Stein.

Der umstrittene karelische Archäologe Alexander Schurawjow erklärte vor kurzem, er habe in Ausgrabungen in der Region von Pegrema Spuren von Schungitfarbe gefunden, die bei schamanischen Riten in der Epoche des Eneolitikum Verwendung fand. Das heißt im dritten Jahrtausend vor unserer Ära.

24. März

Als uns Boris gestern verließ, fragte er, was ich mit diesem Haus vorhabe? Denn unserem Gespräch entnahm er, dass ich hier nicht mehr lange bleiben will. Ich sagte, ich wolle noch den Sommer hier verbringen (mit Klujew), im Herbst werde ich dann die Türen und Fenster mit Brettern vernageln, damit keiner den Frieden der Geister in diesem Haus stört, und mich nach Norden aufmachen, auf den Spuren der Samen.

»Tut es dir nicht leid um diese Hütte? Selbst wenn man sie nicht niederbrennt, wird sie doch früher oder später zusammenfallen und verrotten.«

»Sie wird so oder so vermorschen. Sie ist aus Holz. Man kann sie natürlich pölzen, wenn einem das Spaß macht, und mit einem neuen Dach eindecken, damit es nicht hineinregnet, hier und da einen Balken austauschen ... Aber wozu, frage ich mich? Holzhäuser sind wie Menschen, früher oder später sterben sie. Und die ganze Konservierung wie in Kischi, dieses Einfügen neuen Gebälks oder das jetzt modische ›Lifting‹, das heißt das Abtragen und Auswechseln ganzer Stockwerke? Wer braucht das außer den Konservatoren? Sogar die Touristen trinken lieber ein Bier am Ufer des Sees, als in eine dumpfe Stube zu schauen, in der einen nur die alten Weiber schrecken, die das Objekt bewachen. Ein Haus lebt so lange, wie ein Mensch darin lebt. Und wenn es aus irgendeinem Grund leer steht, dann stirbt es. Das ist der normale Verlauf der Dinge.«

2. April

Er sagte:
»Wenn du die Quelle finden willst,
musst du zum Berg gehen, stromaufwärts.«

Bis er zum Anfang kam
Und er verstummte ...

4. Mai

So verging also der dritte Winter, seit ich mich in diesem alten Haus in Konda Bereschnaja einquartiert habe. Mich begleiteten die Geister verschiedener Autoren. Die einen länger, die anderen kürzer. Einige die ganze Zeit. Unter ihnen waren mir Pascal Quignard, Kawabata und Pelewin besonders teuer, dann noch ein paar japanische Zen-Meister und der Geist der Bhagawadgita, und auch Vater Antoni (Blum) und Thomas Merton. Ja, vor allem Merton.

Merton begleitet mich bereits seit Jahren. Als ich hierherkam, war mein erster Gedanke, dass dieses Haus am Onegasee Pater Ludwig gut gefallen hätte. Er suchte ja immer nach einem Ort der wahren Absonderung. Ich las damals die »Schweigende Lampe« von William H. Shannon, die Biographie von Thomas Merton, die soeben auf Polnisch erschienen war. Dann schickte mir einer der unbeschuhten Karmeliter als Weihnachtsgeschenk »Die Suche nach Gott«. Merton selber schätzte dieses Buch nicht besonders. Von seinen Tagebüchern hingegen, vor allem von den letzten, trenne ich mich nicht. Ich schaue immer wieder hinein und vertiefe mich darin, mache einen Schritt vorwärts, um wieder danach zu greifen. Ein paar Fragmente kenne ich auswendig. Wie etwa die Anmerkungen über die Kalligrafie des Schnees und die Felsen in Idaho, den Anblick des Kanczendzonga von einer Teeplantage in Mim aus und die Beschreibung eines Besuchs bei den Buddhas in Polonnaruwa – am Ende und Ziel seines Schreibens und seiner Reisen.

Die letzten Tagebücher Mertons lassen mir keine Ruhe. Die Form der Freiheit, die er erlangte. Lila.[34]

34 Lila – aus dem Sanskrit: Spaß, Spiel, Unterhaltung. Im indischen philosophischen System Vedanta ist die Unterhaltung Gottes (Ishwara) der ursprüngliche Grund und das einzige Ziel der Schöpfung.

Ich würde viel geben, um zu erfahren, woran er dachte, als er das letzte von ihm selber vorbereitete Tagebuch mit dem Titel »Wie der Mond stirbt«, das mit den Worten des indischen Weisen Ashtavakra beginnt, zum Druck gab: »Der Weise, der die Wahrheit über das Ich ergründete, entscheidet das Spiel des Lebens, und es gibt keinerlei Ähnlichkeit zwischen der Art, wie er lebt, und dem Leben derjenigen, die herumirren und in diesem Leben eine Existenz gewöhnlicher Zugtiere fristen.«

11. Mai

Der beste Teil des Tagebuchs ist jener,
der nicht geschrieben wurde.
THOMAS MERTON

In der Nacht hat sich der Onegasee enthüllt. Noch gestern bedeckte den ganzen See schwärzliches, »saures« Eis, von dem man die Ereignisse des vergangenen Winters ablesen konnte – von der ersten Wake im November bis zur letzten Wuhne der Fischer –, wo der Mensch gesessen, in welche Richtung der Wolf gelaufen war, aus welcher Richtung für gewöhnlich der Wind wehte. Heute jedoch plätschert das Wasser vor dem Fenster und spielt mit den Wellen in der Sonne. Es genügte ein Hauch des Windes, und es gibt keine Waken mehr, keine Wuhnen und keine Wolfsfährte.

Ein Sommer mit Klujew. 2005

Meine Lauten – die Tiefen des Onega.
NIKOLAI KLUJEW

Der Beginn der weißen Nächte

Um diese Jahreszeit, genau bei Sonnenaufgang, übergießt ein Schimmer den Onegasee, und dieser sieht aus wie eine große Schüssel, randvoll gefüllt mit flüssigem Licht. Bei windstillem Wetter ist das Licht in der Schüssel reglos und erinnert eher an Quecksilber als an Wasser. Doch es genügt ein Hauch, dass das Licht auf der sich kräuselnden Oberfläche zu spielen beginnt wie auf Saiten.

Dann denke ich an Klujews Laute.

Als ich »Das Haus am Onegasee« zu schreiben begann, dachte ich lange darüber nach, welcher Schriftsteller vor mir am tiefsten aus dieser Gegend geschöpft hat. Ich suchte nach einer Inspiration, nach einem Führer. Nach einem Zitat.

Verschiedene Namen gingen mir durch den Kopf. Als erster Gawriil Romanowitsch Derschawin, der erste Gouverneur des Olonezker Gouvernements und gleichzeitig der erste Dichter des Imperiums. Dann Fjodor Glinka, für dessen »Karelien« sich sogar Puschkin begeisterte, wobei mir dieses romantische Gedicht mit ethnographischen Anmerkungen geradezu als postmodernes Konzept erschien. Dann dachte ich lange an Elias Lönnrot und vor allem an Väinämöinen, denn es ist nach wie vor nicht ganz klar, wer das Kalevala gesungen und wer es nur zusammengetragen hat. Und noch ein paar andere Namen zog ich in Betracht, darunter Pawel Rybnikow, den Sammler von Bylinen, der eine Reihe volkskundlicher Skizzen hinterließ, ein

Wörterbuch der lokalen Dialekte und Reiseaufzeichnungen, dann Trofim Rjabinin, den Nestor einer ganzen Familie von Sängern des Saonesch, sowie Irina Fedosowa, die auch die Achmatowa der Region genannt wurde, und schließlich Alexander Linjewski, den Entdecker der Weißmeer-Felszeichnungen und Autor des Romans »Belomore« – einer sozrealistischen Epopöe des Nordens. Leider war jeder dieser Namen sozusagen eindimensional, einer bestimmten kulturellen Tradition, einem konkreten Genre zuzuordnen. Die Onega-Region hingegen ist ein Gemisch von Traditionen und Genres, ein Treffpunkt von Slawen, Samen und ugrofinnischen Völkern, wo die agrarische Kultur mit der nomadischen zusammentrifft, der rechte Glaube mit alten Sitten und so weiter.

Erst im Werk von Nikolai Klujew fand ich alle diese Fäden vereint zu einem Gewebe.

Frau Professor Markowa schuf den Terminus »Ethnopoetik«, um das Phänomen von Nokolai Klujews Schaffen zu beschreiben. Denn die Russen sind laut Jelena Iwanowna kein Volk, sondern eine ganze Rasse, die im weitläufigen Territorium des Russischen Imperiums lebte und in eine Reihe selbständiger ethnischer Gruppen zerfiel (man braucht nur die Bewohner der Küstengebiete des Weißen Meeres mit den Kosaken am Don zu vergleichen, um zu begreifen, was damit gemeint ist). Klujew gehörte zur so genannten nordrussischen ethnischen Gruppe, in seinem Schaffen findet man daher sowohl ostslawische Einflüssse (den Kult der Erdmutter, die Orthodoxie, Bylinen und Schwäne) als auch ugrofinnische und samische (den Glauben an Totemvorfahren, Schamanismus, Runen und Seetaucher). Nikolai Alexejewitsch war sich dieses Schmelztiegels bewusst.

Das Ende der Laichzeit der Ebereschenbrasse

Es ist Sommeranfang im Saonesch. Die Brasse steigt als letzte auf, nach dem Hecht und dem Barsch. Zuerst macht sich der so genannte Tscherjomuschnik auf, das heißt die Traubenkirschenbrasse, so genannt, weil sie ihren Rogen zur Zeit der Traubenkirschenblüte legt, und erst nach ihr, wenn sich das Wasser im See bis zum Grund erwärmt hat und am Ufer die Eberesche zu blühen beginnt, steigt aus der Tiefe auf der Suche nach Liebe der mächtige Rjabinnik, die Ebereschenbrasse, auf. Ihr Rogen schmeckt nach Schlick und hat die goldene Farbe von Mummel.

Nikolai Klujew schrieb selber seine Lebensgeschichte nieder, sein ganzes Leben lang, so wie Awwakum, wie Schalamow. Er formte aus Tatsachen phantasievolle Muster, wählte listig Daten, verwischte hier und da Spuren oder verwirrte bewusst die Fäden. Nicht selten phantasierte er auch. Doch erst aus der Perspektive seines Todes sieht man, dass das Leben nicht hinter seiner Phantasie zurückstand, und so genannte zufällige Fügungen eine eigene Version der Lebensgeschichte des Dichters entstehen ließen, die oft viel raffinierter war als die wildeste poetische Erfindung.

Dafür ein Beispiel. In seinem autobiografischen Werk »Das Schicksal eines Seetauchers« beschreibt Klujew einen grauen Seetaucher – den König der Wasservögel –, bei dem an den Flügeln Federn mit einer wundersamen Pfeife, einer Art Schalmei, wachsen. Noch niemand hat einen toten Tauchvogel gefunden, denn wenn er seinen Tod nahen fühlt, taucht er in die Tiefe des Onegasees, und dort stirbt er unter tollen Wurzeln. Nur manchmal überreicht die Wodjaniza, der weibliche Wassergeist, in der Stunde der Agonie des Seetauchers seine Feder einem Dichter.

Tolle Wurzeln sind das Wurzelgeflecht des Tollkrauts. Der Schierling.

Klujew schrieb dieses Buch 1922. Er konnte damals nicht wissen, dass er zwölf Jahre später wegen des »sokratischen Verbrechens« nach Sibirien geschickt werden würde. Auf diese verschleiernde Art informierte der Schriftsteller I. Gronski (Chefredakteur der Zeitschrift *Nowy Mir* und der Zeitung *Izwestija*, dazu Präsident des Sowjetischen Schriftstellerverbandes und Schöpfer des Begriffes »sozialistischer Realismus«) Genrich Jagoda von der Homosexualität Nikolai Klujews. Nach drei Jahren Verbannung wurde der Autor des Liedes vom Saonesch im Oktober 1937 heimlich erschossen. Grab hat er keines.

So vollendete das Leben die Lebensgeschichte Klujews. Der Dichter trank seinen Schierlingsbecher bis zur Neige. Einen toten Seetaucher hat noch keiner gesehen.

Apropos Seetaucher. In den Mythen der Samen war der Seetaucher der Vorvater des menschlichen Geschlechts, während er für die frühen Russen die unreine Kraft symbolisierte. In der russischen Folklore war der Schwan der vogelartige Vorfahre des Menschen.

Unter den Forschern, die sich mit Klujews Leben beschäftigen, gibt es zwei Schulen. Die eine glaubt ihm nicht (Asadowski) und wühlt in den Dokumenten, und wenn solche fehlen, lässt sie eine Lücke in der Hoffnung, der weiße Fleck lasse sich irgendwann einmal ausfüllen. Die zweite Schule hingegen schenkt den Archivalien keine besondere Beachtung (Michailow, Subotin) und glaubt dem Dichter aufs Wort, und wo die Worte des Dichters keine Bestätigung finden, geht sie davon aus, dass es sich um eine Metapher handelt, das heißt um eine geistige Fährte. Die zweite Schule steht mir näher.

Ich gehe sogar noch weiter. Klujew ist ein Mystiker, ein Mensch mit erweitertem Bewusstsein, es ist also nicht gesagt, dass er nicht irgendwo geistig anwesend sein kann, wenn sein Körper sich nicht dort befindet. Nehmen wir die Solowjezki-Inseln. Nikolai Alexejewitsch hat oft bestätigt, er habe ein paar Jahre als Novize im Kloster von Solowjezki verbracht, wo er eine neun Pfund schwere Kette trug und jeden Abend vierhundert Verneigungen »bis zum Boden« vollführte. Asadowski glaubt ihm nicht, weil er keine Bestätigung dafür fand. Dabei wurde doch Klujews Gedicht »Solowki« überliefert. Ist das etwa kein Beweis? Ich habe selber zehn Jahre auf dem Archipel gelebt und hege keinen Zweifel. Nikolai Klujew war dort. Wenn nicht körperlich, so doch im Geiste.

Daher glaube ich ihm, wenn er sein Leben mit dem »Pfad des Batu-chan« vergleicht, der sich von der Insel Konewiza im Ladogasee (wo einstige Nomaden ihren Göttern Opfer aus Tierköpfen darbrachten) zum Porphyrstier von Siwa erstreckt. Ich glaube daran, dass er im Kaukasus war und in Persien, dass er das weiße Indien sah und die blauen chinesischen Berge. Warum nicht? Mystiker und Dichter vollbringen noch ganz andere Reisen. Ich will hier nur an das Umherstreifen von William Blake oder Swedenborg erinnern.

Die Zeit des Schwärmens der Weißlinge

Jahr für Jahr beobachte ich die Explosion der Natur im Norden und jedes Jahr fasziniert mich dieses Feuerwerk des Lebens im Wasser, auf der Erde und in der Luft aufs Neue. Der Sommer ist kurz, wie ein Augenblick, alles was lebt, muss sich also beeilen, um sich fortzupflanzen. Sich zu vermehren. Sich zu vervielfachen. Alles, was dem dient, wird in Bewegung gesetzt, von der dünnen Rute bis zum Penis, vom Pfahl bis zum weiblichen Geschlechtsteil.

Bei den Schmetterlingen heißt das Kopulationsapparat und teleskopartige Legeröhre. Anfangs glaubte ich, es seien gewöhnliche Kohlweißlinge, die auf ihrem Weg zur Großen Bucht kopulierten, doch die marmorierte Zeichnung auf ihren Flügeln machte mich auf meinen Irrtum aufmerksam. Es handelt sich um den Baumweißling (Aporia Crataegi), den man hier Bojarischnik nennt, weil seine Larven die Blätter des Bojarischnik frisst, das heißt des Weißdorns.

In den weißen Nächten schlüpfen die Larven der Baumweißlinge aus ihren Kokons und verwandeln sich in Schmetterlinge. Nur zu dem Zweck, um sich zu vermehren. Sie fressen und schlafen nicht, und sie spüren keine Angst, sie paaren sich wie besessen, bis sie vor Erschöpfung sterben. Oder noch vorher, zermalmt von den Raupenketten von Traktoren, von Autorädern, von Schuhen. Weil sie es auf der Straße treiben, im Schlamm am Rand der Pfützen. Warum im Schlamm? Mein Bekannter, Sascha Mirulajnen, ein Experte für nördliche Schmetterlinge, meint, sie benötigten den Schlamm für neue Kokons.

Stell dir einen Waldweg vor, lieber Leser, eingehüllt in eine Wolke von Schmetterlingen. Um dich herum Schwärme weißer, vibrierender Blättchen, die sich im Flug heben und drehen, die fallen und sich unter deinen Füßen zusammenballen, so dass dir scheint, du schwebtest über einen lebendigen Teppich, und im Gesicht verspürst du das Streicheln der kleinen Flügel.

Nach ein paar Tagen verschwinden die Schwärme. Sie wurden in den Boden gestampft.

Die Fruchtbarkeit der nördlichen Natur beeinflusste sicherlich die besondere Ikone Jesu in Klujews Vorstellung. Im Unterschied zu anderen Künstlern des »silbernen Zeitalters«, die Christus als körperlose Gestalt sahen, als schneeweiße Lilie, Monade oder Kristall, war der Sohn Gottes für den Dichter aus Olonezk die ewige und unerschöpfliche Kraft der Lenden, ein kosmisches Gemächt, das gewaltsam aus dem All in den Schoß der Erde eindringt, um seinen goldenen, sonnigen Samen in ihr zu hinterlassen und die Frau, die Kuh, die Tanne und auch die Biene zu zeugen, die Welt in der Luft, unter Wasser und unter der Erde.

Pfingsten

Früher beging man in unserer Gegend zu Pfingsten (Duchow den', Tag der Geister) den Namenstag der Erdmutter. An diesem Tag durfte man weder auf dem Feld noch im Garten arbeiten. Wer dieses Gebot brach, musste mit einer schlechten Ernte rechnen. Heute erinnert sich kaum mehr jemand daran. Der moderne Mensch schwankt hin und her wie ein Strohwisch, ohne Tiefe und Wurzeln.

Bei meinen Gesprächen mit den Einheimischen konnte ich mich oft davon überzeugen, wie wenig von ihnen ihre früheren Vorfahren kennen. Die Erinnerung der meisten Menschen der Region reicht höchstens zurück bis zu den Großeltern. Bei den jähen Wendungen der russischen Geschichte im vergangenen Jahrhundert wurden ganze Generationen aus der familiären Überlieferung geschleudert. Die einen vergaß man aus Angst, die anderen aus Scham. Manche löschten sich selber aus dem Gedächtnis. Man verabschiedete sich im Namen des Fortschritts von der Vergangenheit. Die Matrikelbücher verbrannten zusammen mit den Kirchen, und die dörflichen Bräuche, die einst die familiäre Identität bestätigten, wurden ausgemerzt durch Fernsehen und Wodka.

Daher meine Hochachtung für Klujew. Nikolai Alexejewitsch

ahnte die Tendenzen der so genannten progressiven Epoche voraus und widersetzte sich ihnen bewusst, er zeichnete in seinen Versen und seiner Prosa einen imposanten Sippenstammbaum, dessen Wurzeln aus den nördlichen Mythen und den slawischen Bylinen wuchsen und der in seiner weit ausladenden Krone die Saonescher Skomorochy und den Protopopen Awwakum ebenso beherbergte wie die Raskolniki aus der Wyg-Gegend. Bereits in den ersten Jahren des bolschewistischen Umsturzes bekannte der Dichter:

»Ich bin ein Abkomme eines lappischen Fürsten,
der hexenhafte Enkel des Kalevala …«

Er griff also so weit zurück wie nur möglich: auf die schamanischen Traditionen der Aborigines des Nordens. Natürlich handelte es sich nicht um Blutsbande, sondern um eine geistige Verwandtschaft. Um das Erbe des magischen Wortes.

Später wandte er sich noch mehrmals den frühesten Anfängen des Stammes zu, um im letzten, nicht vollendeten »Lied der großen Mutter« den Schatten seines Urahnen anzurufen, eines geheimnisvollen Kriegers mit einem Helm in der Gestalt eines Vogelkopfes mit einem deutlichen Kljuw (Schnabel), weshalb ihn die Lappen Klujew nannten:

»Daher stammen also meine Wurzeln und meine Sippe.«

Hinzuzufügen wäre, dass die Schamanen der Lappen Vogelmasken aus dem Balg des Seetauchers trugen.

Die Blutsverwandten Klujews sind deutlicher auszumachen. Der Großvater väterlicherseits, Timofej, war Skomoroch, ein fahrender Spielmann. Er zog mit einem Bären auf Jahrmärkten herum und spielte auf der Sopel, einer Art Hirtenflöte, zum Tanz auf. Er lebte ganz behaglich, keineswegs nur von Kwas und Steckrüben. An Feiertagen legte er eine mit Perlen bestickte russische Bluse und einen Kaftan aus Irbizker Stoff mit plissiertem Kragen an und band sich einen Gürtel aus Buchara um. Doch dann wurde ein Ukas verabschiedet, und der Bär wurde getötet. Großvater Timofejew starb kurz darauf. Das Fell des zottigen Ernährers hing noch einige Zeit im Vorhaus bei den Klujews in Wytegra. Die Sopel des Großvaters jedoch erklang bis zum Schluß in den Versen des Dichters.

Mütterlicherseits erbte Klujew das Blut von Solowjezker Aufrührern und Raskolniki aus der Wyg-Gegend. Laut Familienlegende soll Urgroßvater Adrian im Feuer den Märtyrertod für den alten Glauben erlitten haben. Großvater Dmitri hingegen war der erste treue Diener des »nördlichen Jerusalem«, wie man hier das Kloster alten Ritus am Fluss Wyg nannte, und baute sich später aus Wyger Silber ein Haus mit zweiundfünfzig Fenstern, in das reiche Gäste aus dem lateinischen Österreich und dem fernen Kaukasus zu Besuch kamen, ja sogar aus Persien, und sie beteten vor den Ikonen Andrej Rublows und schrieben das »Goldene Sendschreiben« an die Christen des Saonesch, von Petschora und Sibirien. Die silbernen Ikonen der Großeltern bewahrten den Dichter später mehr als einmal vor dem Hunger.

Von Großmutter Fedosja, eine geborene Sera und Gattin von Großvater Dmitri, erbte Klujew das Blutschicksal der Nowgoroder Bojaren und einen Psalter mit Goldrand, nach dem seine Mutter ihn das Lesen lehrte. Nach der Verhaftung des Dichters, 1934, blieb der Psalter in seiner Moskauer Wohnung zurück.

Klujews Mutter, Praskowia Dmitrijewna, verdient einen eigenen Abschnitt. Nikolai Alexejewitsch widmete ihr die schönsten Werke, darunter »Die Stubenlieder«, den Gipfel seines reifen

Schaffens, sowie die »Lieder über die Große Mutter«, seinen Schwanengesang.

Klujew machte seine Mutter zu Gott. Oder genauer, zur gesamten weiblichen Heiligen Dreifaltigkeit, in der er verband: die slawische Mutter der feuchten Erde, die christliche Muttergottes und die leibliche Mutter Parascha. Mit anderen Worten, statt des patriarchalischen Vaters, Sohnes und Heiligen Geistes schuf er sich eine weibliche Version der drei Personen in einer Gestalt, womit er zu den matriarchalen Anfängen zurückkehrte. Denn nicht das Wort, auf keinen Fall das Wort, wie das die Priester (das heißt die Männer) wollen, ist aller Anfang, sondern das dunkle, schweigende und feuchte Ofenloch. Alle Religionen kamen später.

Praskowia Dmitrijewna war eine Bekennerin des alten Glaubens und in diesem erzog sie auch ihren Sohn. Sie las ihm die heiligen Bücher der Raskolniki vor, die Werke des Emanuel bar Jakob, das von der offiziellen Kirche zur Hexerliteratur gerechnet wird, die Verkündigungen des Protopopen Awwakum und die Erlösungsgesänge von Peter II., dazu indische Evangelien oder, um die Worte Klujews zu gebrauchen, das Salz der russischen Seele, das auch ihn bis aufs Mark pökelte, bis in die tiefsten Schichten seiner Seele und seiner Lieder. Dank seiner Mutter, einer berühmten Klagefrau und Sängerin von Bylinen, war der Dichter von Kindheit an vertraut mit der nördlichen Folklore, lernte die Hochzeitsgebräuche und Vergebungsriten kennen, die Kräfte der Pflanzen und das Geheimnis der Fährte über das Grab hinaus. Diese zeigte sie ihm bereits nach ihrem Tod. Im Traum.

Das war so. Praskowia Dmitrijewna starb am 19. November 1913. Klujew war so betroffen von ihrem Tod, dass er bewusstlos aufs Stroh beim Ofen sank und drei Tage im Koma lag. Er erwachte mit einem großen Schrei, als wäre er neu geboren. Und tatsächlich war das wie seine zweite Geburt. Mama erschien ihm nämlich in diesem lethargischen Traum und zeigte ihm den Weg des Menschen vom Moment des Sterbens bis zur ewigen Welt. Leider, so sagte der Dichter, gibt es in der menschlichen Sprache nicht die geeigneten Worte, um das erzählen zu können. Im »Verborgenen Psalm«, den er ein paar Jahre später schrieb, versuchte er etwas von jener mystischen Erfahrung einfließen zu lassen, doch das gelang ihm nur unvollständig. Es war nur wie ein flüchtiger Schatten zwischen den Worten.

Später suchte Praskowia Dmitrijewna ihren Sohn noch oft in seinen Träumen heim. In der Regel, um ihn vor Gefahren zu warnen. So erschien sie zum Beispiel 1932 zu Ostern bei Nadeschda Christoforowa in Moskau, wo Klujew damals wohnte, und sagte ihm voraus, er werde die Kraft in den Beinen verlieren. Die Christoforowa sagte später, sie habe mit eigenen Ohren durch die Wand aus dem anderen Zimmer eine Frauenstimme gehört, die zu ihr sagte: Christus ist auferstanden. Fünf Jahre später erlitt Klujew im Gefängnis von Tomsk eine Lähmung beider Beine.

Während Nikolai Alexejewitsch die Gestalt seiner Mutter ein Leben lang mythologisierte, überging er Fragen nach seinem Vater mit Schweigen. Alexej Timofejewitsch, ein ehemaliger Beamter, Polizeiunteroffizier und später Subjekt in einem Laden mit Alkoholika, erweckt nicht einmal auf Fotografien Sympathie. Es ist kaum zu glauben, dass dieser dicke Muschik mit dem Aussehen eines Dorfschmiedes der Vater des größten Mystikers in der russischen Literatur sein soll.

Aber auch ein Baumweißling kann sich vermehren, dafür braucht es keinen Verstand. Doch ein geistiger Vater zu sein, ist nicht so einfach. Im Gegenteil.

Die Nacht des Iwan Kupala

Die Sommerwende. Die Zeit heidnischer Hexenkünste, von Nixen und Zauberwesen. Die Zeit, Hexenkräuter zu sammeln: Belladona, Alant und Wachtelweizen, Trollblume, kleinblütige Königskerze (die man hier auch Bärenohr nennt) und Farnkraut, und auch die berühmte Tirlitsch-Trawa (eine nördliche Abart des Enzian), wegen der, nach hiesigem Glauben, die Hexen sogar von Lysa Gora bei Kiew in Gestalt von Elstern bis zur Insel Iwanez (nicht weit von Kusoranda) geflogen kamen. Auf Iwanez verwandelten sich die Elstern in nackte Mädchen und verführten die Knechte aus den umliegenden Weilern. Ein Mittel gegen die dämonische Verführung war das Blutkraut, das angeblich aus den Tränen der Muttergottes gesprossen war. Seine Wurzeln werden ebenfalls in der Nacht von Iwan Kupala gesammelt.

Nur am Rande will ich bemerken, dass sich auf die Hexenkräuter nicht nur diejenigen verstehen sollten, die sie sammeln, sondern auch die, die darüber schreiben. Wie zum Beispiel der polnische Übersetzer Adam Pomorski, der Klujews »Brandstätte« übersetzte und dabei die Tollkirsche mit dem Blutkraut verwechselte. Ich möchte gern wissen, was mit ihm geschehen wäre, wenn ihm das beim Sammeln passiert wäre.

Die Kenner magischer Kräuter nennt man hier seit Jahrhunderten Weduni, Wissende. Tatsächlich sollte man wissen, welches Kraut wozu dient, wo man es sammelt und zu welcher Stunde, welche Beschwörungen man dabei sagen und welche Riten man befolgen sollte. Es war ein geheimes Wissen, das heimlich weitergegeben wurde, von Mund zu Mund, weshalb alle Versuche von Ethnographen, Botanikern und Apothekern, dieses Wissen zu beschreiben, notwendig scheiterten und höchstens ein nachsichtiges Lächeln auf den Gesichtern jener bewirkten, die tatsächlich das Wissen besaßen.

Einen solchen Funken von Heiterkeit entdeckte ich vor nicht zu langer Zeit in der unergründlichen Tiefe der Augen von Katja Smolej aus einer bekannten Familie von Weduni aus Andoma, als Professor Konstantin Loginow, ein Spezialist für die Dämonologie des Saonesch, von ihrer seherischen Gabe erzählte, während er uns in seinem Kabinett im Karelischen Wissenschaftszentrum der Russischen Akademie der Wissenschaften in Petrosawodsk miteinander bekannt machte. Ich hatte ihn aus zwei Gründen um den Kontakt zu Katja gebeten. Erstens wollte ich von ihr etwas über die Menschen erfahren, die sich in andere Gestalten verwandeln (Loginow meinte, unter ihren Vorfahren habe es Werwölfe gegeben), und zweitens stammte sie aus der Gegend von Andoma, das heißt aus der engeren Heimat Klujews. Leider kann ich viel von dem, was sie mir erzählte, nicht publik machen, weil es sich um geheime und dunkle Dinge handelt (und obendrein arbeitet Katerina Smolej im Innenministerium); ich kann hier nur so viel sagen, dass sie mich in das Ritual der Verwandlung eines Menschen in einen Wolf einführte, und auch einige Aspekte der Persönlichkeit von Nikolai Alexejewitsch wurden mir durch sie etwas klarer.

Klujew behauptete von sich selber, er sei ein Olonezker Wedun. Und wenn man darüber nachdenkt und ein paar Episoden seines Lebens Revue passieren lässt, kann man sagen, dass er tatsächlich ein Wissender war.

Es begann mit einem Kugelblitz, der in ihn fuhr, als er dreizehn Jahre alt war. Er saß auf einem Feld, der Roggen stand in den Ähren, die Kornblumen in Blüte, der Himmel war wolkenlos. Plötzlich entdeckte er in der Ferne etwas über dem Horizont, einen glänzenden Fleck von der Größe eines Hühnereis. Zuerst stieg er nach oben, und dann näherte er sich mit großer Geschwindigkeit dem Jungen, bis er in seinen Augen zu riesiger

Größe anschwoll. Der Junge vernahm ein Summen, wie von Wespen, nur viel lauter. Alles in ihm erstarrte, und er konnte weder Arme noch Beine rühren. Er wollte schreien, doch in diesem Moment verschluckte ihn der Fleck. Er fand sich im Inneren eines grellen Scheins, spürte jedoch nichts, weil um ihn herum nichts war und er scheinbar aufgehört hatte zu existieren. Er konnte später nicht sagen, wie lange das gedauert hatte und wie er wieder zu sich gekommen war. Von jenem Moment an verspürte er in sich die Kraft jenes Lichtes.

Mit achtzehn Jahren begegnete er einem Cherubim. Er holte gerade Wasser aus einem Eisloch, als er spürte, dass ihn jemand anblickte. Er hob den Kopf, und auf einem Hügel, mitten im glänzenden Schnee, sah er ein Wesen, das ihn mit wunderschönen Augen beobachtete. Dieses Wesen, drei bis viermal größer als ein Mensch, war über und über bedeckt mit kristallenen Plättchen wie von einer riesigen Blumen, und um seinen Kopf schwebte kristallener Rauch. Ähnliche Erscheinungen begleiteten Klujew sein Leben lang.

In den Sammlungen des Museums von Wytegra sind einige Berichte von Einheimischen über den frühen Lebensabschnitt des Dichters erhalten geblieben. Erstaunlich ist zum Beispiel die Erzählung von Iwaschko Klimow aus dem Dorf Makatschewo über eine unerwartete Begegnung mit Nikolai Alexejewitsch im Wald um vier Uhr früh. Klujew redete mit den Vögeln in ihrer Sprache und schrieb etwas in sein Notizbuch. Er sah dabei aus, als hätte er eine Menge Fliegenkraut gegessen.

Auch in den Polizeiberichten der Stadt Wytegra finden sich einige Bemerkungen über den Dichter. So eine Meldung vom 13. Jänner 1906, wonach Klujew zu Weihnachten in die Stadt gekommen sei, in Verkleidung eines alten Weibes Weihnachtslieder gesungen und vor sich hin gemurmelt hätte, es sei die Stunde des roten Hahnes angebrochen.

In die Rolle einer Alten schlüpfte Nikolai Alexejewitsch oft. Während eines seiner dichterischen Auftritte in Wytegra betrat er das Podium, auf dem eine bäuerliche Bank stand, setzte sich hin wie ein altes Weib und begann wunderliche Dinge zu reden, wobei er Gesten vollführte, als beginne er gleich zu spinnen. Er machte das so suggestiv, dass die Zuhörer zuerst das Rauschen der Spindel vernahmen und sich dann vor Erstaunen die Augen rieben, weil sie ein altes Weib erblickten, das mit trippelndem Schritt die Bühne verließ, sich die Ohren gegen den rauschenden Applaus zuhaltend.

Ernstlich brachte diese Fähigkeit Klujews, andere Gestalten anzunehmen (die ist charakteristisch für Weduni) die Teilnehmer an der Panichida, der Totenmesse, für den Dichter Sergej Jessenin auf, bei der Nikolai Alexejewitsch seine »Tränen für Jessenin« verlas, wobei er in eine wahrhaft magische Trance fiel. Die Zuseher hatten den Rjasaner Dichter in verschiedenen, einander abwechselnden Gestalten vor Augen: einmal als kindlichen Hirten, dann als flachshaarigen Jugendlichen, dann wieder als Trinker. Schließlich sprach Klujew mit der trunken-aufgelösten Stimme Sergej Jessenins, so dass man meinen konnte, Jessenin selber stammle aus seinem Körper. Die Teilnehmer der Panichida waren empört. Es ist ein Skandal, sagten sie, das Andenken des Freundes so zu entehren. Wie konnte die Petersburger beau Monde auch wissen, dass Nikolai Klujew für die Seele seines Freundes eine Skomorochen-Zeremonie darbrachte? Daß er die unglückselige Seele des Selbstmörders in die andere Welt geleitete.

Anfangs war Klujew für Jessenin ein Meister, sowohl in der Dichtkunst als auch im Leben. Er lehrte ihn, Verse ineinander zu verflechten wie Hände, und nahm ihn zu Poesieabenden mit, kümmerte sich um ihn, liebkoste ihn und nannte ihn »mein

Vögelchen«. Als das junge Talent heranreifte, begann sich der Schüler vom Einfluss des Olonezker Wedun zu lösen, wobei ihm sein Ruhm und der Wodka behilflich waren, denn Nikolai Klujew verabscheute Alkohol. Gala Benislawska, die Freundin Jessenins (dieselbe, die sich auf seinem Grab erschoss) behauptete zwar, Nikolai Alexejewitsch habe mehr als einmal versucht, den trunkenen Zustand (angeblich gab er ihm auch Haschisch) Jessenins für seine wollüstigen Ziele zu nützen, was Jessenin sehr aufbrachte und zum Bruch zwischen den beiden beitrug, aber ich würde den Erzählungen eines exaltierten und eifersüchtigen Fräuleins keinen allzu großen Glauben schenken. Ich glaube, es handelte sich eher um die Revolte des Gesellen, der in der Form die Meisterschaft erlangt, aber dabei den geistigen Inhalt aus dem Auge verloren hatte. Er vergaß die russische Stube und ihr Paradies hinter dem Herd. Ein Beweis dafür ist sein letzter Besuch bei Klujew, bei dem er an der vor der Ikone hängenden Öllampe die Zigarette anzünden wollte. Am nächsten Tag schnitten sie ihn vom Strick.

Der Olonezker Wedun litt sehr unter dem Tod seines Freundes, und er traf ihn später mehrmals in seinen seherischen Träumen im Jenseits. So ging er einmal im Dunkeln durch eine Eiswüste, wobei er über Klumpen stolperte, die erbärmlich stöhnten. Er beugte sich über einen der Klumpen und erkannte durch die Berührung mit der Hand, dass es sich um einen menschlichen Kopf handelte: Im Gesicht sah er zu seinem Entsetzen entblößte Zähne und Haare wie einen Dornenkranz. Der Rest des Körpers steckte bis zum Hals im eisigen Brei. Mein Gott, das ist ja ein ganzes Feld von Köpfen, die wie Kohlköpfe aus dem Eis ragten. Er wandte sich blindlings zur Flucht, nur fort aus dieser Hölle, als er plötzlich einen bekannten Blick auffing. Es war der Kopf Jessenins, der ihn um Hilfe anflehte. Weinend kniete er vor ihm nieder, küsste ihn auf den Mund – und erwachte, tränenüberströmt. Denn selbst der mächtigste Wedun ist nicht in der Lage, jemand zu helfen, der sich selber das Leben genommen hat.

Nach Ansicht Klujews konnte Jessenin die schöpferischen Spannungen nicht ertragen und sich nicht selber besiegen, was für den weiteren Aufstieg unabdingbar gewesen wäre. Daher kam er zu Fall.

Die seherischen Träume Klujews sind ein einmaliges Phänomen in der russischen Prosa des 20. Jahrhunderts. Ihre Vorläufer muss man in der Literatur der Alten Rus' suchen. Die Väter des Genres waren die Solowjezker Starzen – Jeleasar Anserski und Jepifani Solowjezki. Der Erste beschrieb in seinem Lebenslauf Träume, in denen ihn Geister der Samen in seiner Einsiedelei auf der Insel Anser heimsuchten und drangsalierten, ihren heiligen Ort zu verlassen, der Zweite zeichnete seine mystischen Erfahrungen auf. Bleibt noch hinzuzufügen, dass damit auch die autobiografische Literatur der Rus' begann und die Spaltung der russischen rechtgläubigen Kirche. Der Starez Jepifani war der geistige Vater des Protopopen Awwakum.

An ihre Tradition knüpft Klujew an. Er sah zum Beispiel ein Segelschiff voll russischer Heiliger, die den durch die Bolschewiki entweihten Boden verließen. In einem anderen Traum begegnete er im Fegefeuer Nikolai Gogol, der dort die Sünde der Hoffart büßte. Im berühmtesten seiner Träume sah er sich selber auf einem Feldweg, irgendwo hoch oben, mit einem Ausblick über tausend Werst, und überall herrschte Dürre – kein Strom, kein Bach. Die russischen Ströme waren nämlich abgeleitet worden, um die usbekische Baumwolle zu bewässern, und zwischen den Steinen lagen die Leiber von Stören, Beluga- und Pottwalen, die ihre aufgedunsenen Bäuche in den leeren, weißen Himmel reckten. Der Traum wurde im April 1928 niedergeschrieben. Die Idee, die sibirischen Flüsse nach Süden abzuleiten, kam den Bolschewiki viel später.

Es darf uns daher nicht wundern, dass Klujew für viele nicht nur ein hervorragender Dichter war, sondern auch beinahe ein Heiliger. Ich kenne einen Physiker, also einen ganz rational denkenden Menschen, der fest davon überzeugt ist, die tägliche Lektüre des »Liedes von der Großen Mutter« habe ihn vom Krebs geheilt. Und Frau Professor Markowa betet in der »schönen Ecke« zur Ikone von Nikolai Alexejewitsch.

Der Feiertag des Korba, des Waldgeistes

Unlängst las ich in dem Buch von Iwan Kostin, »Die Schatzinsel«, eine interessante Geschichte. Bei der Insel, die dem Buch den Titel gibt, handelt es sich, wie könnte es anders sein, um Kischi. Kostin erzählt von der berühmten Dynastie von Bylinensängern Rjabininow, die in der Pfarre Kischi wohnt. Am Anfang der Dynastie stand der legendäre Trofim Grigorewitsch. Derselbe, der für Rybnikow sang, womit er auch das erste Signal lieferte, dass das russische Epos im Saonesch überdauert hat, wenn auch in einer etwas zerstückelten Form. Die Rjabininow waren, wie die meisten Bewohner der Gegend, Altgläubige, obwohl … Ja eben. Kostin schreibt, Trofim Grigorewitschs Sohn, Iwan Trofimowitsch, habe streng nach den Gesetzen des alten Ritus gelebt und nur aus eigenen Gefäßen gegessen und getrunken, er sei nicht zur Kirche gegangen, habe die Popen gehasst, und wenn sich einmal ein Pope in seinen Hof verirrte, dann sei er in seiner Swetolza verschwunden, dem Zimmer unter dem Dach, das den Raskolniki als Gebetszelle diente, und er habe es nicht verlassen, bis der ungebetene Gast weg war – dieser Iwan Trofimowitsch habe jeden Morgen vor einer vor dem Haus wachsenden heiligen Kiefer ein heidnisches Ritual begangen, in dem er Korba, den Waldgeist, in der Gestalt des Baumes verehrte. Der Korba-Tag, der auf den ersten Sonntag im Juli fällt, wurde im Haus der Rjabininow zur Erinnerung an die heidnischen Götter begangen, die von der rechtgläubigen Kirche ausgemerzt wurden.

Früher konnte man im Saonesch öfter solche Fälle doppelten Glaubens antreffen. In den Kirchen verneigten sich die Menschen vor den Ikonen des christlichen Pantheons, während sie zu Hause den Naturgeistern Opfer darbrachten.

Für Klujew war der Wald wie eine Kirche. Im Wald flackern die Blätter auf den Zweigen wie die Flammen der Kerzen in der Kirche, die Äste der Birken glänzen im Halbdunkel wie die bleichen Gesichter der Novizen im Kloster, dann kommt der Herbst und zaubert einen goldenen Ikonostas herbei, und unser Leben brennt vor ihm still nieder wie eine Öllampe. Mit einem Wort, Nikolai Alexejewitsch verlieh der Natur eine sakrale Dimension, die in den von Menschen geschaffenen Kirchen fehlt. Die Seen nehmen in seinen Versen ein Schima auf sich, eine büßerische Handlung, der Wald legt einen Kukol an, die Kapuze der Mönche, der Rand des dichten Waldes ist wie die Vorhalle der Kirche, die Wolken wie der Ornat, der Tau wie das Weihwasser, die Herbstwiesen beten golden, aus den Kiefern tropft Weihrauch, der Bienenfresser sagt einen Rosenkranz, in den Tannen weinen die Cherubime, ihre Tränen fallen in die Waldbäche, die Stimmen der Goldamseln singen Psalmen, und das Morgenrot färbt die Ikonen zinnoberrot.

Der Olonezker Wedun pflegte nicht, wie im Saonesch üblich, zweierlei Riten. Er errichtete seine eigene »Tannenkirche mit vielen Altären«. Er war der größte Pantheist in der russischen Dichtung seit Fjodor Tjutschew.

Das Christentum, vor allem in seiner orthodoxen Form, setzte die sichtbare Welt (das Reich der unreinen Kräfte) hintenan und wandte sich damit gegen die Natur, die durch die christliche Vorstellung mit allen möglichen Dämonen, Geistern und Nymphen bevölkert wurde, die aus unerfindlichem Grund der menschlichen Seele auflauerten. Als hätten sie nichts Besseres zu tun. Diese feindselige und später utilitaristische Einstellung der Christen der Natur gegenüber trug schließlich ihre Früchte in der Gestalt der ökologischen Katastrophe, die über dem Haupt der Menschheit schwebt. Gar nicht zu reden davon, dass die meisten Menschen, die heute in der Stadt leben, kaum Notiz von der Natur nehmen. Daher sollte man meines Erachtens den Feiertag des Korba, des Waldgeistes im Saonesch, wieder einführen. Und sich wieder vor den Bäumen verneigen.

Der Gipfel der Gästesaison

Sie kommen wirklich von überall her. In diesem Sommer bekamen wir schon Besuch von einem russischen Sänger aus Montreal und einem Kantor vom Chor von Notre-Dame in Paris, vom Pfingstler Libor aus dem tschechischen Riesengebirge, von einer Flämin, einer Waliserin und drei jungen Polinnen aus Krakau, und auch von Krystyna aus Gotland, von Alexi aus Tscheljabinsk mit seiner ganzen Familie sowie dem Antiglobalisten Max Kutschinski von der russischen Organisation »Verteidiger des Regenbogens« (er wollte mich überreden, bei einer Störaktion zum Jahrestag der Solidarność in Danzig mitzumachen, ich aber winkte ab, mit dem Argument, das sei nicht mehr meine Spielwiese), ein paar Tage verbrachten eine Gruppe von Filmstudenten aus Łódź und Bartek Marzec von der Zeitung *Rzeczpospolita* bei uns, nicht zu vergessen Sascha Leonow von »Va-ta-ga«; auf der Durchreise schaute eine Gruppe alter Finnen vorbei, die 1942 die Region besetzt hatten und sie vor ihrem Tod noch einmal sehen wollten; es kamen drei Gruppen von Liebhabern des Schungit aus Moskau, ein ganzer Kleinbus voller Engländer, die »Schwarzes Eis – Mein Russland« gelesen hatten und auf dem Weg nach den Solowjezki-Inseln um ein Autogramm vorbeischauten. Vorgestern besuchte uns Jelena, die Tochter von Alexander Opolownikow, dem 1995 verstorbenen großen Kenner und Erneuerer der russischen Holzarchitektur des Nordens (von Karelien bis Kolyma), und Schöpfer des Museums von Kischi, Autor zahlreicher Bücher über die frühere Kunst der Holzbauweise. Als Jelena unsere Bänke unter der Pappel sah, gezimmert nach Plänen ihres Vaters, wischte sie sich vor Rührung die Augen.

Die Stämme für die Bänke suchte ich selber im Wald aus – fünf Konda-Kiefern (Konda ist eine Kiefer, die auf trockenem Grund wächst, im Gegensatz zur Mianda, die in schlammigem Boden gedeiht), ich schälte sie zusammen mit Slawa, und beim Behauen halfen uns Witali Skopin und Loscha Tschusow aus Ust-Jandoma. Die Bänke sind sechs Meter lang, ohne einen einzigen Nagel. Sie sind eine doppelt so große Kopie der Bänke, die Alexander Wiktorowitsch in seinem Dorf Baribino zimmerte und deren Bild ich in seinem Werk »Stubenliturgie« fand, das er gemeinsam mit seiner Tochter verfasste.

Auf jeder unserer Bänke finden ein halbes Dutzend Gäste Platz.

Alexander und Jelena Opolownikow zeigen in der »Stubenliturgie« die Relikte der hölzernen Schönheit des nördlichen russischen Hauses und seine Agonie im 20. Jahrhundert. Es ist tatsächlich ein Messbuch, man kann mit ihm eine Panichida, eine Totenmesse, für die russische Stube lesen. Der Geist von Nikolai Klujew schwebt über jeder einzelnen Seite des Buches, denn es entstand aus dem Geist seiner »Stubenlieder« und setzt gleichsam die Klagen des Dichters über das russische Dorf fort.

Die Autoren meinen, die russische Stube sei Russland im Kleinen. In ihrem Schicksal spiegle sich das Geschick des russischen Menschen wider. Einst autonom – schön und solide –, war sie auf ihre Weise eine »Meditation in Balken« (eine Paraphrase der berühmten Formel von Jewgeni Trubezkoj über die Ikone, die er eine »Kontemplation in Farbe« nannte) und ein Zeugnis der Dorfgemeinschaft. In der Nachlese der Kämpfe gegen den alten Ritus und der Reformen von Peter I. wurde sie zu einem jeder Persönlichkeit beraubten Flickwerk von Vorstellungen volkstümlicher Schönheit – die hölzernen Gerüste wurden in städtischer Manier mit Brettern verschlagen, um die steinerne Bauweise der Stadt zu imitieren, bis die russische Stube schließlich, unter dem Ansturm der sowjetischen Wirklichkeit, völlig aus Russland verschwand.

Der Begriff »russische Stube« umfasst, nach Meinung von Alexander und Jelena Opolownikow, den Stil der hölzernen Bauweise wie auch das Bild des Lebens auf dem russischen Boden, geformt durch den alten orthodoxen Glauben. Die Expansion des Sowjetsystems ins russische Dorf zerstörte also nicht nur seine elegischen Bauten, sondern bedeutete auch eine Gleichschaltung der traditionellen dörflichen Lebensweise. Der russische Muschik starb aus wie einst der Neandertaler. Seinen Platz nahm der versoffene Homo sovieticus ein. Allein konnte Alexander Wiktorowitsch diesen Prozess nicht aufhalten. Es gelang ihm nur, in Skizzen und Fotografien die letzten Reste des russischen Altertums festzuhalten. Er hinterließ ein Zeugnis.

Nikolai Klujew setzte der russischen Stube in seinen Versen ein Denkmal. Die Verse behaute er wie Balken des Baugerüstes. Nicht zufällig nannte er den wortkargen Zimmermeister »tajnowidz«. Das heißt einer, der das Geheimnis kennt.

»Der Hobelspan war für ihn eine geheime Schrift,
mit dem Beil schuf er sein Gedicht.«

Das Zimmererhandwerk ist, wie die Dichtung, in gewisser Weise ein esoterisches Wissen. Der Zimmermann erforscht das Geheimnis des Holzes, der Dichter das der Worte. Der Rest ist Handwerk, das eine mühevolle Lehrzeit unter den Augen des Meisters Natur verlangt. Bei den Zedern kann man die Ordnung von Kränzen lernen, den Schlag des Beiles bei einem Tropfen Wasser, das den Stein höhlt, und das Schnitzen von Brüstungen bei der Pappel, die aus dem Altweibersommer Spitzen häkelt.

Im poetischen Schmelztiegel Klujews werden die Begriffe verwandelt wie im Laboratorium eines Alchimisten: aus Derwa (Holz) entsteht Derewna (Dorf), die Ofensäule ist der Lebensbaum des Schamanen, darüber erscheint die Mutter (der Deckenbalken) als Milchstraße auf dem dunklen Himmelszelt des Sturzbodens, an die Mutter hängt man die Sibka (Wiege) und den Säugling. Sib' ist auch eine Welle im Onega und das Wogen des Getreidefeldes, am Tisch vorbei führt der Weg von den Solowjezki-Inseln nach Tibet, in der schönen Ecke liegen das weiße Indien und die Veden der Muschiks, hinter dem Ofen träumt das bläuliche Küstengebiet, oben auf dem Schlafplatz auf dem Ofen, wie auf dem Berg Tabor, »glänzen die Körper weiß wie der Schaum des Sees«, im hölzernen Inneren der Wal-Kommode bekreuzigt sich Jonas mit zwei Fingern, wie es der alte Ritus verlangt, im Topf auf dem Ofen summt der Fluss Nil, und so weiter und so fort … Und alles das geschieht in Klujews Herzen. Denn das Herz des Poeten ist ein »Gebälk, durch Zapfen verbunden«. Das heißt die russische Stube.

Und das ist das Geheimnis des esoterischen Wissens des Olonezker Wedun. Für Klujew war die russische Stube die Gesamtheit der Welt, denn sie barg in sich alle historischen Epochen und kulturellen Schichten der ganzen Welt (so etwas wie das persönliche Alphabet von Borges), und sie war gleichzeitig der Weg, weil sie mit dem Ofen beginnt und mit dem Pferdekopf auf dem Dach endet. Das russische Dorf verglich er mit dem Lager der Nomaden, die für eine Weile Rast machen, um sich vor dem weiteren Weg auszuruhen.

(Ein anderer Dichter dieser Epoche, Welimir Chlebnikow, assoziierte das Wort »osiadłość«, Ansiedlung, übrigens mit »siodło«, dem Sattel).

Den meisten heutigen Lesern der Gedichte Klujews bleibt das Geheimnis der russischen Stube leider verschlossen. Es geht nicht um Klujews Esoterik, zu der schon zu seiner Zeit nur wenige einen Schlüssel fanden. Aber heute, da es die russische Stube nicht mehr gibt und kaum jemand mit den Begriffen des Zimmerhandwerks vertraut ist, stellt sogar ein Begriff wie »durch Zapfen verbundenes Gebälk« ein Abrakadabra dar.

Nehmen wir zum Beispiel die »Geburt der Stube«, eines der schönsten Gedichte Klujews, gewidmet dem Zimmerhandwerk. Wann immer ich es meinen Gästen vorlese, egal ob es sich um Russen aus Petersburg handelt oder um Landsleute aus Warschau, die einigermaßen Russisch verstehen, spüre ich, dass sie nicht viel davon verstehen. Denn welcher Bewohner eines viele Stockwerke hohen Wohnblocks aus Beton weiß, was die alten Zimmermannsbegriffe bedeuten?

Klujew nannte die Stube die »Ernährerin der Worte« und schöpfte aus ihr die dichterische Kraft wie der mythische Antheus aus der Erdmutter. Es kann daher nicht verwundern, dass er später in der Stadt alle seine Wohnungen wie russische Bauernstuben einrichtete, um nicht die poetische Ader zu verlieren. So sah zum Beispiel seine Kletuschka-Komnatuschka, sein Loch-Stübchen, in Leningrad in der Ulica Bolschaja Morskaja 45 Mitte der zwanziger Jahre aus, die ich nach Erinnerungen von Menschen beschreibe, die dort waren.

Es war keine Kammer, sondern gleichsam eine Stube eines Altgläubigen. Unter dem Fenster das Bett mit einem Berg roter Kissen unter einem Perkalüberwurf. An den Wänden Eichenbänke und beschlagene Koffer. Auf den Regalen hölzerne Löffel und Schöpfer, tönerne Töpfe mit den Zeichnungen von Paradiesvögeln und Wiesen. Der Tisch war mit einem handgestickten Tuch bedeckt. Es gab keine städtischen Dinge, nicht einmal einen Stuhl. Auf dem Boden Fleckerlteppiche, vor den Fenstern Vorhänge, geschmückt mit Blumen und Pfauen. Und ein Kjot, ein Schrank für Heiligenbilder, der eine halbe Wand einnahm. Darauf die Ikonen im Nowgoroder und Stroganower Stil sowie messingbeschlagene Ikonen aus einer Gießerei in der Wyg-Region. In der schönen Ecke ein dunkler Christus und eine Öllampe aus Messingblech (Klujew behauptete, die Ikone stamme aus der Zelle von Andrej Denisow, einem der geistigen Väter von Wygorezja). Daneben die Muttergottes in einem Kleid aus Silber, und über der Tür Golgatha mit der Kreuzigungsszene aus bemaltem Lärchenholz. Viele dieser unschätzbaren Werke der altrussischen religiösen Kunst hatte Nikolai Alexejewitsch aus den von den Bolschewiki zerstörten Kirchen des Obonesch gerettet, wofür er 1923 in Wytegra für kurze Zeit eingesperrt worden war, andere hatte er von seinen altgläubigen Vorfahren geerbt. In seiner Wohnung in der Bolschaja Morskaja konnte man auch eine Sammlung handschriftlicher Bücher bewundern, darunter eines aus dem Jahr 1632, siebenundfünfzig Seiten reich illustriert, und andere Antiquitäten: einen hundert Jahre alten Perserteppich, ein Tischtuch, bestickt mit Goldfäden und Perlen und ähnliche Schätze.

Man kann sich unschwer vorstellen, welchen Eindruck Klujew und seine Kletuschka-Komnatuschka auf Gäste machten.

Vor allem da ihn die Berühmtheiten der hauptstädtischen Salons besuchten: Anna Achmatowa, Osip Mandelstam, Daniil Charms. Die Helden der Petersburger Boheme fühlten sich vermutlich etwas fremd in diesem Museum der Raskolnizer Rus' mitten in der Stadt an der Newa.

Aussehen und Benehmen des Hausherrn verstärkten noch den Eindruck: ein stämmiger Muschik, zugewachsen wie der Olonezker Wald, ein abgetragener Bauernkittel, eine geflickte Bluse, Schaftstiefel, auf der Brust ein mächtiges Popenkreuz, listige Augen, wollüstige Blicke, dabei sprach er im nördlichen Dialekt mit dem so genannten Okanie (das heißt, das unbetonte o wird ausgesprochen). Man wusste nie, ob er sich lustig machte oder ernst war.

Einmal brachten Daniil Charms und Alexander Wwedenski den Dichter Zabolozki zu Klujew. Nikolai Alexejewitsch küsste alle und machte sich um seine Gäste zu schaffen, wobei er sie innig umarmte und die Hände ständig wie zum Gebet faltete. Zabolozki ertrug das nicht länger und fuhr auf:

»Entschuldigt, Nikolai Alexejewitsch, dass ich euch geradeheraus frage. Was soll diese ganze Maskerade? Ich glaubte, zu einem Dichterkollegen zu kommen, dabei hat man mich in eine Jahrmarktsbude geführt.«

Klujew war empört, sein Blick wurde starr, und er blaffte, ohne Okanie: »Wen habt ihr mir da gebracht, Daniil Iwanitsch und Akexander Iwanytsch? Bin ich etwa nicht in meinem eigenen Heim? Kann ich bei mir zu Hause nicht tun und lassen, was ich will? Wenn ich möchte, dann singe ich Psalmen, und wenn ich möchte, tanze ich Cancan.«

Und er begann tatsächlich zu tanzen.

Wer war also Nikolai Klujew wirklich? Ein Schlaukopf, der fürs Publikum den Muschik spielte, oder ein authentischer Volkssänger? Ein Salongeißler oder ein religiöser Visionär? Ein Wedun oder ein Hochstapler?

Aus den Erinnerungen seiner Zeitgenossen erhalten wir ein sehr widersprüchliches Bild des Dichters. Auf der einen Seite die alten Riten und Juchtenstiefel, und auf der anderen ein Kenner der Philosophie Kants (die »Kritik der reinen Vernunft« zitierte er im Original), ein Verehrer Verlaines und dazu noch ein Schwuler. Die einen nannten ihn einen »Träger der wahren russischen Seele«, »den einzigen wirklich nationalen Dichter«, »eine Brücke zwischen der alten Rus' und dem gegenwärtigen Russland«, während ihm andere vorwarfen, er sei ein Poseur und ein poetischer Schwindler (als wären seine Lieder aus dem Saonesch ein Plagiat der Folklore), ein Konjunkturalist und Bauerntümler, obwohl er nie Land bebaute. Ein besonders böswilliges (und gleichzeitig falsches) Bild des Olonezker Dichters zeichnete Georgi Iwanow. In seiner Skizze erscheint die Kletuschka-Komnatuschka Klujews als Luxusgemach im Petersburger Hôtel de France, wo Nikolai Klujew seine Gäste auf einem türkischen Sofa in schickem Überrock und Krawatte empfängt. Nicht weniger übertrieben, wenn auch in die andere Richtung, ist das Bild Klujews im Roman von Olga Forsch mit dem Titel »Das verrückte Schiff«. Dort kämmt der dämonische Nikolai sein wie bei Gogol fettes Haar speziell zur Seite, um die »allzu kluge Stirn zu verbergen«, er schaut listig aus dem Augenwinkel und spielt den Dummen, indem er sein Geld im Stiefelschaft versteckt, weil er angeblich nicht weiß, was ein Portemonnaie ist. Im Fall von Forsch erklärt sich die Karikatur Klujews allerdings zumindest teilweise aus der Groteske des Romans.

Etwas anderes ist es bei Wladislaw Chodasewitsch, Autor des Begriffes »Klujewschtschina«, der das Warten der Muschiks auf einen neuen Stepan Rasin beschreibt, der als Erster in Russland den »roten Hahn« auf die Herrenhöfe setzte und ein großes

Brandschatzen begann. Die Begeisterung, mit der sich Klujew übrigens am Umsturz der Bolschewiki beteiligte, bestätigt die Intuition des Petersburger Kritikers, obwohl bei Klujew das revolutionäre Feuer bald erkaltete und er zu einem besessenen Verteidiger des Erbes des patriarchalischen Russlands wurde. Wladislaw Felizjanowitsch sah in Klujew nicht den großen Dichter, obwohl er ein nüchterner Kritiker war, weil er sich zu sehr mit seinem politischen Image beschäftigte.

Natürlich verstand es Klujew, die Gemüter zu beunruhigen. Er hatte etwas von einem Jurodiwy, einem Narren Gottes, an sich, er schien wie nicht von dieser Welt. Dasselbe steckt in der Raskolniza Lusja aus Saguba, die mir manchmal zuflüstert, sie habe vorige Woche mit Vater Kornil auf Paleostrow gesprochen, einem berühmten Mönch, der vor ein paar Jahrhunderten gestorben ist, und dann mit listigem Lächeln meine Reaktion beobachtet. Dasselbe spürte ich bei dem samojedischen Tadibej in Jamala, der mir auf die Frage nach dem Schamanen ein kaputtes Radiogerät überreichte. Die Raskolniza Lusja, der samojedische Tadibej und der Dichter Klujew gehören zu den Menschen, die mehr sehen als der durchschnittliche Bürger, und die wissen, dass sie mehr sehen. Daher machen sie sich manchmal lustig, manchmal sind sie ironisch, hin und wieder spielen sie auch den Narren. Sozusagen zur Selbstverteidigung.

Wenn man alle Porträts von Klujew zusammenlegen würde, die jene hinterließen, die ihn kannten, würden wir einen komplizierten Menschen vor uns sehen, der allein durch seine Existenz die verschiedenen Klischees und Konvenienzen unterlief. Es ist nicht verwunderlich, dass er für viele ein Rätsel darstellte, weshalb die meisten seiner Zeitgenossen seine Gestalt banalisierten. Sie vereinfachten sie, weil sie sie nicht verstanden.

Umso wertvoller sind die Erinnerungen des italienischen Russizisten Ettore Lo Gatto an Klujew, eine der wenigen eines

Ausländers. Lo Gatto lernte den Dichter im Jahr 1929 in Leningrad kennen und half ihm, sein Opus magnum zu retten, das wunderbare Gedicht »Brandstätte«, indem er es heimlich in den Westen schaffte. Lo Gatto hatte schon früher von Chodasewitsch und anderen hauptstädtischen Lehrmeistern der Dichtkunst Gerüchte über Nikolai Alexejewitsch vernommen, dass sich dieser als Bauer verkleide und als Altgläubiger posiere, und er sagt mit Entschiedenheit: »Als ich ihn persönlich kennenlernte, war mit einem Schlag jeder Verdacht, Klujew könne ein Poseur sein, ausgeräumt. Was die Vergangenheit angeht, kann ich nichts sagen, aber während unseren Begegnungen war Klujew weit entfernt von jeder Schauspielerei. Im Gegenteil, ihn zeichnete die Einfachheit eines Menschen aus, der einen hohen Preis für seine Überzeugungen und seinen Glauben bezahlt hat und bereit ist, noch mehr zu bezahlen.« Lo Gatto stellte fest, der Autor habe mehr von seinen bäuerlichen Wurzeln bewahrt als der manieristische Sergej Jessenin. Vor allem den authentischen religiösen Glauben eines Muschiks.

Als Ausländer, das heißt als Mensch mit einer gewissen Distanz zu den Verletzungen und Stereotypen der Nation, in deren Mitte er so viele Jahre lebte, ist der italienische Russizist für mich glaubwürdiger als die Landsleute des Dichters. Vielleicht weil ich selber bald fünfzehn Jahre als Inostranez, als Ausländer, hier lebe.

Das Ende der weißen Nächte

Der Sommer neigt sich dem Ende zu. Es ist zwar noch heiß, und die Fliegen vermehren sich, die Touristensaison währt, doch es hängt bereits Trauer in der Luft, die Weiden am Wegrand verwelken, und die Preiselbeeren im Wald werden rot. Auch in den

Menschen fermentiert es, wie in selber gebrautem Bier, als spürten sie, dass das die letzten Zuckungen des Sommers sind und der Herbst bevorsteht, mit schlechtem Wetter und Schlamm, und dann ein harter Winter.

Während man den Beginn der weißen Nächte relativ leicht bemerkt, weil wir, nach einem langen und düsteren Winter sonnenhungrig, das zunehmende Licht geradezu kontemplieren, merken wir für gewöhnlich kaum etwas vom Ende der weißen Nächte. Kaum haben wir uns versehen, sind die weißen Nächte schon wieder dunkel geworden.

Auch die Farbe des Onegasees hat sich verändert. Er ist wieder blau wie der Himmel. Wassili Kandinsky meinte, je tiefer das Blau, umso stärker rufe es den Menschen in die Unendlichkeit. Und Klujew schrieb:

»Dafür habe ich den Himmel in den Augen,
Weil ich der Sohn der Großen Seen bin …«

Heute habe ich geträumt, der Olonezker Wedun sei in Tomsk nicht erschossen worden. In meinem Traum hat sich Klujew direkt vor den Gewehrläufen in einen Seetaucher verwandelt. Und dann war er verschwunden.

Inhalt